元構造解析研究者の異世界冒険譚 4

A L P H A　L I G H T

犬社護
Inuya Mamoru

エルギス
ジストニス王国の国王。
五年前に王位を
簒奪(さんだつ)した。
トキワ
五年前ネーベリック
と戦ったAランク
冒険者。
シャーロット
本編の主人公。家族だけでなく、
精霊からも愛されている少女。
前世では構造解析研究者
「持水薫(もちみずかおる)」だった。
なりゆきで、クロイス姫の
クーデターに参加する。

アッシュ
ロキナム学園に通う少年。
努力家だが
報われていない。
リリヤ
奴隷の少女。
二つ名は「冒険者殺し」。
クロイス
ジストニス王国の王女。
ちょっとお馬鹿さん。
CHARACTER

1話　転移トラップの試験運用

私――シャーロット・エルバランは、クロイス姫の主導するジストニス王国のクーデターに関わっている。

先日、私は偵察部隊を反乱軍に寝返らせるべく、魔鬼族の少年アッシュさんと、彼の奴隷となった少女リリヤさんを貧民街に残し、ダークエルフのアトカさんとともに、彼らがいるケルビウム大森林へ向かった。

そこで私は新生ネーベリックに変身し、アトカさんが彼らを説得し、偵察部隊三人と戦い、彼らの心情を聞き出すことに成功。戦闘後、アトカさんが彼らを説得し、無事に寝返らせることができた。今後彼らには、クロイス姫の放ったスパイでも入り込めない王城最深部に潜入し、各地に点在する魔導兵器の製造場所を突き止めてもらう。彼らにとってかなり危険な任務だけど、頑張ってほしい。

クーデターの準備も、着々と整いつつある。精霊様のおかげもあって、ケルビウム大森林にいる種族たちは、ネーベリックが討伐されたことを完全に理解した。彼ら同士は、既に一致団結している。でも、まだクロイス姫を信用しきれていない。

また、クーデターを成功させるには、種族進化計画の全貌を知らないといけないし、極力平民たちに被害を与えない方法も考えなければならない。

私なりに考えた方法はあるんだけど、そのためには前にダンジョンで拾った『転移トラップ』がきちんと発動してくれないと困る。だから今日、私とアトカさんが実験体となって、私たちのいるケルビウム大森林内のダークエルフの村から、王都の貧民街に一気に転移できるかを試そうと思っている——

現在、私とアトカさんは村の外れにいる。そして、ザンギフさんやロカさん、ヘカテさん、タウリム族長など大勢の村人が、転移に巻き込まれないよう、効果範囲から離れたところで、私たちを見守っている。

「アトカさん、全ての準備が整いました。先程、私が『転移トラップ』の核に魔力を充填し、ここの地面に埋めました。もう一対の『転移トラップ』は、事前に貧民街に埋めてあります。後は……トラップの真上に乗るだけです。心の準備はいいですか？」

『転移トラップ』の使用方法は、村人たちにも説明済みだ。このアイテムがクーデターに使用可能かを確認するには、転移でここと貧民街を往復しないといけない。まずは、片道を試すのだ。

トラップの内部には強力な魔石が入っている。この魔石自体が強力な空間属性を帯びているから、充填の際は無属性の魔力を注入するだけでいい。注入された魔力は魔石に入ることで、空間属性へ置換されるのだ。無属性というのは、全ての人々が持つ属性であるため、村人たちで協力すれば、トラップを発動させるのに必要な魔力量２００も余裕で確保できる。

「シャーロット、ほんと～に大丈夫だろうな？」

歴戦の猛者ともいえるアトカさんも、さすがに不安がっている。私としても初の試みなので正直怖いんだけど、私がそれを顔に出してしまうと、アトカさんだけでなく、周囲の人も不安にさせてしまう。だから……

「大丈夫、上手く転移できると思います（多分）。『構造解析』スキルを信用してください」

多分は心の中に収めておく。

「皆さん、私たちは一旦、王都貧民街に戻りますね。あちらで状況を確認したら、また戻ってきます」

「アトカ、シャーロット、かなり不安だが気をつけてな。必ず帰ってこいよ」

タウリム族長、フラグを立てるような言い方はやめてほしい。

「アトカさん、行きましょう」

「行くしかねえな。頼む……機能してくれ‼」

私とアトカさんは天に祈りつつ、トラップが埋まっている地面に足をつけた。すると、景色が一瞬で切り替わり、慣れ親しんだ貧民街に立っていた。

「……嘘だろ」

アトカさんが周囲を見渡す。この場所は、クロイス姫の住む建物の真裏に位置し、四方が建物の壁に囲まれているため、太陽の光が当たりにくい。昼でも薄暗く、十畳ほどの広さしかないため、子供たちも狭い壁の隙間を縫ってまで、ここに来ようとはしない。

「成功しましたね」

私がそう言うと、アトカさんが微笑んだ。

「……ああ、これが長距離転移か。シャーロットの魔法でも八時間近く必要としたのに、ほんの一瞬で戻ってこられるとはな」

この『転移トラップ』は、間違いなく長距離転移魔法の一種だ。このトラップを利用すれば、ケルビウム大森林にいる人たちを瞬時に王都へ転移させられる。

「『転移トラップ』、使えますね」

「これを利用すれば、クロイス姫の求めるクーデターができるぞ‼」

その後、私たちはクロイス姫とイミアさんのいる部屋へと赴き、偵察部隊の三人を反乱軍へ寝返らせたことを報告した。それと同時に、先程の『転移トラップ』の件も伝えた。予想通り、二人ともこの結果に大口を開けるほど驚いてくれた。そして、こちらから再度転移できるかをイミアさんと試したところ、問題なくダークエルフの村に行くことができた。

こうして、『転移トラップ』の試験運用は大成功に終わった。

私たちはクーデターを成功させるための必要材料を、一つ入手したのだ。

2話　『魔石融合』と『エンチャント』

私がケルビウム大森林で任務を遂行している間、アッシュさんとリリヤさんは貧民街で、『強くなるにはどうしたらいいのか？』と、悩んでいたそうだ。しかし、二人はイミアさんに相談したことで、自分なりの目標を見つけたようで、食事以外の時間は全て基礎訓練に費やしているらしい。

私は今後のことを相談したくて、アッシュさんの部屋を訪ねると、そこにはリリヤさんもいて、『魔力循環』や『魔力操作』の基礎訓練を行っていた。

「訓練、お疲れ様です。シャーロット、ただ今帰還しました‼　任務も無事終えましたし、ダンジョンで入手した『転移トラップ』も、地上で使用可能であることがわかりました」

「えっ‼　てことは、『転移トラップ』で戻ってきたの⁉」

「アッシュさん、その通りです‼　八時間の道程を一瞬で戻れたのです。クーデターに向けて、一歩前進しましたよ。これで、次の課題に移れます」

「「次の課題？」」

二人して、首をコテンと傾げたよ。

「魔導具盗難事件のことです。アッシュさんはこの件で指名手配されているため、貧民街から出られません。リリヤさんは指名手配こそされていませんが、アッシュさんの奴隷でもあるので、下手に外に出てしまうと、騎士団に拘束される危険性があります」

騎士団はアッシュさんを確保するべく、彼の過去を調べているだろう。奴隷商人のモレルさんの屋敷に赴き、アッシュさんがリリヤさんを購入した事実も突き止めていると思う。奴隷と主人は見えない鎖で繋がっているから、いつでもどこでも連絡をとれる。この事実は世間一般に知られていることなので、騎士団はそこを利用して、リリヤさんを見つけ次第、適当な理由をつけて確保するはずだ。

だから、不用意に外へ出ることはできない。でも二人が強くなりたいのであれば、訓練だけでなく、実戦経験も積まないといけない。解決策については、既に考えている。あとは、実行するのみだ。

「そうか。僕たちを変異させるための幻惑魔法『幻夢』が使えるようになる魔導具を作るんだね」

「でも……シャーロット、焦ることないよ？　帰ってきたばかりだし、疲れているでしょ？」

「リリヤさん、ご心配は無用です。睡眠はバッチリとりましたし、一瞬で帰ってこられました。疲労は皆無なのです」

　体力、精神力ともに充実している。魔導具はいつでも作成可能なのだ。二人は私の言った意味を理解したのか、苦笑いだ。

「シャーロットには、驚かされるばかりだ。実はね、君がいない間、僕たちなりに強くなる方法を模索していたんだ。リリヤは『鬼神変化』を使いこなすため、基礎訓練や『風読み』『狙撃』スキルの習得に励んでいる。僕は、称号『努力家』を利用して、今以上に訓練をする。レベルアップ時の能力の上昇が通常の一・五倍増しになる称号の副次効果。これは、ステータスレベルが上がるだけで起こるものじゃなかった。訓練を続けると、ステータスレベルが上がらなくても、能力値自体が少し上がるんだけど、この際にも適用されることがわかったんだ」

　確かに称号『努力家』を利用すれば、アッシュさんは効率的に強くなっていくね。でも、なぜだろうか？　どこか浮かない顔をしている。

「ただ……この方法で訓練を続けると、いずれ能力が限界値に達してしまう。だから、僕は『環境適応』や『鬼神変化』のようなスキルか称号を習得して、魔鬼族の限界値を超えたいと思っている‼」

能力の限界突破……か。人間の場合、ステータスレベル15以下の状態で、『魔力循環』『魔力操作』『魔力感知』の三つのスキルをレベル5以上に上げられれば、限界値250を突破することが可能となる。ただし、これは限界突破するための手段の一つであって、これ以外にもあると、精霊様は言っていた。

「アッシュさん、何か突破口は見つかりましたか？」

「あくまで僕なりの仮説だけど、自分の命をかけるほどの戦いをしないと、限界を突破できないと思うんだ。とはいえ、なんの確証もない状態で命をかけて戦うのは、あまりにも無謀すぎる。だから、その条件を知っている人を探し出したい。それで、ふと思ったのがトキワ・ミカイツさ。彼に会えれば、何かヒントを貰えるかもしれない。彼を探し出すためにも、幻夢が使えるようになる魔導具が必要だ。シャーロット、僕たちも魔導具作りを手伝うよ‼」

トキワ・ミカイツか。Aランク冒険者でもある彼ならば、限界突破の方法を知っているかもね。アッシュさんもリリヤさんも、やる気に満ち溢れている。早速、魔導具の作成に取りかかろう。必要な材料は、光属性の魔石とミスリルの屑の二点。私は、二つの材料を床に置いた。

「とりあえず、幻惑魔法『幻夢』を、ダンジョンで入手した光属性の魔石に付与できるか試してみます」

私の装備している『変異の指輪』は、一つの幻を光属性の魔石に付与させた魔導具だ。幻夢の簡易版がこうして利用されているのだから、幻夢自体も付与可能なはずだ。

「理論上可能だと思う。この方法は『エンチャント』と呼ばれるスキルで、属性魔石に同じ属性の魔法を付与することができる。僕の持ってる魔導具も、対応する属性魔石にヒールやファイヤーボールをエンチャントしたものだ。図書館の本で知ったことだけど、『エンチャント』については、まだ完全に解明されていない。理論上、スキルレベルが上がれば、強力な魔法を高ランクの属性魔石に付与できるはずなんだけど、なぜか上手くいかない。魔法と魔物の持つ魔石には相性があり、たとえ同じ属性でも、相性が合わないと付与できないというのが、現在の仮説だよ。リリヤは何か知ってる？」

「ううん、全然知らない」

リリヤさんを見ると、首を横に振った。さすがに、スキル『エンチャント』のことは知らないようだ。私自身、精霊様に質問したことがないので、『エンチャント』に関する知識はなく、習得もしていない。

「私には『構造解析』もありますから、私たちだけでも頑張りましょう。Dランクの光属性の魔石なら、売らずに残しておいたものが多少あります。これで試しましょう」

成功率を上げるため、自分の身体に光属性を付与した。そして、光属性の魔石に幻惑魔法『幻夢』のエンチャントを試みる。イメージを明確にするためにも、ここは——

「エンチャント『幻夢』」

言葉を紡ぎ、魔法を魔石に向けて唱えた瞬間、魔石が光った。成功かと思いきや……魔石が真っ二つに割れてしまった。

「あ、失敗だね。一瞬上手くいったと思ったのに……」

「リリヤ、初めての試みなんだから、失敗はあって当然だよ」

失敗の原因を探ろうか。構造解析すると——

壊れた魔石（ランク：D　属性：光　耐久度：0）
幻惑魔法『幻夢』と魔石との相性が悪く、ランクも低いため付与に耐えきれなかった。幻夢を付与するには、最低でもCランク以上の光属性の魔石が必要である。

なるほど、スキル『エンチャント』自体は上手く機能したけど、魔石が幻夢に耐えきれなかったのか。しかも、光属性の魔石であっても、やっぱり相性の良し悪しがあるんだね。

「アッシュさん、リリヤさん、失敗した原因は二つあります。一つ目、この魔石と幻夢の相性が悪い。二つ目、幻夢を付与するには、最低でもCランク以上の魔石が必要です」

「Cランク以上だって!?」

「でも、Cランクの魔石を持ってないよ……どうする？」

さて、困った。Cランク以上の魔石は、ここにはない。私たちの冒険者ランクはCだから、Cのダンジョンに行けば入手できるかもしれないけど、手間がかかる。それに、相性の問題もある。なんでもいいわけではない。

「仕方ありませんね。ダンジョンに行くのも面倒なので、奥の手を使いましょう」

「奥の手⁉」

こうなることは想定済みだ。アッシュさんの身につけている魔導具の魔石のランクは、全てがCだった。つまり、初級魔法であっても、付与するにはC以上の魔石が必要だと思っていたのだ。そのことを二人に説明すると――

「なるほど、それで奥の手というのは？」

「それは、スキル『魔石融合』です」

アッシュさんもリリヤさんも、驚きのあまりか、目を見開いている。

「アッシュ、魔石の融合って『エンチャント』よりも高度な技術が必要だよね？」

「そりゃあそうだよ。二つの魔石を融合させる……そんな技術は学園でも習っていないし、聞いたことがない」

かと思えば、二人とも意外に冷静だ。

「これまでのダンジョンで入手した魔石を一つ一つ丹念に構造解析したとき、偶然この技術を知りました。融合させることで、魔石のランクを一段階引き上げることが可能となります。ただ、融合させるための条件が、まだ完全にわかっていません。現状、私が知り得たことは、二つの魔石が『無傷』『同じ属性』『同じ魔物』であれば可能、ということです。また融合の際、自分の魔力を魔石に流しますので、『エンチャント』の際の『相性』という問題を克服できるかもしれません。私自身が試していないので、ここで実験しますね」

おそらく、かなりの高等技術が必要になると思う。私は条件の揃った魔石をマジックバッグから二つ取り出す。その、親指の第一関節部分と同じくらいの大きさのDランク魔石を両手に一つずつ持った。ここからは、『構造解析』を同時使用だ。

「まず、私自身に光属性を付与し、二つの魔石に魔力を同時に少しずつ送り込みます。このとき、私自身の身体を経由させることで、互いの魔石が共鳴し合います。二つの魔石が同時に光り出したところで、魔力供給を遮断するのですが、少しでも過剰に送ってしまうと、魔石が木っ端微塵になるので注意してください。その後、共鳴し合った魔石同士をゆっくり近づけていくと、自然に融合します」

二つの魔石が共鳴し合い、同時に光っているとき、魔石が軟化する。この状態になっているときに限り、融合が可能となる。実際、私が試験的に行った二つの魔石は、一つの魔石へと見事に融合し、ほんの少し大きくなった。

「融合させた後も油断しないように。この魔石の光が消えるまで、身体の属性付与は消さ

ないでください。……魔石が安定しましたね。これで終了です」

《スキル『魔石融合　Lv3』、スキル『エンチャント　Lv3』を習得しました》

よし、成功‼　二つのスキルを習得できた‼　この魔石の性能はどうかな？

融合魔石（ランク：C　属性：光　耐久度：999　作成者：シャーロット）
シャーロットの魔力によって造られた光属性の融合魔石。初級魔法や中級魔法の一部をこの魔石に付与することが可能。
なお、融合魔石の耐久度に関しては、作成者のスキルレベルによって大きく変化するので、注意すること。

「げげ⁉」

「シャーロット、どうかしたの？」

ここにきて、大きな欠点が発覚したよ。

魔導具を使用する場合、気をつけないといけないのが、魔石の耐久度だ。耐久度が0になると、魔石が割れて、魔導具自体も使用不可となる。今回は私が作ったものを使用すれば問題ないのだけど……

私が素っ頓狂な声を出したせいで、リリヤさんが心配している。アッシュさんは融合魔石をじっと見つめ、私の声に気づいていない。凄い集中力だ。

「うーん、融合魔石自体はCランクで、魔法の付与も可能なんですが、耐久度に難ありですね。作成者のスキルレベルによって、大きく変化します。ちなみに、この魔石の耐久度は999です」

「999……それって最高数値のような……私たちが作った場合、もっと低くなるよね？」

「はい、そうなりますね」

まさか、こんなデメリットがあるとはね。さて、アッシュさんとリリヤさんはどうするかな？

「リリヤ、自分たちのものは、極力自分たちで作ろう。耐久度の問題があるけど、ステータスで確認していけば、最悪の事態は防げる。それに、シャーロットが編み出してくれたスキル『魔石融合』、この技術は『魔力循環』『魔力感知』『魔力操作』、どれを疎かにしても絶対に失敗する。僕たちの訓練にもなる」

アッシュさん……一度見ただけで、技術の真髄を理解したんだ。

「あ、そうか。二つの魔石に魔力を同時に送り込み、同時に光らせ、融合させる。これって、かなり高度だ。……うん、やってみる」

リリヤさんも必要な技術力の高さを理解したようだ。

「シャーロット、ありがとう。『魔石融合』と『エンチャント』のやり方はわかった。『エンチャント』の方は、僕の持つ魔導具『ヒールの指輪』を利用して、習得を試みるよ」

二人ともやる気になっているようだし、『魔石融合』と『エンチャント』に関しては、アッシュさんたちに任せよう。ただ、魔鬼族の魔法が封印されている以上、私が二人の融合魔石に幻夢を付与しないといけない。

「わかりました。練習用の魔石と、本番用の光属性のDランク魔石をここに置いておきます。融合可能な魔石同士の組み合わせは……こんなところですね。ここから先は、自分たちで頑張ってください」

アッシュさんもリリヤさんも、今自分がすべきことを見定めたことで、完全に悩みは吹っ切れたようだ。あとは二人に任せよう。

○○○

私はクロイス姫の部屋に行き、彼女とアトカさん、イミアさんに先程の技術を教えた。『エンチャント』に関しては、既にジストニス王国で知られていたこともあり、三人ともさほど驚かなかった。でも、『魔石融合』の方はハーモニック大陸のどの国にも伝わっていない新技術であったらしく、三人ともさっきから考え込んでいる。何か、問題でもあるのだろうか？

「『魔石融合』……これは脅威ですね。エルギス側に知られれば、間違いなく軍事利用されます。シャーロット、私たちに未知なる技術を教えてくれるのは非常にありがたいことなのですが、その技術が敵側に知られると、戦争が激化する危険性もあります。未知なる技術を誰かに習得させたい場合、必ず私たちに相談してください」

あ……しまった、戦争か。クロイス姫の言う通りだ。

「シャーロット、スキル『魔石融合』のことは、以後、誰にも喋るな」

「そうね。エルギスたちは、人間やエルフなどの奴隷を利用して、魔導具を作成しているわ。魔石融合の技術が知られたら、奴隷たちがさらに酷い環境に晒されるでしょう」

アトカさんもイミアさんも、私を軽く睨んでいる。どうして、そのことに気づかなかった⁉　王城の解析結果のことも考慮したら……とにかくそっちも報告しよう。

「申し訳ありません……以後……誰にも話しません。それに……もう一つの解析結果を考慮すると、私もその思いが強くなりました」

「「もう一つ？」」

「王城の解析結果です」

「「あ⁉」」

忘れてたの？　王城にある魔導兵器の解析結果をまとめると——

解析結果
1）魔導銃×５８６
2）魔榴弾×５６９
3）魔導ライフル×４３８
4）魔導バズーカ×２６７
5）ロケットランチャー×１４３
6）魔導戦車×２
7）魔導兵器製作工場×１

こんな感じだ。三人に解析結果をまとめた書類を提出する。誰がどんな兵器を携帯しているのかまではわからないけど、魔導兵器がどこに保管されているのかに関してはわかった。ただし、この結果はあくまで現時点でのことだ。当然、時間が経つにつれて、兵器の個数も保管場所も変化するだろう。

「この書類に記載されている順番で武器が強くなっていきます。この中で最も強力な兵器は、魔導戦車です」

「エルギス……王城の地下も工場を建設していたのか。俺たちの知らない兵器が、いくつもある。確か、ロケットランチャーがAランクに大打撃を与える兵器だったな。魔導戦車は、その上かよ。ビルクの野郎、どうやってこれだけの技術を……」

「妙ね。魔導兵器が強力になるほど、数も少なくなっている。何か、理由があるのかしら？」

それに関しては、魔導兵器の解析結果に、答えが記載されていた。

「理由はわかっています。魔導兵器の核には、強力な火属性と雷属性の魔石が組み込まれているんです。魔導銃と魔榴弾にはDランク、魔導ライフルにはCランク、魔導バズーカにはBランク、ロケットランチャーにはAランク、魔導戦車にはSランクとなります」

威力が上がるほど、強力な魔石が必要となる。Bランク以上となると、そう簡単に入手できない。

「おいおい、Sランクの魔石だと……Sランクを殺せる奴なんて……いたな」

「ええ、一人いるわ。トキワ・ミカイツよ。彼なら可能よ」

トキワ・ミカイツ、私たちの敵となるのかな？　彼が真相を知った上で、どちらの味方につくのか。それ次第で、クーデターの展開は大きく変化するだろう。

クロイス姫は一枚一枚、書類を丁寧にゆっくり見ている。

「王城内だけでこれだけの数となると、王都にも相当数存在するはず。やはり……当初の予定通り、王都でもどこに保管されているのかを把握しておくべきですね。そして、この報告書を見て確信しました。スキル『魔石融合』だけは、封印した方がいいでしょう」

「クロイスの意見に賛成だ。アッシュとリリヤには、俺からも伝えておく」

「クロイス姫の意見に賛成ね。このスキル、危険すぎるわ」

……今になって悔やむ。私は、『魔石融合』を使用すれば、目的の魔導具を開発でき、アッシュさんとリリヤさんも外に出られる、と浮かれてしまい、スキルの危険性について考えなかった。これが露見すれば、最悪アッシュさんとリリヤさんが戦争に利用される。これから先、スキル『魔石融合』の習得方法を話してはいけない。私からも二人に言っておこう。秘密厳守だ!! 私自身が、戦争を悪化させる技術を開発してどうする!!

「本当に申し訳ありません。今後、新規技術とされるスキルや魔法を使用する場合、必ずクロイス姫たちにお知らせします」

私自身が強くなり、なんでもできるようになったから、増長していたのかな?

「シャーロット、失敗は誰にでもあります」

「きつい言い方になったが、お前には感謝しているんだ。一つの失敗でクヨクヨするな」

「そうよ。この失敗を糧に、次から気をつければいいのよ」

クロイス姫、アトカさん、イミアさんに慰められた。三人とも、ありがとうございます。

「とにかく……だ。王城の魔導兵器備蓄数に関してはわかったが、これ以上は踏み込めん。王城以外の魔導兵器の製作拠点に関しては、偵察部隊の三人が王城に到着次第、調査に取りかかってくれる。王都の兵器の保管場所は、スパイを使おう。今後、魔導兵器関係は、彼らに期待するしかない」

アトカさんが話題を切り替えてくれた。そうだ、失敗は誰にでもある。いつまでも、引きずってはいけない。頭を切り替えよう‼

「俺たちは『種族進化計画』について調査するぞ。明日、俺はシャーロットを連れて、研究所跡に忍び込む」

え……ついに種族進化計画に踏み込むの⁉

「ちょっと、それなら私も行くわよ」

「イミアはクロイスの護衛と、アッシュとリリヤのフォローを頼む」

クロイス姫の護衛は必要だ。アッシュさんとリリヤさんは、『魔石融合』の習得に専念している。二人へのフォローも要る。

「はあ～仕方ないか。アトカ、シャーロット、頼んだわよ」

名誉挽回のチャンスだ‼　なんらかの成果を挙げたい‼

「任せてください‼　研究所跡だから、研究に関する紙の断片でも残っていれば、『構造解析』で情報を探し出せるはずです」

研究所跡か、どんな機材を使って研究をしていたのかな？　多分、機材自体も壊れているだろうけど、ほんの少しくらいは残っていてほしい。

3話　国立王都研究所跡の捜索

翌朝、私とアトカさんは二人だけで、国立王都研究所跡に向かう。王都内での移動であるため、空を飛ぶルートは避け、目的地近くまでは馬車で行くことにした。道中、私はアトカさんから、その研究所がどういった機関であるのかを詳しく聞いた。

国立王都研究所は、敷地面積は王城並みに広く、研究棟は三階建の建物らしい。医学、薬学、魔法、スキル、魔導具などのあらゆる分野を集約させた研究機関だった。

この研究所で働けるのは、国民の中でも一握りのエリートだけ。優秀な人物であれば、平民、貴族といった身分に関係なく採用されている。また、ジストニス王国は医学薬学関係に実績があり、その分野は他国にも認められている。

現在研究所は閉鎖されており、半壊した建物の周囲には、瓦礫が散乱している。本来であれば、事件後すぐに更地にしたいところだろうが、ネーベリックが突如現れた場所でもあるせいで、原因を究明すべく、調査官が定期的に訪れているらしい。しかし、この五年で得た成果はゼロだ。だから、いまだ研究所の解体は国から許可されていない。

今回、私のやるべきことは、種族進化計画の全貌を知ることだ。この計画に関しては、王族であるクロイス姫さえ何も知らない。本当に一部の者だけで、極秘裏に百年間も進められてきたのだ。

しかも、秘かにネーベリックを監禁していたということは、メインの研究施設は地下なのだろう。敷地のどこかに、地下への入口があるはずだ。

アトカさんも、私と同じ見解だった。地下ならば、研究資料の一部でも残されているかもしれない。

馬車が停まった。どうやら目的地近辺に到着したようだ。

馭者さんによると、ネーベリック事件直後、研究所跡から亡くなった職員のすすり泣く声が昼夜問わず聞こえていたという。しかし三年前、騎士団の活躍により、全てのゴーストが浄化された。ただ、建物崩壊の危険があるため、現在でも立ち入り禁止区域となっている。

馭者さんは研究所一帯を異様に恐れていた。私たちは馬車が遠ざかってから、誰にも目撃されないようにしつつ、研究所の敷地へと入っていった。

「シャーロット、ゴーストは怖いか？」

目的地に到着してから、そんな質問をしますか？

「今更ですよ。Ｃランクのランクアップダンジョンで散々見ましたから、怖くありません」

日本にいたとき、私はホラー系を苦手としていた。でも、この世界のゴーストに対しては、苦手意識がない。それはなぜか？　答えは簡単だ。明確な対処方法があるからだ。

「それなら問題ない。まずは、目ぼしい建物の中で魔導具『ソナー』を使ってみる。騎士団たちに探知される危険性もあるから、貧民街では一度も使用していない。今回が初の試みだな」

騎士団がクロイス姫捜索に利用していた魔導具を使うんだね。アッシュさんが濡れ衣を着せられたおかげで、魔導具『ソナー』が一台だけある。気になる点は――

「あれは、人を探知するためのものですよね？　その魔導具で地下施設を発見できるのでしょうか？」

「それは、俺にもわからん。だが、俺が使用すれば、シャーロットを探知できるだろう。一緒に周囲のマップが表示されるかもしれん」

ぶっつけ本番の試みか……上手くいくといいけど。研究所跡に関しては、以前反乱軍のメンバーがネーベリックの詳細を知ろうと、潜入調査を試みたものの、有力な情報を得ることはできなかったそうだ。ただし、敷地全体の地上区域を綿密に調査してくれたおかげで、どこにどんな建物が配置されているのかはわかっている。

しばらく歩くと、半壊した大きな建物が見えてきた。周囲三ヶ所に瓦礫が集積されている。

「調査によると、この建物が研究棟のようだ。報告書通り、半壊しているな」

　アトカさんは調査資料を見て、この建物を研究棟と判断したようだ。右半分が完全に破壊されている。しかも、残りの左半分も外壁にはヒビが入っており、いつ倒壊してもおかしくないレベルだ。これはもう全壊でいいよね？

「この建物の中に入るんですか？　かなり危険ですよ？」

「それは承知の上だ。入るぞ」

　中に入ると、紙の資料や魔導具の残骸といったものは全く残されておらず、綺麗に片付けられていた。瓦礫も端に寄せられているため、比較的歩きやすい。とりあえず、アトカさんとともに一階部分を軽く見たけど、研究に関わる資料や機材は一切なかった。アトカさんの情報網によれば、新たな研究施設がここからかなり離れた場所に建設されたらしく、全ての機材や資料はそちらへ運搬されたそうだ。

「なにも、壊れた機材や魔導具まで運搬しなくていいのに。一目でいいから見たかった」

「仕方ないだろ。研究機材は高価だ。少しでも役立ちそうなものがあれば、たとえ壊れていても運搬する。さあ、魔導具『ソナー』を使うぞ」

　はあ、仕方ない。『ソナー』を使って、何かわかればいいんだけど。

「……ちっ、ダメだな。周囲二十メートル以内の一階見取り図と、俺たちの現在位置しかステータスに表示されない」

それって、私たちが一階にいるからだよね？　つまり、地下に行かないと、地下の見取り図も表示されないってことか。

「地下への入口は？」

「建物の見取り図だけで、説明が一切ない。これじゃあ、わからん。自力で探せってことかよ‼」

私が敷地全体を構造解析してもいいけど、それだと数日を要する。何か良案はないかな？　……魔導具『ソナー』は魔力波を利用することで、周囲に潜む人物の居場所を特定し、周辺の見取り図を作成してくれる。逆にいえば、人を基点として地図を作成するため、誰もいない地下室を見つけられない。となると――

「アトカさん、私が魔力波を周囲に発生させます。魔導具『ソナー』の原理を応用すれば、全体の立体的な地図をステータスに表示できるかもしれません」

「本気か⁉　そんなスキルや魔法は聞いたことがないぞ。そもそも、『魔力波』という言葉自体がわからん。シャーロットなら可能なのか？」

「『構造解析』スキルは、私の魔力波を利用しているのです。私に限っていえば、魔力波を自在に扱えます」

「……わかった、試しにやってみてくれ。ただし、絶対に無理はするな。シャーロットがやろうとしていることは、『ソナー』の機能以上のことを自分の力だけで行うということだ」

問題はそこだよね。身体にどれだけの負担が掛かるのか、正直わからない。いきなり建物全体の見取り図を作成するのは困難だろう。まずは場所を限定しよう。

「焦らず、ゆっくりとやってみます」

魔力波とは、魔力を紫外線や赤外線のように波長化したものだ。研究者であった頃、波長に関しては散々勉強したし、X線などを照射する大型機器を取り扱ったこともある。まさか、自分自身がそういったものを照射することになるとはね。さあ、実験開始だ‼

……なるほどね。魔力波は、どんな物質でも透過する。でも物質を通過する際、わずかながら速度が落ちる。この、速度が落ちる箇所には残骸や壁があるとみなして、見取り図をイメージしていこう。今回は初の試みだから、周囲十メートルほどを解析してみようか。

《スキル『マップマッピング Lv2』を入手しました》

お、新たなスキルを習得したよ‼　ステータスを開いてみよう。

スキル『マップマッピング』レベル2

習得条件

自分の視野に入っていない場所を、魔力波で解析し、イメージ化する。その精度が七十パーセント以上であれば、習得可能となる。

効果
ステータスに、自分の魔力波で解析した場所を地図として立体的に表示することができる。ただし、認識能力とイメージ化する技術が拙い場合、誤差が大きくなるので注意すること。なお、『魔力感知』と連動させることで、地図に生物を表記させることも可能となる。このスキルを取得以降、惑星全土の世界地図がステータスに表示される。一度立ち寄った街や村、ダンジョンは、世界地図に専用のマークで表示され、その地点を拡大表示させることも可能となる。

よっしゃーーーー、今の私たちにとって、最も望んでいるスキルを入手できたよ‼　早速、アトカさんに習得条件と効果を教えてあげると……驚きはしたものの、何やら考え込んでしまった。

「シャーロット、この『マップマッピング』はノーマルスキルなのか？」

「はい、そうです。アトカさんも習得可能ですよ」

「……そんなスキル名、これまでに聞いたことがないぞ？」

「おそらく、魔力波を完全に理解している人が少ないんですよ。レアスキルに属するのでは？」

「だろうな。このスキル、冒険者や間者、暗殺者にとって、喉から手が出るほど欲しいスキルだ。俺も覚えたいところだが、魔力波というものをイマイチ理解できん」

魔力波……か、説明しにくいな。でも、このスキルはかなり有用だから、アトカさんも習得しておいた方がいい。

「クーデターが始まるまでに、私が魔力波について講義しましょう。原理をきちんと理解すれば、容易に『マップマッピング』を入手できます」

「そうだな。悪いが、イミア、アッシュ、リリヤにも教えてやってくれ。このスキルも昨日の『魔石融合』と同じく、悪用される危険性が非常に高い。クロイスには、絶対教えるなよ」

クロイス姫に教えたら、絶対貧民街から抜け出して、ニャンコ亭とかに行きそうな気がする。

「はい」

アトカさんでも魔力波を知らないとなると、スキル『マップマッピング』は、ノーマルスキルの中でも、レア中のレアなんだろう。今後、エルギス側が習得する可能性もあるから、注意しておこう。

　調査資料によると、敷地内にはこの研究棟以外にも、まだ数棟の建物があるらしい。アトカさんは、残りの建物の状況を把握するべく、研究棟から離れていった。私は『マップマッピング』を地下に絞り、研究棟を少しずつ探索していった。しかし、崩壊していない部分をいくら調べても、地下の空間を見つけることはできなかった。時刻がお昼十二時になったことで、私は一旦建物から出て、合流したアトカさんとともに、昼食を摂ることにした。

「シャーロットがこれだけ探しても見つからないとなると、やはり地下に研究施設があるとしたら、崩壊部分にある可能性が高いな」

「そうですね。私の方も、地下に魔力波を当てたときの感触に慣れてきました。今後、『並列思考』スキルと連動させることで、解析速度もかなり向上すると思います。午後の調査は捗ると思いますよ」

　ネーベリックが巨大化し、地下から出現したことを考えると、崩壊箇所の真下に地下の研究施設があるとみて間違いない。でも、できることなら、地下への入口は崩壊していない箇所で見つけたい。それができれば何の痕跡も残すことなく、ここを去ることができるからだ。

「アトカさん、この研究棟以外で、どこか怪しいところはありましたか？」

「居住棟が三棟、訓練場が二つ、廃棄処理場が一つあった。居住棟は全て全壊、訓練場は全て半壊、廃棄処理場だけは無事だ」

廃棄処理場……ネーベリックはそんな場所には行かないか。だから、破壊されずにすんだのか。

「シャーロット、身体への負担はどうだ？」

「まだ、いけます。崩壊箇所付近から探索を始め、少しずつ研究棟から離れていこうと思います」

そのやり方なら、たとえ研究棟になかったとしても、いずれ出入口にぶつかるだろう。

「……焦らず、自分のペースでやっていけよ」

昼食を食べ終え、私たちは捜索を再開した。まずは崩壊した場所近辺でスキルを使用してみた。すると、私たちの求める地下施設の空間をようやく見つけることができた。

「アトカさん、地下施設を見つけました。ただ……」

「どうした？　何か異常があるのか？」

「少ししか解析していないのでなんとも言えませんが、ステータスの地図を見る限り、地下施設の規模がかなり大きいです。地下二階まではありそうですね」

「なんだと⁉」

しかも、どの階も床から天井までの高さが六メートルほどある。ネーベリックを飼っていた以上、この理由はわからなくもないけど……そういえばネーベリックって巨大化前の体長はどの程度だったのかな？　データはまだ残っていたよね。えーと、巨大化前の体長は……なんだ、レドルカより少し大きいくらいか。もしかしたら、大型の肉食恐竜は惑星ガーランドで生き残るため、長い年月をかけて小型化したのかな？　でも、ネーベリックは薬物投与(とうよ)されたせいで、先祖(せんぞ)のサイズか、それ以上に巨大化したってことかな？

「地下施設の規模は、地上の研究棟と同レベルか、それ以上かもしれません」

「おいおい、地下で何が行われていたんだよ」

その後、『マップマッピング』のスキルレベルが2から6に跳(は)ね上がったことと、『並列思考』と連動させたことで、作業効率が大幅(おおはば)に上がった。そして、解析範囲をどんどん広げていったところ——ついに地下施設への出入口を一ヶ所、発見することに成功した。その出入口は、なんと廃棄処理場の中にあった。研究棟から廃棄処理場までの距離は約二百メートル。地下施設の規模は、まさしく地上に建てられている研究棟以上のものだった。

4話　種族進化計画とは？

まさか、地下施設への出入口が廃棄処理場の中にあったとはね。私とアトカさんは、廃棄処理場に行き、ステータス内の地図に表示された場所近くに到着すると、そこには一つの部屋があった。入口の扉には、『特別応接室（関係者以外立入禁止）』と記載されていた。

「鍵は掛かっていませんね」

「この部屋の中に入口があるのか？　とにかく入ってみよう」

扉を開けて中に入ると、そこは普通の応接室で、別段おかしなところはない。でも、ステータスの地図だと、ちょうどこの本棚のあたりに入口があるんだよね。本棚を構造解析してみるか。……なるほど、そういうことか。本棚には五つの棚があり、それら全てに色んなジャンルの本が置かれている。しかしこれらは全部カモフラージュ。私は、本棚そのものに魔力を注いだ。すると……

「うお‼　本棚が動いたぞ‼」

「『構造解析』でわかりましたが、この本棚自体が魔導具なんです。魔力を注ぐことで、動く仕組みとなっていました」

本棚が、ズズズとゆっくり動く。するとそこには……壁しかなかった。

「どういうことだ？　何もないぞ？」

「これはきっと、回転扉というやつですね。ほら、壁を押すと……」

私が押したら、壁がクルッと動いた。忍者屋敷とかに行くと、こういった仕掛けがあるよね。

「壁が回転しただと⁉　入口を二重に守っているのか。これじゃあ、他の連中も気づかないわけだ。隠し通路の中は……暗いな。俺が光魔法『トーチ』を使う。この魔法は、込める魔力によって発せられる光の強さが異なる。規模も大きいようだから、多めに魔力を込めておく。……トーチ、よし行こう」

私は『暗視』スキルを所持しているから、この魔法を使用したことがない。ここは、アトカさんに任せよう。回転扉を潜り抜け、奥に進んでいくと、地下への階段があった。私たちは、階段を下りていき、地下施設に繋がる扉を開けた。

「ここが地下施設か」

魔力波だけのイメージで想定はしていたけど、いざ自分の目で確認すると、かなりの広さであることがわかる。トーチの光量が強いおかげもあって、周囲が明るく見やすい。

「これ……普通に探すと、時間がかなりかかりますね。私が一部屋ずつ、『構造解析』スキルを使用していきます。その際、検索条件に『ネーベリック』『種族進化計画』を加えて実行すれば、関係資料の残骸とかが見つかると思います」

「そうだな。これだけ規模のデカイ施設となると、通常の方法で手掛かりを探し出すことは、まず不可能だろう。シャーロット、頼む」

私たちは、一部屋ずつ丹念に『構造解析』で引っかかるものを探していった。ただ、極秘裏に進められている研究であったためか、機材や資料などが全く見当たらなかった。また、生物の白骨死体とかもなかった。なんとも、拍子抜けである。ゴーストの出現も期待したんだけど、魔物すらいない。

五年も経過しているし、エルギスの関係者がここに訪れ、証拠を抹殺したか、新たに建築された施設に全ての機材や資料を移送したのかもしれない。それでも、私たちは諦めることなく、数時間かけてさらに調査をした結果、机の引き出しや本棚、壁と棚の隙間などから六枚の紙を見つけ出すことに成功した。早く内容を確認したかったけど、精神的にかなり疲れたので、私たちは一旦外に出ることにした。

「おお、数時間ぶりの陽の光です。もう、日暮れ前となっていますね」

「シャーロット、お疲れさん」

「この施設、どれだけ広いんですか。見つかった資料も、たった六枚だけ。何か進展があって欲しいです」

「そうだな。資料に関しては、俺とイミアとクロイスが見ておく。シャーロットは、ゆっくり身体を休めておけ。この時間なら、まだ馬車もギリギリ運行しているはずだ。貧民街に戻ろう」

労いの言葉を貰ったせいか、気が抜けてしまい、気がつけばアトカさんにオンブされていた。そして、そこからさらに深い眠りとなったようで、次に気づいたときは貧民街の自分の部屋だった。しかも、時刻は夜十時二十七分だ。

「ううむ、地下施設を出てからここに戻ってくるまでの記憶がほとんどない。お腹減った……あれ？」

ふとテーブルを見ると、屑肉(くずにく)ステーキとスープとご飯が置かれていた。まだ湯気(ゆげ)が出ているから、置かれて間もない。もしかしたら、この匂(にお)いにつられて目覚(めざ)めたのかな？　料理の載(の)るお皿の下に、一枚の手紙が置かれていた。

『お疲れさん。シャーロットがいなければ、資料を見つけるどころか、地下施設すら発見できなかっただろう。施設を出ると、眠そうな顔でフラついていたから、背負(せお)って帰ってきた。資料に関しては虫食い状態で読みにくい部分があったため、現在俺とイミアとクロイスでまとめている。明日の朝には、作業も終わっているだろう。シャーロットは、ゆっくり休んでいてくれ。　　　アトカ』

アトカさん、人相はやや悪いけど、意外に優(やさ)しいところがある。ただ、夜遅(おそ)くにステーキというのはどうかと思うけど。まあ、お腹が減ってるし、食べよう。

〇〇〇

翌朝、私は地下施設で発見した資料の内容を確認すべく、クロイス姫の部屋を訪れた。そこには、アトカさんとイミアさんもいた。

「シャーロット、おはようございます。昨日はお疲れ様でした」

「クロイス姫、おはようございます」

「ふふ、あなたが見つけてくれた六枚の資料、きちんとまとめておきましたよ。イミア、シャーロットに渡してあげてください」

　虫食いがあって読みにくいと書かれていたけど、なんとかまとめてくれたんだ。

「シャーロット、これよ。虫食いだらけで、かなり読みにくい箇所があったから、私たちでわかるところをまとめておいたわ。種族進化計画の全貌まではわからないままだけど、その一部はわかった」

　イミアさんから二枚の紙を貰った。さてさて、何が書かれているのかな？

資料1　ある男性研究者の日記

・獣人は俺たちの敵だ。あいつらだけは、絶対に許さん。奴らは斬っても斬っても、すぐに再生する。嫌味か!?　こっちは斬っても、復活するまでにかなりの時間を要するんだぞ!!　だが、我々の研究を完遂するためには、獣人のあの種族特性を生物学的な意味で詳しく知る必要がある。被験者である彼らに乱暴してはいけない。
・人間はある意味、俺たちの仲間だ。被験者の中には、俺たちと同じ悩みを抱えている者もいる。そのせいか、一部の人間たちと意気投合してしまった。
・俺は新型の薬の被験者となった獣人と人間に土下座をした。正直、すまないと思って

いる。獣人は俺たちの敵であるが、あれを見てしまったら……本当に申し訳ないことをしてしまった。彼らが奴隷とか被験者とか、もはや関係ない。

・クソッタレがーーーー!! なんで、目的の作用とは正反対の薬ができるんだよ!! 上司は俺を褒めてくれるが、全然嬉しくない。いや、落ち着け。正反対ということは、これを基にさらに研究していけば、目的の薬も製造可能ということだ

・クソ、想定外だ。俺は、もうダメだ。あともう少しで完成なのに……ネーベリック……ちくしょ……誰か俺の研究……引き継い

この人は二百年前の戦争の件で、獣人に対して敵対意識を持っているのかな？ でも、それなら『獣人だけが魔鬼族の敵』と取れる表現はおかしいよね。獣人に対して、恨みのこもった文章もあれば、臨床試験の失敗で謝罪している文章もある。獣人を本当に恨んでいるのなら、たとえ日記であっても、謝罪の文章は書かないだろう。とりあえず、気になる点を質問してみよう。

「クロイス姫、獣人の種族特性に再生能力ってありました？」

「いいえ、そんな特性はありません。だから我々も、この日記の持ち主である男性が、どんな研究を行っていたのか気になっています。我々は、ネーベリックだけが実験体に用いられてきたと思っていました。まさか、獣人や人間たちも薬の被験者として利用されていたとは……」

うーん、研究内容が気になる。種族進化計画と関係しているのかな？　他の資料を見てみよう。

資料2　ある女性研究者の日記

・はあ～、研究意欲がなくなるわ～。私はこんな研究をするために、研究者になったんじゃない。でもな～、家族の中で、私が稼ぎ頭でもあるのよね～。ここは我慢しよう。

・男どもは必死よね。アレが自分の身に降りかかる危険性を考えたら、まあわからなくもないけど。被験者となる獣人、人間、エルフ、ドワーフがちょっと気の毒だわ～。あ、ネーベリックは副作用もないから、被験者として最適よね。

・もう最悪～。彼だけは、絶対アレじゃないと思っていたのに!!　彼にも、アレの魔手が忍び寄ってきている。絶対に薬を完成させてやる!!

・腹立つわ～。『獣人たちが風邪をひいたから、臨床試験を中止します』と言ったのに、『あの薬は命に関わるものではない。副作用も表面に表れるだけだ。風邪をひいていいようと実行しろ』だって。確かに、この薬の副作用は獣人たちの命を蝕むものではない。でも、絶対大丈夫と断言はできない。被験者となる人たちのことも考えろ!!

・彼が死んだ。あいつが……ネーベリックが彼を食べた。あいつは、どんどん巨大化し

てる。もう少しでこの地下施設自体を破壊するだろう。私も、いずれ——

ここで終わりなの⁉　アレってなんだよ‼　男だけがかかる病気なの？　それにさ、なんで男と女で研究意欲に差があるのよ‼　肝心なことが一切わからない。種族進化計画に関わる資料は、これで全部か。

「クロイス姫、肝心の内容がほとんどわかりません。でも、これらの資料は地下施設で見つけたものですし、ネーベリックという言葉もありますから、種族進化計画に関わるものだと思います」

「ええ、その通りです。二人の研究者たちの文章で共通しているのは、被験者たちのことを比較的大切に扱っていることです。まあ、実際のところはわかりませんが。それと、ネーベリックだけは薬物の副作用がなかったようですね。もしかしたら、そういう長所があったからこそ、頻繁に実験に利用されていたのかもしれません」

それはありうる。ネーベリックの解析データを見たら、かなりの頻度で薬を投与されていたからね。

「シャーロット、今回の資料のおかげで、種族進化計画の一端を知ることができました。まだまだ謎が残っていますが、焦らず情報を集めていきましょう」

念のため、六枚の虫食い資料を『構造解析』にかけたけど、わかったのは紙として存在している部分の内容だけで、虫食い箇所に何が書かれていたのかまではわからなかった。

この結果に、クロイス姫もアトカさんもイミアさんも、落胆の色を隠せていなかった。私自身も、あれだけ必死に探したのに、これだけの成果しか得られなかったのが悔しい。でも、ほんの少しだけど、クーデターに向けて前進した。

「次はどうしますか？　新しく建設された研究所に潜入しますか？」

研究所跡に関しては、もう手掛かりはないだろう。

「それはダメです。部下たちからの報告によると、警備が厳重すぎるとのことです」

見つかったら元も子もないか。

「それなら、私が王城に潜入して、エルギスとビルクを構造解析しましょうか？　『構造解析』だけなら、危険度もかなり低いですよ」

「それもダメだ。潜入捜査が成功すれば、確かに一発で謎が解けるだろう。だが、研究所同様、王城の警備も厳重だ。『マップマッピング』スキルがあろうとも、『絶対に見つからん』とは断言できない。シャーロット自身は切り抜けられたとしても、もし他のメンバーが見つかった場合、そいつが拷問されて、反乱軍のことが露見する場合もある。姿を見られただけでも、反乱軍が闇に潜んでいるという疑念を持たせてしまう。できれば、エルギスが仕事で外に現れたところを構造解析するのが望ましいだろう」

アトカさんの言うことも一理ある。潜入捜査には、かなりの危険を伴う。城の内部に入り込んだスパイだって、騎士団とは何の関係もない人たちを選び、リスクを最小限に抑えた状態で送り込んだと聞いている。

エルギスが国王であっても、なんらかの行事で表に現れる日もあるはずだ。焦らず、その日を待つのが得策かな。

「わかりました。それなら私は、中途半端な状態で放置している、アッシュさんが疑いをかけられている魔導具盗難事件の始末をつけてきます。もう犯人はわかっていますので、奴らに天誅を加えたいのです」

「シャーロットの言う犯人とは、グレンとクロエのことですね？」

クロイス姫、私は本気です。二人は幼馴染でもあるアッシュさんを犠牲にして、なんの努力もせず強くなっていった。アッシュさんの努力で得られた数値は、『呪いの指輪』によって全て二人に還元されていた。私たちがアルバート先生に呪いの全貌を伝えたことで、もう何もしてこないだろうと思っていたのに、まさかあんな暴挙に出るとは思わなかったよ。

「はい。特にグレンに関しては、『構造編集』でスキルを弄りまくります。自分のことしか考えない馬鹿どもには、天罰を与えないと」

「気持ちはわかりますが、無茶だけはしないように」

「そうよ。まあ、シャーロットが怒るのもわかるけどね」

「シャーロット、天罰を与えてもいいが、騒動を起こすなよ」

クロイス姫、イミアさん、アトカさんから、軽い注意を受けてしまった。でも、グレンに対して罰を与えてもいいんだね。反対されるかなと思っていたよ。

「ひとまず、アッシュさんとリリヤさんに『魔石融合』と『エンチャント』の技術を身につけてもらいます。その後、アッシュさんと相談してから罰を執行しようと思います」

中途半端にしていた事件に、やっと手をつけることができる。グレンとクロエ、絶対に許さないよ‼

5話　グレンとクロエに天罰を‼

研究所跡捜索から三日後、アッシュさんとリリヤさんが、ついにスキル『魔石融合』と『エンチャント』を習得した。融合魔石の耐久度は、アッシュさんで１８９、リリヤさんで１３６だ。

私はこの魔石に幻惑魔法『幻夢』を付与して、魔導具『幻夢のネックレス』を作り、二人に渡した。その際、アッシュさんとリリヤさんは、自分たちの力で苦労して新たな技術を身につけたためか、感慨深げに魔導具を見つめていた。

ただ、『魔石融合』に関しては、クロイス姫から言われたことをそのまま伝えた。どうやらアトカさんにも同じことを言われていたらしく、二人は真剣な眼差しで「秘密を厳守する」と誓ってくれた。

次に、二人が誰に変異するかが問題となった。そこで、私は『持水薫』の中学校の同級生だった男女を幻夢で投影し、「この二人はハーモニック大陸にいない人たちであるため、変異しても絶対に露見しません」と強く言っておいた。同級生の容姿は控えめなので、変異しても違和感はないはずだ。

というわけで、二人にはその男女の魔鬼族版に変異してもらう。変異箇所は、顔と髪色だ。アッシュさんは茶髪なので黒髪に、リリヤさんは黒髪なので茶髪に変化させている。あとは、服装かな。ロキナム学園の制服とホワイトメタルの簡易着物なんか着ていたら、変異していても危ないので、大人たちから余っているごく普通の庶民服を貰い受けることとなった。

今後、貧民街を出ても、この魔導具『幻夢のネックレス』を使用すれば、捕縛される危険はない……と二人は思っているだろう。でも、幻夢を打ち破る方法はある。今のうちに注意しておこう。幸い、ここはアッシュさんの部屋だから安全だ。

「アッシュさん、リリヤさん、一つ注意しておきますね。『識別』というスキルを所持していれば、幻惑魔法『幻夢』の一部を打ち破れます」

「え、せっかく作ったのに⁉」

「リリヤ、シャーロットは幻夢の一部を打ち破れると言ったんだ。まず、話を聞こう」

　うんうん、魔導具を完成させたばかりなのにごめんね。

「例えば、犯罪者がどんな変装をしていようが、その中身である悪の本質を変化させることはできません。スキル『識別』は、相手の魔力や魂の質を識別することで、相手が完璧に変装していても、悪人か善人かを見極めることが可能なのです。またそのスキルの所持者は、変装前の相手と一度でも接触し、魔力や魂の質を覚えていた場合、変装後の相手を一目で見破ることができます。ただし、両者のスキルレベルによって、識別できる場合とできない場合があります。また、幻夢で変異した姿が解除されるわけではありません」

　二人とも、ポカーンとしている。

「シャーロット、アトカさんとイミアさんは、今も何事もなく変異して生活しているけど？」

　アッシュさんが、その点を疑問に思うのも当然だ。私なりの仮説を話してあげよう。

「アッシュさん……スキル所持者の中に、お二人の知り合いがいれば、一発でバレます。アトカさんが変異してから五年、誰にもバレていないのは、おそらく『識別』スキルを所持している人が極端に少ないせいでしょう」

「確かに、僕も『識別』というスキルを聞いたことがないし、学園でも習っていない。多分、ジストニス王国の誰も知らないんじゃないかな？」

　このスキル、古くからあるものなんだけど？　なんで知られていないの？　魔力や魂の質を見極めようとする人がいないのかな？

「お二人とも、『識別』スキルを習得しておいた方がいいです。今後、重宝するでしょう。このスキルの習得条件は簡単なので、今からお教えします」

　この日、私はアッシュさん、リリヤさん、アトカさん、イミアさん、クロイス姫の五人に『識別』スキルを教えた。無論、私も習得しておいた。

　習得時、アトカさんとイミアさんとクロイス姫の持つ魔力系の基本スキルのレベルが一つか二つ上がり、三人とも大喜びしていた。その反面、アッシュさんとリリヤさんのスキルレベルは上がらなかったため、ややガッカリしていた。経験の積み重ねもあるから、二人のスキルレベルもじきに上がるだろう。

　次に、クロイス姫を除く四人には、『マップマッピング』スキルについても教えた。習得するには、魔力波を理解する必要があったので、わかりやすく説明しておいた。『識別』と違って、さすがにこちらの方は今日一日で誰も習得できなかった。

　私が魔力波について講義している際、アトカさんとリリヤさんの二人は眠そうにしていたし、アッシュさんとイミアさんは真剣に聞き、色々とメモをとっていたけど、完全には理解できなかったようだ。だから、私は発破をかけるべく、ある情報を四人に教えてあげた。

「魔力波を扱えるようになれば、魔法『真贋』が使用可能となります」

無属性魔法『真贋』消費ＭＰ３

魔力波を利用することで、物品が本物か偽物かを見極めることが可能となり、真の情報を知ることができる。人に使用した場合は、相手の真実の姿やステータス内の基本能力値、魔法、スキルが観察可能となる。この魔法を継続利用したい場合は、消費ＭＰ20で一時間、ただし数に関係なく情報を知ることができる。

「魔法『真贋』は、ユニークスキル『構造解析』の下位互換です。ぶっちゃけ、『識別』スキルよりも、こちらの方が圧倒的に有能ですよ。偽装されたステータスも簡単に見抜けますしね」

　というと、四人全員が目を見開き、魔力波について色々と質問してきた。無属性魔法であるため、全員が習得可能だから、皆のやる気に火がついたようだ。これから魔力波について、必死に勉強していくだろう。クーデターを少しでも有利に進めていくため、私の知識の中で有効利用できるものがあれば、少しずつ教えていこう。

○○○

翌朝、私はアッシュさんとリリヤさんとともに、貧民街を出た。二人の変異は完璧だ。私のお墨付き(すみつき)があるせいか、二人の挙動(きょどう)に不審(ふしん)さはない。

今日、アッシュさんはリリヤさんとデートをする。

バルボラ戦で活躍したリリヤさんの願いが、アッシュさんとのデートだったのだ。二人の初デートを邪魔(じゃま)するわけにはいかないので、私はアッシュさんから魔刀『吹雪(ふぶき)』を受け取り、ロキナム学園に赴(おもむ)いた。アッシュさんには、「魔刀『吹雪』をアルバート先生に渡しておきます」とだけ言っておいた。本当の目的は、グレンとクロエに天罰を与えることだ。

そして現在、私はロキナム学園正門入口の警備員さんの計(はか)らいで、職員室の中にある客室に案内してもらい、その後授業中のアルバート先生を呼び出してもらった。

「アルバート先生、授業中呼び出してしまい、申し訳ありません」

「いや、それは構わないよ。当然、要件はアッシュのことだろう？」

アルバート先生も、私が何を求めているのかわかっているんだね。

「はい。まずは、これをお返しします」

私は、マジックバッグから魔刀『吹雪』を取り出した。

「これは……魔刀『吹雪』⁉　入手できていたのか‼」

「アッシュさんが学園を訪れた際、これを先生にお渡しする予定でした。それをあのグレンが……魔導具盗難事件に関しては、アッシュさんから全てを聞いています。どう考えても、真犯人はグレンです」

アルバート先生もわかっているのか、申し訳ない表情を私に見せた。

「シャーロット、この魔刀『吹雪』は、私が責任をもって学園長に渡しておく。魔刀『吹雪』と魔導具盗難事件には、学園長も私も、グレンが絡んでいると思っている」

「だったら……」

アルバート先生は、ゆっくり首を横に振った。

「魔刀『吹雪』の件は、関与したクラスメイトたちが退学覚悟で話してくれたおかげで、アッシュの容疑は晴れた。今回、アッシュが彼らのことを思い、罪を被ったこと、そして彼らがアッシュのことを思い、勇気をもって発言してくれたことを考慮し、学園長の計らいで、彼らには反省文を書かせるだけで終わった」

あの人たちが罪悪感に負けて、正直に話してくれたんだ。その行為は、私も嬉しい。彼らの処分が反省文だけというのは、いささか軽い気もするけど、何も言うまい。学園長も今回に限り大目に見てくれたのだろう。

「そして、肝心の魔導具盗難事件、事件の真犯人は君の予想通り、グレンだろう。だが、物的証拠がアッシュの部屋で見つかっている以上、犯人はアッシュとなってしまう。実は私も過去のグレンの動向をチェックしたところ、盗難事件の四日前に魔導具『ソナー』を魔導具保管室へ返却したことになっている。おそらく、そのときに盗んだのだろうが……証拠がない。本人に詰問したが、『そんなことはしていません』の一点張りだ」

　まあ、自分の罪を認めるわけないよね。認めれば、極刑になりかねない。

「それなら呪いの指輪については？」

「その件に関しては、グレンもクロエも認めた。二人がアッシュに強く嫉妬し、恨んでいることもね。当時、二人は、アッシュに『自分たちの苦しみを少しでも知ってほしい』という軽い気持ちで、呪いのことを伏せて指輪を贈ったそうだ。呪いが強力で、アッシュの努力したもの全てが自分たちに還元されることを知り、グレンもクロエも優越感に浸ってしまった。二人の嫉妬や恨みが消えれば、呪いも解呪されることを知っていたが、その特性を利用したまま、今に至っている」

『構造解析』で得られた解析データと、概ね同じか。

「アッシュが指名手配されて以降、二人には『呪いの件』を口実に、二週間学園地下にある指導室で生活するよう言い渡してある。指導室というのは、実質牢屋のことだ。これで魔導具盗難事件について自白すると思ったが、自分たちはその件に一切関わっていないと言い切っている」

指輪の件は、既に解呪されていることもあって、言い逃れできないと思い、きちんと話しているけれども、魔導具盗難事件の方は何があっても認めないつもりか。

「すまない。クロエはともかく、状況から考えて、グレンが真犯人なんだろうが……」

アルバート先生も、アッシュさんの無実の罪を晴らせないことが悔しいのだろう。さて、最後の仕上げをする前に、二人に確認しておこう。

「アルバート先生、二人のいる指導室に行ってもいいですか？」

「それは構わないが？」

私とアルバート先生は職員室を離れ、そのまま地下の指導室へ直行した。指導室というネームが貼られているドアを開けると、左手に三つの牢屋が見えた。

「「シャーロット!?」」

グレンとクロエは、別々の牢屋に入れられていた。二人とも、私の顔を見るや否や、顔面蒼白となっている。

まずは、グレンとクロエを構造解析だ。……あちゃあ～、アッシュさんが指名手配された件は、半分私のせいだね。呪いの指輪の件がアッシュさんに露見したけど、あの時点で、アッシュさんが劣等感を持った二人に対し、そのことについての謝罪をしていれば、グレンは魔導具『ソナー』を保管室に戻すつもりだった。仮に盗難が発覚しても、どこか別の部屋へ移動させるつもりだった。自分で呪いをかけた相手に謝ってもらおうって考えは賛同できないけどね。

でも、そのときに起こった魔刀『吹雪』破壊事件と私の『威圧』で、グレンはアッシュさんを退学に陥れようと心に決めたんだ。特に、最後に実行した私の『威圧』が、決め手となったのか。

グレンの中に、私に対する言い知れぬ不安感が芽生えてしまい、後先考えず、あの暴挙に出た……というわけか。クロエの方はアッシュさんに対して、嫉妬と同時に深い罪悪感もある。盗難事件の際、グレンの脅しに屈し加担したらしい。

「お久しぶりです。アッシュさんからここで起きた出来事を聞きました。現在、彼は逃亡生活を続けています。お二人には、罪悪感というものがないんですか？」

「呪いの指輪に関しては、正直すまないと思っている。けど、俺たちは盗難事件に関与していない」

グレン、ムカつく‼　本当に、罪悪感のカケラもないよ。

「あくまで、自分たちは無関係だと言い張りますか。これが最後の警告です。ここで自白すれば、私はあなたたちに対して、何もしません。しかし、認めないのであれば、私がアッシュさんの代わりに天罰を与えます」

「「天罰⁉」」

グレン、クロエに、アルバート先生まで天罰と聞き、驚いている。さて、この言葉をどう捉えるかな？

「ふん、俺たちを脅して、盗難事件の真犯人に仕立て上げようとしても無駄だ。アッシュが犯人なんだよ‼」

「グレン、もう……」

「クロエは、黙ってろ‼」

この二人、特にグレンはもうダメだね。

「そうですか。正直に喋る気はありませんか。ならば……」

グレンの所持スキルは、『魔力感知』『魔力循環』『魔力操作』『身体強化』『危機察知』『気配察知』『気配遮断』『剣術』『短剣術』『体術』『足捌き』『俊足』『聴力拡大』『暗視』……他にもいくつかある。彼は近接戦闘を得意としているようだ。くくく、それならば——

暗視↓〇視↓近視（遠くのものが見えにくい）
聴力拡大↓〇力〇〇↓威力半減（全ての攻撃力が半減する）
気配遮断↓気配〇〇↓気配漏出（どこにいても、気配がダダ漏れ）
身体強化↓身体〇〇↓身体清掃（身体が綺麗になるだけ）
足捌き↓足〇〇↓足転倒（戦闘時、十歩以内に必ず転ぶ）

俊足↓〇足↓鈍足（戦闘時、敏捷数値が本来の三分の一に低下する）
短剣術↓〇〇術↓掃除術（屋内掃除『無生物限定』の精度と速度が向上する）

《以上の七項目を構造編集しますか？》

《はい》にタップだ。

《七つのスキルを構造編集しました》

これでグレンは、近接戦闘系に不向きとなった。もしかしたら、冒険者として活動できないかもね。次にクロエだけど、リリヤさんと似たタイプだ。どう編集しようかな？　彼女はアッシュさんに対して、かなり罪悪感を抱いているようだし、反省もしている。ならば――

アイスボール↓〇〇〇ボール↓テニスボール（＊）
ファイヤーボール↓〇〇〇〇〇ボール↓バスケットボール（＊）
短剣術↓〇〇術↓占星術（星の動きを見て、未来を占う）
かかと落とし↓〇〇〇落とし↓グレン落とし（グレンへの怒りが頂点に達したとき、力が漲り、どんな障害物も破壊して、必ずグレンのもとに辿り着く。そして、その場でグレンに秘技『ブレーンバスター』をかます）

詠唱短縮↓○唱○○↓歌唱低下（音痴になる）

彼女は反省しているようだし、この程度にしておこう。これなら、今後冒険者としても活動できるだろう。勝手にくっついた（＊）が気になるところだけど、これで構造編集だ!!

《五項目を構造編集しました。なお、今後彼女の水魔法は『テニス魔法』、火魔法は『バスケット魔法』となります。水と火の属性の魔導具を装備した場合も、強制的にテニス魔法とバスケット魔法へ切り替わります》

あれ⁉　クロエの水魔法と火魔法が、おかしなことになってしまった。（＊）は、対応する属性全体に影響を与えるという意味だったのね。訳のわからん魔法になったけど、天罰だからいいか。

「おい、なぜ黙っているんだ？」

おっと、グレンからクレームが入った。

「ああ、すみませんね。あなた方に与える天罰の内容を決めていたんです。たった今、天罰を執行しました」

「天罰を執行した⁉」

グレンは、周囲をキョロキョロと見回している。クロエとアルバート先生も、何かが起こると思ったのか、グレンと同じ行動をしている。

「何も起こらないぞ？」

「グレンさん、目で見えるものが天罰とは限りません。私がこの部屋を出てから、自分たちのステータスを確認してください。それで、全てがわかります」

　さあ、最後の仕上げといきますか。グレンとクロエの二人を少しだけ威圧しよう。

「「っ‼」」

「グレン、クロエ？　どうかしたのか？　これは……空気が変わった？」

　二人の顔色が真っ青となり、全身が震え出した。

「グレンさん、クロエさん、私はあなたたちの行為を絶対に許しません。特にグレンさん、あなたはクロエさんと違い、反省の色が全くない。今この場で殺すことも可能ですが、私がアッシュさんに恨まれます。だから、あなたたちに天罰を与えました。ステータスを見ても理解できないかもしれませんが、日を追うごとにわかるようになります。そして、それはどんなに努力しても、絶対に解けない呪いでもあります。私の大切な仲間を傷つけたこと、一生後悔するがいい‼」

　ここで『威圧』を解く。二人は解放された途端、膝から崩れ落ち、息を激しく乱した。

「私の仕事は終わりました。これで帰らせてもらいます」

「シャーロット‼」

私が指導室から出ていくと、アルバート先生も少し後になって出てきた。

「アルバート先生、多分グレンとクロエは近日中に自首します。ただ、たとえ二人が自首しても、アッシュさんの指名手配は解除されないでしょう。なぜならば、アッシュさんが残り一台の魔導具『ソナー』を持っているからです。どんな経緯があろうとも、騎士団はアッシュさんを窃盗犯として捜索すると思います」

たとえ、アッシュさんが魔導具『ソナー』を持って騎士団に自首したとしても、前科が付くだろう。グレンに嵌められたとはいえ、彼自身が魔導具『ソナー』を学園外に無断で搬出したことになるのだから。故意ではなくても、犯罪となってしまう。グレンほどではなくとも、なんらかの罰を与えられるだろう。それに、もしエルギスやビルクがこの件に絡んでくれば、アッシュさんの身が危険になる。自首という手段は悪手だろう。

「私や学園長が擁護すれば、お咎めなしになるはずだ‼」

「新型魔導具の盗難ですよ？　お咎めなしにできますか？」

アッシュさんの指名手配を穏便に解除させるには、アルバート先生の力が不可欠だ。彼や学園長が騎士団に対して擁護してくれれば、もしかしたら……

「なんとしても、アッシュの罪だけは晴らすさ。ただ……シャーロット、君はグレンとクロエに……何をした？」

そこは、当然気になるよね。

「天罰を与えました。私が学園から去った後、二人の様子を見に行ってあげてください。そこで、私が何をしたのかもわかります」

「あのとき……君は二人を威圧したね。一瞬だが君の途轍もない魔力を感じた。君は、一体何者なんだ？」

『威圧』の際、魔力が瞬間的に外に漏れてしまったか。ここは濁しておこう。

「私は仲間を大切にしています。その仲間を傷つける人は、誰であろうと許しません。それさえなければ、私は普通の七歳の子供でいられます。私の用事は終わりました。今後、グレンとクロエには、大きな災難が訪れます。アルバート先生、二人のことをよろしくお願いします」

アルバート先生ならば、グレンとクロエを見捨てないだろう。

「……わかった。二人のことは、私が責任をもって面倒見よう。アッシュの指名手配についても、我々に任せたまえ。シャーロット、アッシュのことを頼んだよ」

「はい」

うん、やっぱりこの人は信用できる。アルバート先生に見送られて、私は学園を後にした。

魔導具盗難事件も、これで一応の決着がついた。もし、グレンとクロエが自白し騎士団に連行されたら、学園の不祥事ということで、近日中に新聞に掲載されるだろう。自白しなかった場合でも、自分のステータスを見て天罰の意味を理解するだろうから、嫌でも反省するはずだ。アッシュさんもいずれ今回のことに気づくだろうけど、今はそっとしておこう。何はともあれ、これで私の心もスッキリだ‼

6話　グレンの過ち

ネーベリック襲撃事件、当時俺たちは七歳だった。俺、クロエ、アッシュの両親はネーベリックに食べられた。あのとき、俺たちは何もできなかった。自分の力のなさを嘆いているだけだった。

事件後、俺たちは同じ孤児院出身の冒険者を頼り、強くなるべく訓練を重ねていった。魔法に関しては、訓練を開始してから一週間ほどで魔鬼族全体が封印されてしまったものの、そのたった一週間で俺たちとアッシュとの間に、実力差ができていた。

俺とクロエは、二つの初級魔法を習得した。それに対して、アッシュは四つだ。あいつは才能の塊だ。魔法が封印されると、次はスキル面を重点的に鍛えていったが……気づけば、アッシュは周囲の大人たちから『神童』と、一緒に訓練している俺とクロエは『落ちこぼれ』と呼ばれるようになってしまった。

ふざけるな!!　俺たちだって、アッシュに追いつこうと必死に努力し、年齢相応の強さは身につけていたんだ。にもかかわらず、なぜ『落ちこぼれ』扱いなんだ!!　アッシュはアッシュで俺たちの苦悩を知ることなく、普通に話しかけてきやがるから、余計に腹が立った。

……悔しかった。アッシュの上から目線、自分自身の不甲斐なさ、俺もクロエも毎日毎日苦しんだ。そして、『アッシュを見返したい!!』という思いが、日に日に強くなっていった。そんなとき骨董屋で見つけたのが、呪いの指輪だ。学園の授業や図書館の本で習っていたこともあって、その指輪が魔導具であることをいち早く理解できた。ただ、どんな効果があるのか、それがわからなかった。けれど、指輪を手に取った瞬間、指輪の情報が頭に流れ込んできた。そして、あの計画を思いついたんだ。

「クロエ、これをアッシュの誕生日プレゼントにしようぜ」

「グレン、本気なの!?　呪い……」

「静かにしろ。店主に聞こえるだろ?　神童呼ばわりされ調子に乗っているアッシュには、クロエもムカついていただろ。あいつには、罰が必要なんだ」

「確かに腹は立っているけど……アッシュには、良い薬になるかな?」

俺とクロエは、アッシュの誕生日プレゼントとして、呪いの指輪を贈った。魔導具の名称を『祝福の指輪』と偽ったことで、あいつはなんの疑念も持たず指輪を嵌めやがった。

呪いの指輪を嵌めてから、あいつのステータスが上がらなくなった。

そして情報通り、奴が指輪を嵌めて二年間、俺たちのステータス、スキル、魔法は自分たちの努力も加算され大幅にレベルアップした。今では、俺とクロエの力量は、同学年のトップレベルにまで至った。

それが……だ。シュルツとの模擬戦の際、唐突に身体に違和感を覚えた。身体の動きが急に鈍くなり、シュルツの剣捌きについていけなくなった。そして目覚めると、すぐ横に青白い顔をしたクロエがいて、俺にこう言ったんだ。

「グレン、アッシュの呪いが解呪された。あいつは呪った相手も、呪った理由も理解していたし、既に……アルバート先生に報告している」

「え……なんだっ……て」

俺は咄嗟に自分のステータスを確認した。すると、１１０くらいあった基本能力値が50～60にまで低下していた。俺とクロエは、反射的にその場から逃げた。これからどうすべきか、かなり悩んだ。呪いが解呪されたということは、またあの日々が繰り返されるということだ。それだけは、絶対に嫌だった。そんなとき、教室にいるクラスメイトたちが、何やら騒いでいることに気づいた。

話を聞いたら、学園長から借りている魔刀『吹雪』を壊してしまったらしい。再度組み立てたらしいが、俺が見た限り、魔刀『吹雪』に以前のような輝きは見受けられなかった。

その瞬間、『これを利用できないか？』と思ったんだ。クラスの連中は、アッシュの呪いが解けたことを知らない。だから、俺はクラスメイトたちに囁いた。

「全ての責任をアッシュに被せよう。あいつはダンジョンから戻ってきて、訓練場にいる。あいつは変に優しいから、罪を被ってくれるはずだ」

当初、クロエを含めた全員が反対した。しかし、俺が『退学』という言葉をチラつかせたことで、全員の心が折れた。そこからは俺の思惑通りに事が進んだが、一つ気掛かりがあった。アッシュの連れの女の子だ。名前はシャーロット。あいつは俺たちを見るなり、魔刀『吹雪』破壊の原因を正確に言い当てた。これには俺だけでなく、他の連中も驚き、何も言えなくなってしまった。

予想外のことが起きたものの、アッシュはCランクのランクアップダンジョンに挑戦することとなった。解呪されたばかりのあいつなら、絶対に途中で力尽きる。俺は内心ニヤつきながら、訓練場から去っていくアッシュとシャーロットを見ていたが、不意にシャーロットが振り返った。

その目は『あなたたちは、全てを知っている。なぜ、真相を話さないの？』と語りかけてくるかのようだった。そして唐突に、何か得体の知れない重圧が俺にのしかかった。あまりの重さに耐えきれず、俺は気絶した。あのときの重圧、あれは間違いなく『威圧』だ。

保健室で目覚めた俺は、言い知れぬ不安に襲われた。魔刀『吹雪』を探し出すのは不可能……なはずだ。でも……もしかしたら……保健室を見渡すと、周囲にはクロエしかいなかった。

「クロエ……予定変更だ。あの魔導具、アッシュが盗んだことにするぞ」

「な……正気⁉　呪いの件は、もうアルバート先生にバレているのよ‼　私たちが疑われるに決まってる‼」

危険なのは、百も承知だ。

「お前は、あの日々が繰り返されることになってもいいのか？　また、アッシュと比較されるんだぞ？」

「そ……それは……嫌だけど……国から借りている魔導具を盗んだ場合……最悪『奴隷落ち』になる。私は……アッシュのことを……そこまで憎んでいない」

クロエは優しいところもあるから、罪悪感を抱いているのか。

「今更、綺麗事を言うな。呪いの件がバレている以上、アッシュは俺たちを憎んでいる。もう後戻りはできないんだ。アッシュを学園から追い出せれば、比較されずに済む。これが最後の悪事なんだ。頼む……手伝ってくれ」

クロエは渋々ながら頷いた。その後、盗難事件が発覚し、魔導具『ソナー』がアッシュの部屋から見つかったことで、アッシュが犯人と断定された。クラスメイトたちも他の連中も、『信じられない』と呟いていたな。ただ、アルバート先生は俺とクロエを疑っていた。だから、呪いの件については、正直に全てを話した。それまで誤魔化せば、ますます疑われてしまう。

想定外だったのは、事件発覚の翌朝、アッシュと知らない女が学園へ来たことだ。魔刀『吹雪』をもう入手したのかと焦ったものの、幸い休憩時間だったので、俺は急いでアッシュのもとへ向かい、「この犯罪者め、よく帰ってこられたな‼」と言い放った。全員がアッシュに注目し、アッシュ自身も困惑していた。俺がアッシュに状況を説明したことで、奴は――

「僕は盗んでいない‼　そもそも、この一週間、ほとんどダンジョン探索に時間を費やしていたんだ。誰かが、僕を陥れようとしているんだ‼」

「盗難時期は不明なんだよ。ダンジョン探索をする前に、盗んだんじゃないのか？　そして、そのダンジョン探索に、魔導具『ソナー』を無断で利用したんだろ？」

「違う‼」

俺は、周囲の野次馬連中にアッシュが犯人と思い込ませるべく、会話を誘導した。アッシュは俺の追及に一つ一つ反論していたが、物的証拠もあるため、反論全てが言い訳に聞こえた。野次馬連中もアッシュを犯人と強く思い込んだところで、俺は最後の仕上げを実行した。

「もうすぐ、騎士団が駆けつけてくる。どちらにしろ、アッシュは学園を退学、牢獄行きだ。諦めろ」

　はは、ざまあないな。アッシュの顔色が真っ青だ。俺の予想通り、あいつは女とともに逃げやがった。これで、犯人確定だ。俺もクロエも、あいつと比較されることはない。ホッと安心したのも束の間、昼休み、アルバート先生に呼び出され、軽い尋問を受けた。先生は、いまだに俺たちを疑っている。証拠がない以上、俺かクロエが自白するのを待っているんだろう。クロエには喋らないよう、きつく言ってある。しばらく尋問されたが、俺たちが自白することはないと悟ったのか、アルバート先生は方向性を変えてきた。

「あくまでしらを切るか。ならば、お前たちには二週間指導室に入ってもらう」

「「指導室!?」」

　これには俺も驚いた。『指導室』は学園生が悪さを働いたときに使用される牢獄部屋だ。

「なんで指導室なんですか!? 横暴だ!!」

「何を言っている？　君たちは、アッシュに呪いの指輪を贈っただろ？　しかも、全てを知っていながら放置していた。解呪されたことで発覚したが、解呪されなければ、君たちは一生アッシュからステータスを搾り取っていたんだ。この罪は重い。騎士団に突き出されないだけ、マシだと思え!!」

　このとき、俺は指導室での生活を二週間我慢すれば、その後は快適な学生生活を送れると思っていたため、完全にあの子の存在を忘れていた。数日後、シャーロットがアルバート先生とともにやって来たんだ。あの子は、魔刀『吹雪』破壊事件も魔導具盗難事件も、全てが俺の差し金であると断言した。

そして、「自白しなければ天罰を与える」と警告してきた。俺はただのハッタリだと思い、自白しなかった。今思えば、あれが最後の岐路だったんだ。あのときに選択を間違えたから、俺もクロエも呪われた。シャーロットが帰った後、俺たちは自分のステータスを確認した。

「な……なんだよ……これ……なんだよ……『威力半減』？　『気配漏出』？　『足転倒』？　『鈍足』？　……なんなんだよ……このスキル」

「あ……あはは……テニス魔法？　……バスケット魔法？　……占星術？　……歌唱低下？　……グ……」

クロエもおかしなことになっているのか、急に押し黙った。

「くそ……なんだよ……この訳のわからないスキルは？　これが本当に機能したら、俺は……」

「……のせいだ」

「クロエ、何か言ったか？」

「お前のせいだーーーーーー」

クロエが叫んだ瞬間、俺とクロエの部屋を隔てている壁が破壊された。目の前に現れたクロエは……憤怒に囚われたかのような顔をしていた。俺は、クロエに何が起きたのか、全くわからなかった。

「私の弱さが原因なんだ。けど……貴様が発端だ‼　私がお前を説得できていれば……お前さえ……お前さえいなければーーーー‼」

「落ち着け、何を言っているんだ‼」

クロエは、座ってやや前屈みとなっている俺の背中を掴み、俺を——逆さに持ち上げた。

「嘘だろ⁉　どこにこんな力が⁉　おい、クロエ‼　何をする気だ‼」

「グレーーーーン落としーーーーー‼」

「やめろーーーーーーーーー‼」

逆さまとなった俺の身体は、クロエによって真下に落とされた。俺の記憶は、そこで途切れた。

気づいたとき、俺は保健室のベッドの上に寝かされていた。そばには、クロエとアルバート先生がいた。おそるおそるクロエの顔を見ると、まるで憑きものが落ちたかのような爽快な顔をしていた。訳のわからないスキル、クロエのあの変わりよう。シャーロットが何かをしたんだ。

天罰……俺はこの瞬間、得体の知れぬ恐怖に取り憑かれ、アルバート先生に全ての罪を打ち明けた。そう、俺たちが抱えているアッシュへの嫉妬、それをきっかけに始まった罪、自分たちの身に起きたこと、全てだ。

アルバート先生は俺たちを酷く叱った。あんな先生の顔を見るのは初めてだ。殴られる覚悟をしていたけど、先生は手を上げなかった。理由を聞くと――

「私も、君たちをこの手で殴りたい。だが、シャーロットが言ったように、既に天罰は下されている。君たちのステータス異常、スキルも魔法も、聞いたことがない。クロエはまだいい。問題はグレン、君だ。これらのスキルのほとんどが、ステータスを大幅に低下させるものだ。これまで通りの生き方をすれば、間違いなく死ぬ‼」

あのとき……先生は、俺の生き方を変えろと言っていた。

「呪いの指輪の件に関しては、アッシュに判断を委ねる。魔刀『吹雪』に関しては、学園長の計らいでお咎めなしとなった。だが、『窃盗』という犯罪だけは消えない。君たちは騎士団に捕縛され、牢獄に入れられる。幸い、魔導具『ソナー』の一台は見つかっている。アッシュがもう一台を持っているのなら、無傷で返却されるはずだ。グレンとクロエ、私と学園長が、騎士団に君たちの事情を全て説明する。その際、神ガーランド様が悪質な犯罪に激怒し、二人に天罰を下したということにしておく。教会のオーパーツ『ステータスチェッカー』を使用すれば、天罰を立証できる。『天罰』『自首』『未成年』『初犯』、これらにより処罰も大きく減刑される。拘留期間は約一ヶ月もないだろう。拘留されている間、君たちは安全だ。その間に、生き方を考えろ。わかっているだろうが、ここまでのことをした以上、二人とも退学処分だ。……だが、君たちは私の教え子でもある。出所したら、まず私のところへ来なさい。君たちの新たな生き方を聞いた後、私がその手助けをしてあげよう」

アルバート先生はこんな俺たちに対して、優しく微笑んでくれた。正直、先生には見放されると思っていた。だから、俺はこの言葉を聞いて嬉しかった。俺の目に、自然と涙が溢れた。クロエも一緒だ。

そして現在、俺もクロエも別々の牢獄の中にいて、アッシュに仕出かしたことを日々反省している。牢獄から出たら、まずアッシュに謝罪しよう。俺たちは、アッシュの人生を二年も奪ってしまったのだから。シャーロットに関しては、考えないようにしよう。俺たちは彼女を怒らせた。もし出会ってしまった場合、許されないだろうけど、彼女にも謝罪しておこう。アッシュを陥れた罰は、俺たちのステータスに刻み込まれている。一生、消えることはない。今後、この罰をこの身に受け、生きていこう。

7話　バトルアックスを売却しよう

グレンとクロエに天罰を下した翌日――

　私は貧民街の広場にて、とある二つの武器をマジックバッグから取り出し、地面に置いた。置いた瞬間、『ズウゥゥゥーーーン』という音が鳴り響く。周囲にいるアトカさん、イミアさん、クロイス姫、アッシュさん、リリヤさん、そして反乱軍のメンバーたちが唖然として、その武器を見た。

「さあ、この二つのバトルアックスは鋼鉄製で斬れ味抜群、あのミノタウルスの石像が使用していた逸品ですよ‼　誰か、使用したい人はいませんか？　勇敢なる猛者よ、名乗りを上げてください‼」

　全員が巨大バトルアックスを見て、呆然としている。そして、誰も名乗りを上げない。

「アトカさん、使ってみては？」

「……お前な。普通に考えて、こんな馬鹿デカイ武器を扱える奴が、魔鬼族やダークエルフにいるわけないだろうが‼　今すぐ、処分してこい‼」

「クーデターに……」

「使えるわけないだろ‼　つうか、誰も持てねえよ‼」

　あ、全員が遠い目をしながら頷いた。やっぱり、持てませんか。もしかしたら……と思ったんだけど、残念だ。

「シャーロット、『なんでも屋ベルク』のところに行きなさい。あの店は、武器、防具、魔導具など、あらゆるアイテムを引き取ってくれるわ。きっと、その二つも買い取ってくれるわよ……多分ね」

　イミアさん、なぜに自信なさげなんですか？

「残念です。反乱軍の誰かが使ってくれるかもと思い、マジックバッグに収納しておいたのですが……。私も使用しませんので、そのお店に行って買い取ってもらいます」

「話には聞いていたけど、ここまで大きいとは思わなかったわ。シャーロット、魔物専用の武器がいくら珍しくても、なんでもかんでもマジックバッグに入れてはダメよ。特に、こんな巨大武器は誰も扱えないし、インテリアとして飾っておくことも危険でできないわ。多分、溶かされて新たな武器に作り変えられるわね」

　それも、なんかもったいないな～。でも、使い手がいなければ宝の持ち腐れだし、仕方ないか。

「それでは、今からそのお店に行ってきます」

「アッシュ、リリヤ、一緒に行ってあげて。お店の場所は、冒険者ギルドの近くよ」

　……結局、私はアッシュさんとリリヤさんを連れて、お店『なんでも屋ベルク』に向かった。二人は魔導具『幻夢のネックレス』で変異し、名前もアッシュからアルト、リリヤからリリカに変更している。姿は違えど、名前が同じだと怪しまれる危険性があるからね。これから貧民街以外で呼び合う際、この名前を使用していくことになった。

「なんでも屋の主人、気の毒に感じるよ」

　貧民街を出てしばらくしてから、アッシュさんが呟いた。

「どうしてですか？　あんな巨大なバトルアックス、なかなか手に入りませんよ。レアですよ、超レアです」

「シャーロット、レアの意味が違うよ。あんな大きなバトルアックス、仮に買い取ってもらえても、誰も買わないよ。それに、イミアさんは溶かして新たな武器にしたらいいと言っていたけど、あんな大きな武器を溶かす炉なんて、王都にないよ。結局、なんでも屋の店主だけが大損してしまう」

　うーむ、そこまで厄介物扱いされるとは……

「ねえねえ、シャーロット用に構造編集したらどうかな？」

「リリカさん、それも考えましたが、大きさは編集してもそのままなんです」

　私たちが話し合っているとき、急にアッシュさんが立ち止まった。

「アルトさん？」

　地面に新聞が落ちていて、アッシュさんはそれを食い入るように見つめた後、拾い上げて読みはじめた。私もリリヤさんも気になったので、後ろから覗き見た。身長差もあって、やや読みづらかったものの、内容は理解できた。

　新聞の一面と二面に、デカデカと『魔導具窃盗犯は別にいた⁉』『指名手配中の生徒、アッシュは真犯人に陥れられた？』『真犯人の犯行動機は嫉妬か？』と掲載されていた。

昨日、私が学園を訪れた後、グレンとクロエはアルバート先生に魔導具盗難事件について、自白したようだ。主犯はグレン、共犯者がクロエとなっており、犯行動機なども書かれていた。呪いの指輪に関しては、まだ記載がない。記者たちが知らないだけか、夕刊用にネタを溜めているのかもしれない。

「この内容……気に入らない‼　アッシュの指名手配が解除されてない‼」

リリヤさんの言う通り、記事を読み進めると、アッシュさんのことも書かれているけど、指名手配は継続中のようだ。

「いや、これは仕方ないよ。ぼ……彼がどこにいるのかわからない以上、指名手配を続けていれば、いずれ誰かが彼に事件解決を教えてあげることができる。ほら、新聞にも注意書きがされているだろ？」

確かに『指名手配されていますが、アッシュ君は犯罪者ではありません。見かけたら、事件が解決したことを教えてあげてください。そして、ロキナム学園に戻るよう伝えてあげてください』と書かれている。アルバート先生と学園長が、騎士団の担当の方と話し合ってくれたんだろう。まさか昨日の段階で、もう掛け合ってくれるとは……本当に行動が早い。

「せっかく苦労して、新たな技術を身につけたのに……もう解決するなんて……この魔導具は必要ないのかな？」

「リリ……カ、まだ変異しておくよ。もう事件に巻き込まれるのはゴメンだ。この記事が正しいかどうかも判断できない。しばらくの間、様子を見よう」

良い判断だと思う。昨日の段階で、私はアッシュさんに「アルバート先生に魔刀『吹雪』を渡しておきました」としか言ってない。それに、今度は魔導具絡みで別の事件に巻き込まれる可能性だってある。グレンの策略とはいえ、立て続けに事件に巻き込まれているから、アッシュさん自身も慎重になっている。

「うん……わかった。冒険者ギルドにもうすぐ到着するけど、どうする？」

「一応、変異用のカードを作っておこう。Fランクからだけど、持っておいた方がいい」

「それなら私もロッツさんに、Cランクになれたことを報告しておきます」

ダンジョンを突破後、ギルドに報告しておかないと、正式なCランク冒険者になれないからね。なんでも屋に行く前に、冒険者ギルドに立ち寄ろう。

〇〇〇

現在、冒険者ギルド一階受付付近にて、一つの騒ぎが発生している。アッシュさんやリリヤさんが絡まれたというわけではない。私が違う意味で、大勢の冒険者たちに絡まれているのだ。全ては、受付のロッツさんにカードを見せたところから始まった。

「馬鹿な、Cランクだと⁉」

「『転移トラップ』のおかげもあって、最短距離で最下層に行けたんです。物は試しにと思い、アッシュさんと、新たな仲間となったリリヤさんの三人でボスに挑戦したら、勝っちゃいました。だから、二人もCランクになってます。あの事件のせいで、ダンジョンを脱出して以降、会っていませんが」

このときのロッツさんの狼狽え方が、尋常ではなかった。

「アッシュは気の毒だったが、事件も解決したし、近日中に戻ってくる。シャーロットが心配することはない。そもそも、アッシュよりシャーロットの方がこれから大変だぞ」

「は？　私ですか？」

ロッツさんの顔は、真剣だった。

「最近になって入ってきた情報だが、初級魔法の扱い方を若い冒険者たちに教えたろ？　学園で魔法の反射方法を教えたろ？　周辺の村々では、封印されているはずの魔法……上級光魔法『リジェネレーション』で村人たちを助けたろ？　聖女『シャーロット』という名前が、王都にまで伝わってきた」

あ、今になって、それらの情報が一気に広がっているんだ。そろそろエルギスと会いたいと思っていたし、ここらで動いた方がいいかな。クロイス姫たちも、私がエルギスと接触できる機会を窺っているしね。

「聖女ではありませんよ。ただ、どういうわけか、私は魔法を封印されていません。だから、ずっと魔法の訓練を自己流で続けていたんです。まだ魔力量が低くて頻繁に使用できませんが、リジェネレーションを使えるのは事実です。だから、旅の途中で立ち寄った村々では、怪我をした人たちに使用していたんです」

「やはり、俺の知ってるシャーロットと、情報に出てくるシャーロットは、同一人物か。多分、この情報はもう王都中に広がっている。これからは、何があっても一人で行動するな。貴族どもや悪党どもに誘拐されるぞ」

ロッツさん、真剣な口調で忠告してくれている。私のために言ってくれているんだ。

「はい。仲間たちからも常々言われています。単独行動は控えます」

「よし、それで……だ。七歳の子供がCランク、これは史上初の出来事だ。運良く最短距離で最下層に行けたとしても、ボスはCランク。今のお前たちがどう頑張っても勝てない相手のはず……それをどう――」

ここで、これまでの話を聞かれていたらしく、私は多くの冒険者たちから質問攻めに遭ってしまったのだ。正直、どう答えるべきか迷った。とりあえず、聖女や魔法関係に関しては、先程ロッツさんに言った内容をそのまま話した。また、既に数名の仲間と行動をともにしていることを伝えると、ギルド内ということもあって、勧誘はされなかった。

でも、どうやってCランクになれたのか、そこだけは全員が知りたかったようだ。嘘を吐いたら不味いと思い、トラップや『状態異常耐性』スキルの取得、魅惑の指輪を入手したことを除き、順を追って説明していった。ただ、私の仕出かした『やらかし』については黙っておいた。

「池の底にある『転移トラップ』に引っかかり、転移先の城エリア『謁見の間』でミッションを達成した後、ミノタウルスの石像が持つバトルアックスをがめて、その後『転移トラップ』の繰り返しで幻惑エリア、城エリア、最下層へ到着しただと……おまけにリリヤが、ボス『バルボラ』の臭い息を全て耐えきったことで、なぜか倒したと認定された、だ～？　……何もかもがおかしすぎるだろ⁉　……だが嘘を吐いているとは思えない」

　事実です。わざわざこんな嘘を言わないよ。

「本当にあった出来事です。ロッツさんの言う通り、今の私たちでは力が足りません。それは重々承知していたのですが、私やリリヤさんがヘマをしたことで、多くの『転移トラップ』に引っかかったんです。アッシュさんが、色々フォローしてくれて助かりました。Cランクになれたのは彼のおかげでもあり、そして運が良かったのです」

　嘘は言ってない。トラップに関しては、自分から引っかかりに行ったのだけどね。ロッツさんも他の冒険者たちも、私の話した内容を最終的に信じてくれた。皆、私たちの実力でバルボラに正攻法で挑んでも勝ち目なし、と思い込んでいるおかげだ。この話を信用してくれたことで、アッシュさんの評価もかなり上がった。

その後、私たちのパーティーだけは特別措置として、Dランクの依頼も受けていいことになった。この待遇に関して、周囲にいる冒険者たちからは、誰一人文句を言わなかった。それどころか、その判断を下したギルドマスターを称賛した。

そして、大勢の冒険者たちが、私の持つ巨大バトルアックスを見たいがため、私たちを『なんでも屋ベルク』に案内してくれることになった。ある意味、これが証拠となるから、取っておいて良かった。

途中で変異中のアッシュさんとリリヤさんも合流したのだけど、あれだけの騒ぎだったので、私が事情を説明するまでもなく、全てを察してくれた。

……『なんでも屋ベルク』。王都の店としては中規模らしく、店名が刻まれている看板には『どんな物品でも買い取ります‼』と書かれていた。冒険者たちには、店の前で待っていてもらい、私たち三人は店内に入った。

「おお、色んなアイテムがありますね」

「ねえねえ、このケースの中にある短剣、凄く煌びやかだよ」

リリヤさんの言った短剣を見ると、柄の部分には宝石がふんだんに埋め込まれており、剣自体も白く輝いていた。見た目が凄く豪華だ。

「リリカ、それは鑑賞用の剣だよ。実戦には投入できない代物かな」

これって、Bランクのダンジョンで入手した品物なんだ。

「がはははは、その子の言う通りじゃ。ちなみに、その剣の価格は金貨百二十一枚じゃぞ」

「「金貨百二十一枚⁉」」

声がした方向を見ると、髭モジャの六十歳くらいのおじいさんがいた。

「いらっしゃい。我がお店にようこそ。今度のお客は子供たちか。どんなアイテムをお探しかな？」

あ、この人がベルクさんなんだ。先程の豪快な笑いがよく似合う顔つきだ。

「僕は、アルトと言います。とある武器を買い取って欲しいのですが？」

「がははは、うちは看板通り、どんなものでも買い取るぞ‼　呪いの武器だろうがなんだろうが、今まで持ち込まれたものは、全て買い取っている」

やった‼　それなら大丈夫だ。

「あ……あの……この子が売ろうとしている武器が、ちょっと……いえ……かなり特殊なんですが……」

む、リリヤさんがフォローしてくれているのかな？

「がははは、構わん構わん、現物を見てから判断するぞい」

「どうする、アルト？」

「仕方ない、出そう。ここだと店を破壊してしまうので、外で出します」

「は？　店を破壊する？　アルトとやら、どんな武器なんじゃ？」

「ミノタウルスのバトルアックスです。この子、シャーロットがダンジョンに潜った際、二体のミノタウルスの石像を発見したらしく、その二体には巨大なバトルアックスが握られていたんです」

「まさか……それを？」

アッシュさんは、静かに頷いた。彼の真剣な物言いに、ベルクさんの顔から笑みが消えた。とりあえず、私たちは話を進めるため、外に出た。

「すみませ～ん、今からミノタウルスのバトルアックスをマジックバッグから取り出すので、ここから離れてくださ～い」

「かなり危険なんです。出した瞬間、押し潰される可能性があります。少し離れてくださ～い」

アッシュさんとリリヤさんが、周囲の人を避難させている。私たちを案内してくれた冒険者の人たちも避難を呼びかけたので、だんだんと周りが騒がしくなってきた。

『ミノタウルスのバトルアックスだって!?』

『マジか!? あの子たちが魔物用の武器を持ち帰ってきたのか？』

『いや、あの小さな女の子と指名手配中のアッシュが持ち帰ったものらしい。しかもあの子、七歳なのにCランクだぞ』

私の情報が瞬く間に拡散され、どんどん野次馬が集まってきた。七歳でCランク、そこまで注目されることなんだ。

「ベルクさん、ミノタウルスの武器を出しますね」

「いいぞい、いいぞい。他の連中が事情を説明してくれたおかげで、君たちの話が真実であることもわかった。まずは、武器を鑑定させてもらう。品質が良ければ、必ず買い取ってやるぞい‼」

ベルクさん、必ず買い取ってくださいね。それでは、マジックバッグから取り出そう。

私は、ベルトに取りつけられている小さなマジックバッグに手を伸ばした。

「バトルアックス～～～～」

『ズウゥーーーーーン』

『ズウゥーーーーーン』

どこかのアニメのような声で、バトルアックスを取り出した途端、周囲が急に静かになった。周りを見渡すと、ベルクさんを含めた全員が、目を見開いていた。

「あちゃ～、こうなると思ったんだよ」

「事前に説明しておいても、こうなるんだね」

「多分、バトルアックスの巨大さが、皆の想像を大きく上回っていたんだ」

ベルクさんは、口を大きく開けたままだ。しかし、すぐに我に返る。

「……は‼　ま……まさか……ここまで大きいものだとは……思わんかった。よし、今か

ら鑑定するぞい」

さすが、プロ‼ ベルクさんは、バトルアックスを触(さわ)りはじめた。刃をコンコンと叩(たた)き、柄(え)の部分もしっかり材質を見極めようとしている。本当なら、持ち上げたりして色んな角度から見たいのだろうけど、巨大すぎて無理だから、見える箇所だけを念入りに鑑定している。

「材質は……鋼鉄製じゃと⁉ 持ち手の部分もしっかりと作り込まれておる。しかも、魔石をはめ込むような窪(くぼ)みが、四ヶ所もある。おそらく、エンチャントされた魔石をはめ込めば、魔斧となるじゃろうな。……惜(お)しい。実に惜(お)しい。これが魔鬼族用の魔斧であれば、オークションで金貨百枚はいったじゃろう」

ベルクさんの鑑定に、皆がどよめいた。一応、武器を入手した経緯も伝えておこう。

「魔物を討伐した後、石像も襲ってくるのかなと身構えていたのですが、何も起こりませんでした。巨大武器を残したままその場を去るのはもったいないな～と思い、マジックバッグに収納したのです」

『子供の発想、こえええぇぇぇーーー。そういうのは、部屋の重厚(じゅうこう)な雰囲気(ふんいき)を醸(かも)し出すための飾りのようなものだろ？ 普通、取らねえぞ』

『そういう発想があるからこそ、Cランクになれたのよ』

『今、七歳だろ？ 将来、絶対Sランクになるよな』

私の評判が、どんどん上昇している。明日には、王都全域にまで広がるんじゃないかなという勢いだ。そんな私が、周囲の村々で騒がれつつある聖女と同一人物だと知られれば、ますます目立ってしまう。ああ、早くこの場から離れたい。

「ベルクさん、これらの斧を買い取ってくれますか？」

早く、結論を出してもらおう。

『いくらベルクさんでも、あれは無理だろ？　誰が買うんだよ？』

『呪いとかはないんだろうけど、需要ゼロなら大損だぞ？』

「このまま買い取ることも可能じゃが、オークションに参加してみないか？」

「「「オークション？」」」

ベルクさんの言葉に、周囲の人たちからは、驚きの声が上がった。

「このまま買い取っても、君たちは破格の金額を入手できるじゃろう。だが、オークションに出品すれば、もっと多くのお金を入手できる。オークションの開催日は、今から七日後じゃ。王族主催のオークションで、今回特別に王城の中庭で開催されることになっておる。そこには、国王陛下をはじめ、多くの貴族たちが出席する。儂が仲介人となってあげるから、出品してはどうかな？　出品料などの諸経費については、儂が支払おう。その代わり、買取金額の三十パーセントが儂、残り七十パーセントが君たちの取り分でどうかの？」

ベルクさんを構造解析すると、この人は私たちのためを思い、善意でオークションのことを提案している。しかも、最後に言った取り分は一般的なもので、私たちを騙そうとしているわけではない。その証拠に、周囲の人たちはベルクさんに対して、終始笑顔だ。

アッシュさんも考え込んでいる。

「シャーロット、ベルクさんの言う通り、オークションに出品しよう。諸経費を払ってくれるし、取り分も一般的だから、問題ない」

「……わかりました。ベルクさん、バトルアックスをオークションに出品します」

「よし、それならちょっと待っとれ」

ベルクさんは店の中に入ったと思ったら、すぐに出てきた。

「これが、オークションに出品するための申請用紙じゃ。儂が書いておこう。出品の証明として、バトルアックスも必要になるから、儂が預かってもいいかな？」

「はい、構いません」

「よし。君たちは七日後の朝九時に、ここへ来てくれ」

「「はい」」

二本の巨大なバトルアックスは、ベルクさんのマジックバッグに吸い込まれていった。

「ベルクさん、手続きのほど、よろしくお願いいたします」

「ははは、任せておけ。本番は七日後じゃ。儂も、できる限りの宣伝をしておこう」

私たちは、ベルクさんや周囲にいた冒険者の方々にお礼を言い、その場を離れた。ただの武器売却だけで終わるはずだったのに、出品者として王族主催のオークションに参加することになるとはね。

「アルトさん、リリカさん、ベルクさんは良い人でしたね」

「そうだね。あの人なら、全てを任せられるよ」

ふとリリヤさんを見ると、何やら考え込んでいた。

「ねえ、シャーロット、アルト。王侯貴族が参加するということは、当然エルギスやビルクもオークションに現れるよね？　それに、開催場所が王城の中庭なら、堂々と王城に入って、二人を構造解析できるよね？」

「「あ‼」」

言われてみればそうだよ。王族主催なんだから、ビルクはわからないけど、エルギスは確実に現れる。おお、これって絶好(ぜっこう)のチャンスじゃないか‼　絶対に構造解析してやる‼

8話　偵察部隊、クロイス姫と合流する

貧民街に戻り、『なんでも屋ベルク』での一件をクロイス姫、アトカさん、イミアさん

に知らせると、三人は『オークション』のことで喜んでくれた。

王城中庭で開催されるということは、警備もそこに集まり、城内は手薄になるということだ。しかも、私たち三人は出品者として出席するので、国王エルギスを間近(まぢか)で見られる。エルギスや出席する貴族たちを構造解析して、堂々と彼らの情報を盗めるのだ。

それにスパイからの報告で、偵察部隊であるガンドルさん、レイズさん、トールさんの三名が王城に帰還し、エルギスに新生ネーベリックのことを伝えたことがわかっている。その情報だけではオークションを中止しないだろう。オークション開催日は、偵察部隊三名とスパイたちが王城最深部に入り込む絶好のチャンスだ。

——翌日。

私が部屋で寛(くつろ)いでいるとき、イミアさんがやって来た。なんと、偵察部隊の三名がクロイス姫に会いに来たらしい。三名ともクロイス姫に忠誠(ちゅうせい)を誓っているため、再会したそうだ。

そう、大泣きしたそうだ。

彼らがエルギスに新生ネーベリックのことを報告すると、想定以上の報告内容であったためか、彼からお褒(ほ)めの言葉をもらい、その場で十日の休暇(きゅうか)を与えられた。そしてそのドサクサに紛(まぎ)れて、任務当初に与えられた魔導戦車以外の魔導兵器を返却せず、そのままこちらに持ってきてくれたのだ。

彼らは、聖女と呼ばれる私とも会いたがっているとのことなので、早速私はクロイス姫の部屋へと向かった。

「イミアさん、せっかくなんで……この姿で挨拶(あいさつ)します」

私は幻惑魔法『トランスフォーム』で、ミニチュア版新生ネーベリックに変身した。体長は、イミアさんの身長と同じに設定しているため、怖さなどはない。

「あなた……その姿の巨大版で、偵察部隊と戦ったのね？」

「はい。あのときは、声も男性のものでした。ふふふ、洒落(しゃれ)た再会となりますね」

「まったく……シャーロットは」

あらら、イミアさんに呆(あき)れられてしまった。さあ、準備が整ったよ。

私は、ゆっくりドアを開けた。

「どうも‼　私が新生ネーベリックこと、シャーロット・エルバランです‼」

「「「「……」」」」

お～お～、レイズさん、トールさん、隊長のガンドルさん、それにクロイス姫もアトカさんも驚いていますね‼　悪ふざけも度が過ぎると怒られそうなので、変身を解除しよう。

「ふふふ、冗談ですよ。こちらが、本当の姿です。いかがでしたか？　私のミニチュア版新生ネーベリックは？」

この後、クロイス姫とアトカさんに軽く叱(しか)られた。トールさんとレイズさんからは――

「聖女シャーロットのイメージが完全に崩れた――――!!」

と嘆かれてしまった。

以前アトカさんから、これまでの歴代聖女たちには『か弱さ』があったと聞かされていた。どうも、ジストニス王国の国民たちにとって、聖女とは『神聖、か弱い、綺麗』の三要素で定着しているらしく、それらに一切当てはまらない私を見たせいで、偵察部隊の三名に刷り込まれていた聖女のイメージが完全に崩壊したようだ。……なんか、ごめんね。

落ち着いたところで、クロイス姫に窘められる。

「シャーロット、ネーベリックで悪ふざけしないように」

「すみません。偵察部隊の方々とは、新生ネーベリックの姿でしか会っていなかったので、同じ姿で再会してあげようかなと」

「どんな理屈ですか……もう。それで、わかっていると思いますが、このテーブルと床に並べられているのが、魔導戦車を除いた魔導兵器となります」

テーブルと床には、魔導銃、魔榴弾、魔導ライフル、魔導バズーカ、ロケットランチャーの五つが並べられていた。

「おお、これらが魔導兵器ですか。ネーベリック変身時、距離が遠かったので、形がイマイチわからなかったのです」

でも、こうやって間近で見ると、地球の軍事兵器とそっくりだ。

「ここにあるもの全てを構造編集していいのでしょうか？」

私のスキルについては、クロイス姫とアトカさんが既に説明しているそうだから、サクッと本題に入っても問題ないよね。

「待ってくれ」

私の問いに答えてくれたのは、隊長のガンドルさんだった。

「魔導バズーカとロケットランチャーに関しては、まだ数が少ないので、その構造編集とかいうのをしないでもらいたい。エルギスはネーベリックが死んでいることを知らない。奴にとって、ロケットランチャーと魔導戦車こそが、ネーベリック戦の切り札だと考えている。できれば、魔導銃、魔榴弾、魔導ライフルの三つだけにしてもらいたい」

数が少ない場合、紛失したらすぐに発覚する危険性がある。ここは、素直に従っておこう。

「わかりました。ガンドルさん、構造編集する前に一つ質問があります。誰が、兵器に使う高ランクの魔石を集めているのですか？」

「AとSランクは、トキワ・ミカイツだな」

そうだろうと思ったよ。ガンドルさんの答えに、クロイス姫たちも納得した。

「トキワ自身も修行になるからといって、嬉々として単独でSランクダンジョンに挑んでいる。あいつは、戦闘狂だ。部下たちから聞いた話だが、三日ほど前、王城に戻ってきて、ダンジョンで得た魔石をビルクに渡したそうだ。AとSランクの魔石が新たに大量補充されたことで、エルギスもビルクも機嫌が良いと、皆が言っていた」

三日前⁉　今、王都にいるの‼

「トキワさんが、現在どこにいるかわかりますか？」

「武器が破損したと部下に漏らしていたから、おそらく、王都内の武器屋に行けば会えるだろう。自分の新たな武器が見つかるまで休養するとも言っていたな。現状、彼はネーベリック再戦時の最重要戦力に充てられている。今のうちに、説得しておいた方がいい」

トキワ・ミカイツがエルギス側にいると、クーデターが失敗する可能性が高くなる。彼が休息を取っているのなら、必ず王都内のどこかにいるはずだ。オークションが始まるまでに、彼を探しておこう。

「ガンドルさん、貴重な情報をありがとうございます。トキワさんは、なんとしてでも反乱軍に引き入れましょう。そのためにも、一つ確認したいことがあります。『鬼神変化』という言葉に聞き覚えは？」

「『鬼神変化』？　……いや知らんな」

「ちょっと待ってください‼　その言葉に、聞き覚えがあります」

ガンドルさんの後、すぐに反応してくれたのは、レイズさんだった。

「『鬼神変化』は、トキワが持つユニークスキルの一つです。俺とトールは短い時間だったけど、トキワとネーベリックの戦いを間近で見ていました。その際、トキワは『鬼神変化』と叫んだ後、人か魔物かわからない姿に変身し、魔力量も急激に上がったのを覚えています」

人か魔物かわからない姿？　リリヤさんとは、違った変身になるのかな？

「トキワさんは『鬼神変化』を持っているんですね。実は、彼と同じユニークスキルを持つ仲間が、こちらにいるんです。その件とクロイス姫の事情を彼に話せば、おそらく我々の仲間になってくれると思います」

「シャーロットちゃん、本当かよ⁉　けど、仮に仲間に引き入れることができたとしても、クーデターが起きれば、平民にも被害が及ぶぞ」

レイズさんのご指摘、わかります。その件についても、もちろん対策は立ててあります。

私は、促すようにクロイス姫を見た。

「レイズ、あなたの不安はわかります。ですが、その不安はつい最近になって解消されました。シャーロットたちがダンジョンで、ある魔導具を入手したのです。これがあれば、平民エリアに被害を発生させないでしょう。魔導具の名称は――『転移トラップ』」

「「『転移トラップ』⁉」」

レイズさんたち三人から、驚きの声が出た。

「もうさ、シャーロットちゃん一人で、全てを片付けられるよな？」

「レイズ、それは禁句だよ。ここにいる全員が感じていることだから」

皆、うんうんと静かに頷いているんですけど？

「レイズ、トールの言う通りです。シャーロットの力があれば、おそらくたった一人で力ずくで全てを終わらせることも可能でしょう。ですが、それはこの国のためになりません。我が国で起こった事件は、我が国の民で片付けなければなりません。ただ、現状を見る限り、内部に潜入しているスパイでも、王都内における魔導兵器の保管場所や、ネーベリックとエルギスが繋がっている物的証拠を掴むことができません。そこで、シャーロットの力を少しお借りします」

オークションのことをクロイス姫たちに伝えた時点で、私たちはオークション後の予定を組み立てておいた。上手くいけば、我々の望むもの全てが、その日に手に入るかもしれない。

「オークション開催日、シャーロットがエルギスに対し、『構造解析』を使用します。解析後、『魔導兵器の保管場所を示す資料』や『種族進化計画に繋がる資料』『ネーベリックとエルギスの関係性を示す資料』がどこに保管されているのか探ってもらい、それをこの『簡易型通信機』を通して、あなた方と内部スパイたちに知らせます。あなたたちはオークション開催中、シャーロットの情報を基に、それらを探してもらいます」

クロイス姫の表情が、いつになく真剣だ。この任務が、それだけ危険なことを意味している。

「ガンドル、トール、レイズ、これはかなり危険な任務だ。警備が外に集中しているとはいえ、内部の警備も少なからずいるだろう。できるか？」

「アトカ、お前が弱気とは……珍しいな。できるできないの問題じゃない。必ず、やる‼ そうだろう、トール、レイズ？」

「はい、やり遂げてみせますよ。ここまで来た以上、後には引けません‼ なあ、トール」

「ああ、失敗は許されない。この任務、必ず成功させてみせる‼」

レイズさんもトールさんも、やる気に満ち溢れている。あなた方三人と、スパイの人たちが頼りです。

「私も可能な限り、スキルで得た情報を素早く分析し、保管場所がわかり次第知らせていきます。皆さん、頑張りましょう」

クーデターを起こすための、水面下での動きが活発化してきた。私たちの闘志にも、火がついたよ。失敗は許されない。絶対、成功させよう。

「皆さんの配置に関しては、後ほど話し合いましょう。まずは、こちらの魔導兵器のうち、この魔導銃を構造編集してもいいでしょうか？」

魔導兵器が構造編集できなかったら、クーデターの方法も大きく異なってくる。まずは、編集可能かどうかを知りたい。

「シャーロット、どんなものに構造編集する気ですか？」

ふふふ、クロイス姫、それはもう決まっているのです。

「これらの魔導兵器、人や魔物を殺戮するために製造されたものです。そこで、真逆なものに編集しようと思います。以前、私はクロイス姫たちに、今欲しいものをお聞きしましたよね？」

貧民街で寛いでいるとき、私は訓練だけでなく、とあるアンケートを作り、皆に配布した。アンケートの内容は簡単なものだ。『何を書いても構いません。物品の中で、今何が欲しいですか？』――これだけだ。

「ええ、あのアンケートですよね？」

「はい。貧民街の人たちにも書いてもらったのですが、第一位は『風呂』でした。ですから、魔導兵器を利用して、簡易温泉施設を建設します」

「「「「簡易温泉施設!?」」」」

耳慣れない言葉だからか、全員の声がハモった。

「おい、ちょっと待て。魔導兵器から、どうやって温泉施設に編集する気だ!?」

アトカさんが、珍しく声を荒らげている。他の人たちも、心底不思議に思っているようなので、答えを教えてあげよう。

「魔導兵器の『魔導』を『温泉』に書き換えます。魔榴弾は『温泉弾』へ、ロケットランチャーは『単純温泉ランチャー』にします。つまり、これらの兵器から射出されるものを『温泉』に変化させるのです」

ハーモニック大陸の場合、魔素濃度の高さや土地柄のせいか、温泉は山奥でしか湧き出ていない。そのため、内陸に位置するジストニス王国であっても、山奥に行かないと温泉に入れない。

「シャーロット、そんなことが可能なの？」

「イミアさん、可能ですよ。温泉の成分に関しては、既に確保しています。私の実家であるエルバラン領は盆地となっており、山に囲まれています。そのせいか、各地に温泉が湧き出ているのです。この温泉を構造解析していますので、これを基に作成します」

「アストレカ大陸では山以外の場所からも、温泉が湧き出ているのね。でも、建物はどうするのよ？」

「こればかりは、皆さんの協力が必要ですね。皆さんで協力して、簡易温泉施設を建設していきましょう。ちなみに、この温泉の効能は、お肌をスベスベにします。クロイス姫やイミアさんの悩みである吹き出物を一掃できますよ？」

「「シャーロット、『構造編集』……お願いします‼」」

女性陣は、お肌のことを一番に気にしているからね。効能を聞いたら飛びついてくると思っていました。それでは、早速実践しましょう。

「わかりました。必ず成功するとは限りませんので、まずは魔導銃だけを構造編集しますね」

私がそう言った瞬間、全員の目が魔導銃に釘づけになった。

《魔導銃のどの部分を構造編集しますか？》

『魔導銃→〇〇銃→温泉銃』

ここで温泉の湧き出るイメージを強く保持しておかないといけない。

《この編集内容でよろしいですか？》

《はい》を選択だ。……どうなる？

《魔導銃を温泉銃に構造編集しました》

よし、これを構造解析だ‼

NEW　温泉兵器『温泉銃』　消費MP1

温泉銃には、小さな水属性魔石が二つ埋め込まれている。温泉銃自体に水属性を付与した魔力を流し込むことで、それが魔石に行き渡り、一回の射撃で四十三度の温泉十リットルを射出することが可能となる。温泉は、アルカリ単純温泉と同様の効能を持ち、三分間入ることで、回復魔法『ヒール』が個人個人にかかる。

「やった、成功‼　お肌スベスベ、おまけに回復魔法『ヒール』の効果付きです‼」

「「やったわーーー‼」」

クロイス姫とイミアさんが、互いの両手を絡めて小躍りしている。それに対して、男性陣は半信半疑のようだ。温泉銃の形状が、魔導銃のときと変化していないからだ。

「シャーロット、この桶に温泉を入れてください。試しに顔を洗ってみます‼」

クロイス姫、顔を洗っただけでは、スベスベになりませんよ？　とりあえず、温泉銃を手に取り、二回トリガーを押した。すると、解析通りの透明な温泉が桶に射出された。クロイス姫は、おそるおそる両手で温泉を掬い取り、顔を洗った。

「ふおおぉぉぉーーー、この温泉、凄くニュルニュルします‼　明らかに、普段私たちが使用しているお湯と異なります。この中に入れば、お肌が……」

「私も、顔を洗います‼　……本当だ。温かいし、凄くニュルニュルするわ」

その後、残りの魔導ライフルと魔榴弾を構造編集し、貧民街の女性陣にも温泉銃と温泉ライフルから射出される温泉を見てもらったところ、クロイス姫とイミアさん同様に気に入ってもらえた。

あとは、簡易温泉施設を建設すればいいのだけど、ここで問題が発生した。

人が住んでいない建物を探し出し、そこを温泉施設へと改装すればいいという案だったのだが、手頃な建物が見つからなかったのだ。

そこで我々は、一から建物を建築することにした。以前建物が崩壊し、今はある程度瓦礫が撤去された区画があるため、その土地を利用することとなった。

建設方法は、私が貧民街や平民エリアの建物を構造解析することで、土台から建物までの構造を一気に知ることができたので、その知識を利用すればいい。

建築資材に関して、私は「自分たちの魔力で具現化させた土と木を使用します」と話した。当初、皆驚いていたものの、「魔物退治の際、頻繁に具現化させて魔物に放っているでしょ？　あれを建物に応用するだけです。別に魔法名を唱えなくとも、頭の中でイメージした土や木を放出すればいいのです」と言ったら、全員目からウロコが落ちたかのような表情をしていた。自分の魔力を使用すれば、いくらでも量産できるのだ。わざわざ森林を伐採する必要はない。

全員が納得してくれたところで、私たちは簡易温泉施設の建設に取りかかった。

9話　簡易温泉施設を建設して温泉に入りましょう

私は七歳の子供だ。いくらこれまでの実績や『構造解析』スキルがあろうとも、「簡易温泉施設を建設します」と言えば、皆言葉に出さなくたって、内心は不安だろう。仮に完成しても、「倒壊するのでは？」という疑念に駆られるはず。だから、皆の信頼を得るためにも、子供用のミニチュアログハウスを小さな空き地に木魔法で建築した。

『構造解析』スキルでチェックしながら、木魔法と土魔法で耐久性や耐震性を向上させ、三十分ほどで完成。建築の知識を持つ人にチェックしてもらったところ、全く問題なしというお墨付きをもらった。

ただ、簡易温泉施設を七歳の子供一人で建築させるわけにはいかないので、本当はダークエルフであるために魔法が使えるアトカさんとイミアさんが手伝ってくれることになった。

魔法を封印されている魔鬼族の人たちには、建設場所を見てもらい、どんな建物にしたいのか、外観と内装の完成図を作成してもらうことにした。貧民街の大人も子供も皆凄くやる気になっているので、五グループほどに分かれて描いてもらい、全員で完成図を審査し、どれかを採用しようということになった。

建設の期限はオークション前日の夕方まで、デザインの期限は今日の昼までとしている。まあ、プロが描くような完成図は求めていないので、見やすければなんでもいい。

私、アトカさん、イミアさんの三人は、昨日の時点で建設予定地のゴミ拾いや整地を行い、準備を整えておいた。そして今日、私たちは建設予定地に訪れ、五グループの描いたデザインの発表を待っている。周囲には、木製のボードやテーブル、椅子を用意しており、準備は万全だ。

「土地は広くないし、簡易温泉施設だから、外も内も簡単なものでいいだろ？」

「ちょっとアトカ‼　たとえ簡易であっても、『癒し』は絶対必要よ‼　温泉に入って、心身の疲れを取りたいわ。外装はともかく、内装こそが最も重要なの‼」

イミアさん、凄い力の入れようだ。しかも周囲にいる女性全員が、イミアさんに賛同している。

「わかったわかった。けどな、オークション前日には完成させて、気合を入れ直したいところなんだ。いくら魔法による建設であっても、そんな凝った作りにはできないぞ？」

アトカさんも、イミアさんの気合に少し呆れている。

「それは承知の上よ。さあ、みんな‼　発表してちょうだい‼」

さてさて、どんな絵になったかな？

図案一『三階建ての豪華な建物、一階が脱衣所と洗い場（各々一ヶ所）、二階が大浴槽一つ、小浴槽一つ、水風呂一つ、三階が巨大露天風呂』

「「却下（だ）‼」」

どこのスーパー銭湯だよ‼　私とアトカさんが即却下したら、なぜかあちこちでブーイングが起きた。そこには、イミアさんとクロイス姫やリリヤさんも交じっている。

「なんでよ‼」

「イミア、こんな立派な建物を、あと四日で建築できるわけねえだろ‼」

皆、「ネーベリックより強い私なら、これもできるのでは?」と思っているでしょ⁉　男性陣全員が建物の解析データがあっても、こんな豪華絢爛な建物を建築できるか‼

「贅沢すぎる‼」と反発している。私の味方は、男性陣だけだよ。

「アトカさんの言う通りです。仮に急ピッチで建築できたとしても、絶対手抜き工事になって、温泉に浸かっているときに崩落しますよ‼」

　これは、さすがの私も怒るよ。

「シャーロットの意見も起こりうる事象だ。それにな、この図案じゃあ、男女混浴になるぞ‼　それでもいいのか?」

　そう、そこ‼　『癒し』ばかりを追求したから、こんな建物になったんだ。アトカさんの一撃を食らったところで、女性陣全員が諦めてくれた。

　まったく、癒しを求めるのもわかるけど、物には限度があるってことを理解してほしい。結局、残る図案の中でも、『癒し』『男女別々』『期限内で建築可能な施設』の条件に当てはまったのは、ガンドルさん、レイズさん、トールさん、アッシュさんの四人が描いた図案だけだった。この四人の図案が、一番まともだ。元になったのは、私の子供用に作ったミニチュアログハウスだ。これは、私の知るログハウスの中でも、最もシンプルな部類に入る。簡単に言えば、これを大型化したものだね。

入口には、男女用のドアをそれぞれ設置している。その奥には、きっちり仕切りの壁を設け、少々狭い脱衣所と洗い場、そして四～五人ほどが入れる湯船が描かれていた。というか、絵が上手すぎる。これを描いたのがアッシュさんと聞いて、二重に驚いたよ。

「うーん、この造りなら、イミアさんたちの求める露天風呂ができるかもしれません」

私の一言に、女性陣全員が私を凝視した。ちょっと怖いです。

「シャーロット、正気か⁉ この作りから、どうやって屋外にするんだよ？」

「アトカさん、お風呂場の屋根だけを開閉式にするんです」

「開閉式⁉ そんなことが可能なのか‼」

日本の古い銭湯において、そういった露天風呂があったことを知っている。雨が降ったときは、プラスチック製の屋根を閉じ、快晴時には星空が見られるよう、屋根を開けておく。ちなみに、プラスチックはこの惑星に存在しない。

「まだ、わかりません。私も思いついたばかりなんです。でも、もしそれが可能になれば、女性陣の求める露天風呂だけはできるかもしれません。夜空を堪能しながら、温泉に入る。そういった行為を楽しめるかもしれません」

私の言葉に反応して、女性陣はやる気に満ち溢れ、消えかかっていた闘志が再び燃え上がったようだ。私は建築に専念したいので、開閉式の屋根は、女性陣に任せよう。私、アトカさん、イミアさんは、アッシュさんたちの図案を基に、簡易温泉施設の建設に取りかかった。

○○○

開閉式の屋根は、なんとトールさんとレイズさんが解決策を考えてくれた。施設の内部に、屋根を開放するための機具を設置する。その機具を手動で回すことで、取りつけられているロープが連動して、浴槽の置かれている屋根の一部だけが開いていくという仕組みだ。開放する部分については、六枚の板に分けて、それらを階段状に設置していく。機具を回せば、板が一枚一枚動いていき、最終的には六枚の板が重なり合い、一枚の板となる。

　この案を採用し、実際に製作に取りかかったところ、二つ問題があった。

　雨漏りなどが起こらないよう、材料となる木々には防水性と撥水性に富んだ薬剤が塗布されている。これらの薬剤は、貧民の人たちが平民エリアを走り回り、いらなくなったものを無料でもらっていた。だが、こういった薬を塗布したために、板自体の重さやそこに摩擦力も加わって、機具を回すのが大変なくらい重くなってしまったのだ。

　もう一つは、使用する金属製ロープの耐久性に問題があった。アトカさんが何度か回しているうちに、ロープ自体が切れてしまった。この欠陥が発覚したことで、皆が落ち込んだ。

しかし、私がその欠陥を補う技術を持っていた。その技術とは『ミスリルの屑からミスリル金属を再生すること』。またミスリルの特性として、自分の魔力を内部に通し、完成形をイメージすることで、形状を自在に変化できる。

この説明の際、ホワイトメタルのことも言いたかったけど、あれはオリハルコンと同等の価値もあるし、後々面倒なことになりそうなので伏せておいた。私がその技術を皆に説明し、実際に屑からミスリルを再生してあげると、全員が感嘆の声を上げた。

「ミスリルならば、硬度や耐久性において申し分ありません。それに、ミスリルの屑は低ランクのダンジョンで入手できますから、皆さんでも入手可能です。それと、この技術は一見簡単そうに見えますが、ミスリルの内部に魔力を均一に通し、その状態を維持しながら、強くイメージしなければなりません。ですから戦闘の際、魔力をこめたらミスリルの装備がおかしなものに変化するといった事象は起こりえませんので、安心してください」

この方法は、ミスリルに魔力を通すだけのため、魔法に該当しない。だから、トールさんとレイズさんが、この装置に求めるミスリルロープの製作に取りかかった。また、板同士の摩擦を軽減するべく、開閉する部分の板にのみミスリルを薄くコーティングできれば、女性でも軽く回せるかもと思い、イミアさんたち女性陣が試行錯誤していった。

皆がこの技術を扱えるようになれば、貧民街の生活も潤うのだけど、ミスリルが頻繁に市場に出回ると、値崩れが起こり、価値が下がってしまう。そのため、アトカさんが周囲にいる大人たちに注意喚起した。

「いいか、お前ら‼　このミスリル再生技術は、諸刃の剣だ。この技術に関しては、貧民街だけに留めておけ‼　扱いを間違えれば、大人子供含めて、貴族や闇の連中に利用されるぞ‼　今後、ジストニス王国におけるミスリルの流通量を調査しておく。調査後、値崩れが起きないよう、一月に流通させるミスリルの量を決めていく。いいか、俺たち上層部と貧民で、ミスリルを支配するんだ‼　上手く操作できれば、貧民という身分からも脱却できるはずだ」

この場には、アトカさんたちを含めて、男女の大人たちが合計二十名いる。全員が、ミスリルの再利用の大いなる可能性に気づいている。だからこそ、間違いを起こさないでほしい。

「皆さん、クーデターが成功し、私が女王に即位した後は、この技術を貧民街の産業として国で管理し、ゆくゆくは貧困そのものをなくしていきましょう」

クロイス姫の言葉で、周囲は沸いた。これで貧民街は大きく変わる。皆が私にお礼を言ってくれた。クーデターを成功させて、この笑顔を守りたいね。

――こうして開閉式の屋根における強度不足問題も解決し、オークション開催日前日の昼三時頃、ついに簡易温泉施設は完成した。

日本のログハウス風の施設であるため、外観が周囲の建物と異なり、違和感が半端ない。

最大五人入れる大浴槽（温泉）と、最大二人入れる小浴槽（水）を用意した。温泉銃の射出する湯量は十リットル、温泉ライフルの湯量は五十リットルとなっている。

そのため、温泉ライフルを使用することで、浴槽はすぐに満タンとなった。男女の脱衣所に、温泉ライフルと温泉銃を二丁ずつ保管している。ライフルは四十三度の温泉、銃は二十度の温泉が射出されるようにしておいた。

一番風呂というか、一番温泉に誰が入るかは、立役者でもある私に委ねられた。そこで、女性の方は私、クロイス姫、イミアさん、リリヤさんの四人、男性の方は、レイズさん、トールさん、アッシュさん、アトカさんの四人を選んだ。選ばれた人たちは、全員ガッポーズしている。さあ、温泉に入りましょう‼

「はあぁ〜ニュルニュル‼　温泉、最高‼」

リリヤさん、湯船に浸かると、すぐに表情が緩んだよ。

「これが……温泉、全身浸かってわかったけど、このニュルニュル感が堪らないわ」

ふふふ、イミアさんも温泉の良さをわかってくれている。

「ふふぁあ‼　この感覚、堪りませんね。アストレカの人々は、この温泉に毎日浸かっているとは‼　羨ましいです〜」

クロイス姫も、リリヤさんと同じ状態だ。ここで、面白い余興を披露してあげよう。

「皆さん、私の実家のあるエルバラン領の温泉は、この簡易温泉施設よりも、もっと規模が大きいです。それらの施設において、男湯と女湯の境にある壁は、天井にまで到達していません。窓から入る外の空気を循環させるためです。……こんな感じですね」

私は、男女の境界線となる壁の天井付近の一部に、少し大きめの穴を開けた。

「へえ〜、空気の循環ね。でもこれって、男側からすれば……」

イミアさんが何かを言いかけたとき、男側から声が聞こえてきた。

「うおっ、普段使用してるお湯と全然違う‼」

この声は、アッシュさんだ。

「これが……温泉か。確かに、通常のお湯と感触が全然違うな。女どもが、温泉に取り憑かれるわけだ」

アトカさん、その言い方は女性陣に嫌われますよ。壁に穴を開けたことで、男湯の声が丸聞こえだ。クロイス姫たちもわかったのか、途端に静かになった。

「おいレイズ、男湯と女湯の壁、天井付近に穴が開いてるぞ‼」

「トール、これって覗いていいということか⁉」

「俺としては、是非ともそう受け取りたい‼　この壁の向こうには……」

放っておいたら暴走しそうな気がするので、正気に戻ってもらおう。せっかくだから、私が四人の裸を覗こうかな。私の年齢なら、覗いても問題ないでしょ。地球では、堂々と

男湯に入る女の子もいるからね。魔法『フライ』であの穴まで行って、顔だけ出しちゃえ。さあ、男性陣はどんな反応をするかな⁉

「やっほ‼　皆さん、寛いでますか‼」

「うわあぁぁーーー、シャーロットちゃんが覗いてきた‼」

トールさん、レイズさん、いいリアクションですよ。アトカさんとアッシュさんは、あの穴の意味がわかったのか、ず～っと黙っていたよね。

「トールさん、レイズさん、お二人の声が丸聞こえですよ‼　せっかく穴を開けたのに、ひっかかったのはお二人だけですか。アトカさんやアッシュさんからも、そういった言葉を聞きたかったです」

「あのな、俺は五十年以上生きてるんだぞ。そういった覗き行為は、とっくに卒業してるよ」

「女性陣に嫌われたくないからね。覗き行為はしないよ」

アトカさんもアッシュさんも、真面目な人たちだ。

「トールさん、レイズさん、お二人は気をつけてくださいね。実行したら、あなた方の好感度がだだ下がりになりますよ」

「「……はい」」

私は二人に注意した後、穴を閉じた。

「シャーロット、何やってんのよ……」

「イミアさん、こういった狭い施設だと、互いの声が丸聞こえのため、実は穴などはないのです」

露天風呂にすると、こういったデメリットもあることをわからせてあげないとね。まあ、言わなくてもわかるだろうけど。

「だからって、実践することないでしょうが……」

「……明日からは、こういったふざけた行為はできませんからね」

そう、明日のオークションでエルギスを構造解析できる。そこで、種族進化計画の全貌を暴けるだろう。そうなったら、クロイス姫たちも緊張状態を強いられる。だからこそ、今のうちに楽しんでほしい。イミアさんも、私の意図を理解してくれたようだ。

「そうね。明日のオークションで、確実に変化が起こる。クロイス姫……」

「ええ、いよいよです。私がケルビウム大森林に行く日も近いですね。さあ、ここで英気を養いましょう」

その後、私たちは身体を洗い流し、湯船で談笑していると、あっという間に三十分が経過した。他の人たちにも入ってもらいたいので、制限時間を決めておいたのだ。施設から出て、温泉の感想を聞くと、全員一致で『温泉最高!!』と百点を貰った。明日からはオークションが始まる。ここからクーデターも、本格的に動き出すだろう。

10話　思わぬ出会い

オークション開催日の朝、貧民街にいる反乱軍メンバーたちの間には、緊張感が漂っていた。今日の結果次第で、今後の動きが決まるからだ。

この任務で特に重要な役割があるのは、私、アッシュさん、リリヤさん、偵察部隊の計六名となる。

今日まで、ガンドルさん、レイズさん、トールさんも貧民街で寝泊まりしていた。レイズさんとトールさんは簡易温泉施設の手伝いに重点を置いてもらった。ガンドルさんだけは一度王城に戻り、内部スパイたちとオークション開催日における集合場所や王城内部での探索場所の範囲などを相談するなど、任務遂行の準備を整えてもらった。

前日の簡易温泉施設のおかげもあって、私たちの体調は万全だ。全ての準備が整い、いざ出発の時間となったとき、クロイス姫が――

「シャーロットたちはオークションに出席するだけですから、比較的危険度も低いでしょう。問題は、ガンドルたちです。王城侵入後、内部スパイたちと合流してからは、常に簡易型通信機を身につけておくように。シャーロットから機密資料の保管場所を教えてもらっても、絶対に無茶をしてはいけませんよ。引き際の判断こそが、極めて重要なのです。六人とも……頼みましたよ」

私たちは静かに頷き、貧民街を出てそれぞれの目的地へと向かった。

私たち三人は、待ち合わせ場所である『なんでも屋ベルク』に到着すると、ベルクさんは既に店の前で待っていた。

「「「ベルクさん、おはようございます」」」

「おう、おはよう。三人とも、手続きは全て済ませておいたぞ。ちーとばかし、驚いたこともあるが、全ては順調じゃ。さあ、王城に行こうかの」

私たちは、ベルクさんに手続きのお礼を言い、王城へ出発した。ベルクさんの『驚いたこと』というのがいささか気になるけど、切羽詰まった様子でもないし、構造解析しないでおこう。

「なんじゃ、動きが硬いぞ？　特に、アルトとリリカ、二人とも緊張しておるのか？」

ベルクさんの指摘に、二人の身体がさらに硬くなった。

「そ、そりゃあ緊張しますよ。王城の中に入るのも初めてだし、国王陛下の近くに行くのも初めてなんです」

「私も初めてなんです。国王陛下の顔すら、新聞でしか見たことがありません」

私も多少緊張しているけど、アッシュさんとリリヤさんは確かに動きがぎこちない。

「お前さんらの年齢を考えると、当然かの。それなら、一つ忠告しておこう。エルギス様の前で、『ライラ』という言葉を口にしてはいかん」

「「ライラ？」」

どこかで聞いたような？

「エルギス様が国王として即位する際、同時に平民のライラ様と結婚する予定でもあった」

あ、クロイス姫から聞いたんだ。エルギスはライラという女性と結婚したかったけど、両親に反対されてしまった。それが原因で、ネーベリックを洗脳し、王族を殺したんだ。

「五年前の事件の際、ライラ様が皆と避難所へと逃げているとき、ネーベリックと遭遇してしまった。食べられこそしなかったものの、飛んできた瓦礫が直撃し、半身不随となった。三週間後、その傷が原因で感染症にかかってしまい、ライラ様は亡くなった。エルギス様が、国王として即位する五日前のことじゃ」

なんか、悲惨な話だ。でも、一つ引っかかることがある。ベルクさんに尋ねてみよう。

「ベルクさん、ライラさんは半身不随になるほどの大怪我をしたにもかかわらず、ネーベリックに食べられなかったのですか？」

「そこは、儂も不思議に思っておる。当時、ライラ様は両親や友達と一緒に逃げていたそうなんじゃが、ライラ様を除いた全員が奴に食われてしまったのに、彼女一人だけなぜか食われなかったそうじゃ。皆の死体の一部に囲まれて呆然としているライラ様を助けたのが、儂なんじゃよ」

「「「え!?」」」

だから、そんなに詳しく話せるのか。おそらく、エルギスはライラさんを殺さないよう、ネーベリックに命令していたんだ。でも、ネーベリックによる直接攻撃は防げても、間接的な攻撃までは防げなかった。

「そのこともあって、儂はエルギス様と親しい間柄なんじゃ。だからこそ、彼の心情も理解しておる。現在でも、エルギス様はそのときのトラウマを抱えておる。お前たちは出品者なので、主催者でもあるエルギス様とは直接やり取りするだろう。事情を一切知らず、不用意に『ライラ』という言葉を発した場合でも、牢獄送りになる可能性が高い。だからこそ、ここで事情を説明したんじゃ」

うーん、意外なところで、エルギスの過去を聞いてしまった。おそらく、クロイス姫たちもここまで深くは知らないだろう。エルギスと接触する際は、要注意だ。

〇〇〇

ベルクさんが王城入口にて、警備員に入場許可証を提示してくれたことで、私たちは簡単に中庭へと入ることができた。騎士団の訓練する場所でもあるので中庭はかなり広く、入口から入って左側にオークション会場があった。会場奥には大きな舞台が作られており、買い手側の椅子も数多く並べられている。

私たち出品者側は邪魔にならないよう、舞台正面右手にある専用席で待機するよう言われた。まだ開始三十分ほど前であるものの、買い手席七割ほどの席が埋(う)まっていた。

今回のオークションでは、絵画(かいが)などの美術品や古い家具といったアンティーク系の品物が出品されるので、買い手側のほぼ全員が貴族らしい。席を見渡した限り、服装からして、確かに全員が貴族だろう。ただ……なんだろうか？　転移してから、初めてジストニス王国の貴族たちを大勢見るけど、どこか違和感がある。特に男性陣に、奇妙(きみょう)な違和感を覚えるんだよ。ツノがあるからかな？　エルディア王国にいる貴族たちと、何かが違う。

「シャーロット、どうしたの？」

「リリカさん、出席者の皆さん、特に男性陣に何か違和感があるんです」

「違和感？　別に、おかしなところはないよ？」

うーむ、私の気のせいかな？

「シャーロット、アルト、リリカ、我々の順番は……最後じゃ」

「「「最後!?」」」

なんでトリなの⁉

「ベルクさん、最後にあのバトルアックスを出すんですか？」

そもそも、あのバトルアックスがインテリアになるのだろうか？

「あっはっは、そうじゃ、そうじゃ。シャーロットよ、あれほどの大物は久しぶりなんじゃ。申請の際、バトルアックスをマジックバッグから取り出したら、皆が驚いておったわ‼　あまりの音で、エルギス様も驚き、直接見に来られたんじゃ。そうしたら、大層気に入ってくれての」

「エルギス様が⁉」

エルギスが、あの武器を気に入るとは……

「エルギス様だけではない。他の方々も気に入ってくれてな。協議の結果、最後の出品となった」

思いの外（ほか）、あの巨大バトルアックスが好評なんだ。誰が購入するのだろう？　……っていけないいけないいけない、私には重要任務があるんだからそっちに集中しよう。私たちは席に座り、開始時刻になるまで、その場で待機となった。ベルクさんは用事があるからと席を立ち、王城の方へ向かった。今のうちに、レイズさんとトールさんに通信しておこう。

『レイズさん、トールさん、聞こえますか？』

『凄（すご）く鮮明（せんめい）に聞こえる‼』

『サーベントのものより優秀だ‼』

レイズさんの声も、トールさんの声も問題なく聞こえる。

『あと三十分ほどで、オークションが始まります。そちらの準備は？』

『内部スパイの連中とも会えて、既に初期配置についている。俺は二階、レイズが三階、ガンドル隊長は地下にいる。内部スパイの連中は一階にいるよ。彼らは表の仕事もあるから、状況に応じて動く手筈となっている』

ふむふむ、ここまでは予定通りだ。

『了解しました。エルギスの解析が済み次第、お二人に通信します。それまでは、待機です』

『『了解』』

さて、エルギスは確実に接触できるからいいとして、ビルク・シュタインはどこにいるのかな？　私が周囲を見回すと、ふとどこからか視線を感じた。この感覚、別に嫌な感じはしないけど、私を観察しているのかな？　……あ、あの人か‼

舞台から最も離れた位置に置かれている椅子の一つに、二十歳くらいの男性が座っている。視線のもとは、彼だ。

髪が青く短髪で、鋭い目つき、服装もどこかの忍び装束に似た感じがする。そして、全体から漂う風格。あの人……かなり強い。私を敵視しているわけではないけど、私から何かを感じ取ったのかもしれない。

ビルクかな？　でも、ビルクがここまで強かったら、もっと違う意味で有名になっているはず。まさかとは思うけど、トキワ・ミカイツ？　構造解析すると、好奇心に負けて彼の全情報を覗(のぞ)いちゃいそうだ。ここは、魔法『真贋』を使おう。

「……やっぱり、あの人‼」

私、いや今の私たちが、最も会いたいと願っている人物だ‼　オークションが始まるまで彼をずっと探していたけど、結局見つからなかった。まさか、ここで出会えるとは……

「「シャーロット？」」

「アルトさん、リリカさん、舞台から最も離れた位置に座っている男性の中で、一際(ひときわ)変わった服装の方がいますよね？」

「え……ああ、一人いるね。なぜか、こっちを見てる」

「シャーロット、あの人がどうかしたの？」

アッシュさんもリリヤさんも驚くだろうね。

「あの男性が、トキワ・ミカイツです」

「「え⁉」」

今すぐ、彼のところへ走り出したい。でも、そんなことをしたら、確実に怪しまれる。どうする？

「おそらく、彼は私かリリカさんを見て、何かを感じ取ったのです」

「ユニークスキル『鬼神変化』を使いこなせる人。アルト、シャーロット、会いに行ったら……」

「「ダメ（だ）‼」」

リリヤさんの気持ちもわかるけど、我慢してもらうしかない。

「シャーロット、ガンドルさんに通信しよう。彼なら……」

「アルトさん、良い考えです‼　ガンドルさんなら、トキワさんと面識もあるし、話を聞いてくれるはず。早速、通信します」

私は、急ぎ地下にいるガンドルさんに通信を入れた。トキワさんが、なぜこの会場にいるのかわからないけど、次はどこで出会えるのかわからない以上、今動くしかない。ガンドルさんに事情を説明すると、彼はすぐに動いてくれた。トキワさんのいる場所へ五分ほどで到着した。当然、ここは『聴覚拡大』スキルで盗み聞きでしょう。

「トキワ、少しいいか？」

「ガンドルさん？　休暇中じゃなかったか？」

「だから、ここにいるんだ。毎回、警備として、王城でのオークションに参加していたからな。お前、あの出品者席にいる子供のことを見ていたろ？　まさか、そっち系か？」

あ、その方向から攻めるのね。

「違うわ‼　あの子供、只者じゃない。おそらく、俺より……強い」

　ガンドルさんによるいきなりのロリコン疑惑発言。そのおかげもあって、トキワさんも、私を見ていた理由をすぐに話してくれた。

「シャーロットの強さがわかるのか⁉」

「シャーロット……か。あの子なら、もしかしたら……ガンドルさん、彼女の知り合いなのか？　だとしたら、俺を彼女と引き合わせてくれないか？」

　おお、トキワさんから言ってくるとは思わなかった。こちらとしても助かるよ。

「それは、こちらとしても好都合だ。シャーロットも、君に用事がある。それを伝えに来たんだ」

「彼女が俺に？」

「ああ、明日どこかで会えないかと言っていた。待ち合わせ場所と時間は、トキワに任せるそうだ」

　トキワさんが、何やら考え込んでいる。

「それなら明日の昼一時、『武器屋スミレ』に来て欲しいと伝えてくれないか？」

「『武器屋スミレ』？　女性天才鍛治師スミレが経営している武器屋だったな。わかった、伝えておこう」

「ああ、頼む。俺もスミレも、今悩んでいることがあって、シャーロットなら解決してくれるかもしれない。まあ……ただの勘だけどね。スミレに似合うアクセサリーが、オークションに出品されているか見にきたんだけど、思わぬ収穫があったよ」

　悩んでいること？　私の力で解決できればいいけど。トキワさんは、好青年といった感じだ。ここで彼に出会えたのは、幸運だ。必ずトキワさんを説得して、反乱軍に引き入れよう。

　あ、王城の正面玄関から、誰か出てきた‼　きっとエルギスだ！　いよいよ、オークションが始まる。

11話　オークション開始

　トキワさんとの件をアッシュさんとリリヤさんに伝え終わる頃には、王城から出てきたエルギスらしき人物は、舞台左側から壇上に上り、中央へ歩いているところだった。いつのまにか、ベルクさんも私たちのもとへ戻ってきている。

　ベルクさんが私たちに、現在舞台中央にいるのが国王エルギス、たった今主催者側の席に座った青年がビルク・シュタインだと教えてくれた。

　エルギス・ジストニス。ウェーブがかった茶髪、ズル賢そうな鋭い目付き、いかにも悪役っぽい顔付きをしている。それに対し、ビルク・シュタインはインテリ眼鏡をかけており、理系研究者っぽい雰囲気を醸し出している。ただ、機嫌が悪いのか、ずっと無表情で『俺に話しかけるな』オーラを発している。

あ、準備が整ったようだ。まずは、国王エルギスの言葉に耳を傾けよう。

「皆の者、王族主催のオークションによくぞ集まってくれた。今回の分野は『古美術』の一択だ‼　全ての作品を見させてもらったが、どれもこれも良品揃いだ。特に驚いたのは、史上初七歳でCランクとなった冒険者シャーロット・エルバランが持ち込んだ出品物だ。オークション最後に出品されるが、これに関しては私も参加させてもらう。だが、国王である私に遠慮はするな。正々堂々と勝負をし、欲しい品物を勝ち取るのだ。それでは、オークションの開始だ‼」

エルギスの口から、私の名前が出るとは思わなかった。ベルクさんから聞いてはいたけど、まさか本当に参加してくるとは……。一応、古くからダンジョンに置かれているものだから、バトルアックスも古美術に該当するけどさ。エルギスが舞台から降り、入れ替わりに二十五歳前後の女性が舞台に上がってきた。あの人が司会を担当するのだろう。

「エルギス様、ご挨拶をしていただき、ありがとうございます。それでは、一番手の方、舞台にお上がりください」

一番手の出品者が、舞台に上がった。私たちの出番は、最後の二十番目だから、今のう

ちにエルギスとビルクを構造解析だ‼

名前　エルギス・ジストニス
種族　魔鬼族／性別　男／年齢　24歳／出身地　ジストニス王国王都ムーンベルト
レベル42／HP312／MP111／攻撃315／防御277／敏捷259／器用373／知力619
魔法適性　火・土・闇・空間／魔法攻撃75／魔法防御68／魔力量111
火魔法：ファイヤーボール
土魔法：アースウォール
空間魔法：テレパス
ノーマルスキル：魔力感知　Lv4／魔力操作　Lv4／魔力循環　Lv4　etc……
ユニークスキル：洗脳
称号：下剋上（げこくじょう）
状態異常：魔法封印

物理面と魔法面の落差（らくさ）が激しすぎる‼　ここまで極端なステータスを見るのは、私も初めてだ。ユニークスキル『洗脳』の効果は、どういうものかな？

ユニークスキル『洗脳』　現在の侵食率：69％

入手した経緯

平民ライラとの結婚を両親に認められなかったため、怒り心頭のまま護衛を振り切り、無断で王都を散策した。

その際、フードを被った小柄な女性と出会い、出会い頭に『あなたに見合ったスキルがある。購入しますか？』と問われた。普段のエルギスならば、無視を決め込むところだが、彼自身、この感情のまま王城に帰るわけにもいかなかったので、とりあえず気分を一新させるため、話を聞くことにした。

スキルの内容を聞いたエルギスは、面白そうだと判断し、金貨三百枚でスキル『洗脳』を購入。その後、研究所の地下施設へと立ち寄り、魔鬼族を恨んでいたネーベリックに自分の愚痴を言い続け、脱走したら自分以外の王族を抹殺するよう、彼を興味本位で洗脳した。

効果範囲：スキル所持者の視界に映っている者全てが、洗脳対象である。

効果：相手を自分の思うがままに操ることができる。洗脳期間は、対象者のステータスによって大きく左右される。スキル所持者との能力差が大きいほど、長期間洗脳可能となる。逆にスキル所持者のステータスが対象者よりも低い場合、洗脳期間は三分となっている。また、一度洗脳された者がスキル所持者よりも強くなってしまった場合、洗脳が次第に解かれていくので注意すること。

副作用（＊）：このスキルを使用すると、『人種差別』や『世界征服』といった差別意識や支配欲が心に芽生える。スキルを使えば使うほど、これらの欲望が心を満たしていき、スキル所持者を『独裁者』へと変貌させていく。侵食率が百パーセントとなったとき、性格が完全に固定され、二度と元の性格に戻れなくなる。また、他者がスキル所持者に洗脳されなくても、スキル所持者と友好関係を築いていくうちに、接触者の性格も緩やかな速度で、スキル所持者と同じように変貌させていく。

（＊副作用の部分は、エルギスに見えていない）

副次効果：知力＋2000、限界突破（500→999）

備考：現在、エルギスの中にいる何者かが、侵食率の増加を抑えている。

『このスキルは、神ガーランドが作成したものではありません。現在、神ガーランドはスキル制作者とフードを被った小柄な女性の行方を追っています』

むむ、このユニークスキル、超強力だ。エルギスがネーベリックを洗脳できたのは、奴が巨大化する前で弱かったからだ。でも、何かの薬で巨大化し強くなったことで、洗脳が徐々に解かれたのか。そして、一番脅威なのは、私自身がエルギスに洗脳されるかもしれないということだ。これは、早急に何か別のものに編集しておかないと。

あと気になるのが、『洗脳』スキルの制作者と販売者の行方だ。販売者はフードを被った小柄な女性としか記載されていないから、これだけでは私も探しようがない。今度、ガーランド様に尋ねてみよう。

しかも備考によると、エルギスの中に誰かがいるの？　『識別』スキルで認識できるかな？　……これは!?　エルギスの中に、魂が二つある!!　とりあえず、一つはエルギスだから、もう一つの方を後で構造解析しておこう。先にビルクをチェックだ!!

名前　ビルク・シュタイン（転生者）
種族　魔鬼族／性別　男／年齢　24歳／出身地　ジストニス王国王都ムーンベルト
レベル39／HP221／MP451／攻撃187／防御171／敏捷225／器用423／知力500
魔法適性　水・土・雷／魔法攻撃465／魔法防御431／魔力量451

……ふむふむ、なるほど、ビルクは魔法に長けていて、物理面で弱いのね。ステータスの中で気になるのは、やはりユニークスキルか。

ユニークスキル『全言語理解』／『絶対記憶（前世込み）』

絶対記憶（前世込み）
前世と今世で見たもの、経験したものを全て記憶することができる。また、記憶したものを、自分のステータス画面に映し出すことが可能。

うわあ〜、このスキルいいな〜、私も欲しい。これがあれば、前世で調べ上げた研究データを全部見られるよ。……あ、いけない、いけない。でも、このスキルだけだと、魔導兵器の開発は不可能だ。そうなると、ビルクの前世に関係があるのかな？

ビルクの前世（旧名　シュトラール・エッセン　享年八十五）
シュトラールは、子供の頃から物作りに興味を持ち、多くの物品を分解しては、中身の機材がなんなのかを大人たちに質問しながら、少しずつ機械関係の知識を身につけていった。
彼の国では内戦が続いており、この内戦を終わらせたいという思いから、軍事兵器に携わる国立研究所に就職した。そこで、新たな高性能の銃などを開発。また市民の身を守るための防具なども開発する。彼の製作した武器は国の兵器として正式に採用され、内戦終

結の一端を担った。

内戦終結後、シュトラールは武器よりも、市民を守るための防具作りに専念、退職まで様々なものを開発し、国からも表彰され、人々から尊敬された。

彼が亡くなった後、多くの人々がシュトラールの墓に立ち寄り、彼の死を嘆き悲しんだ。

現在、彼の国において、シュトラール・エッセンという名は、英雄視されている。

なるほど、戦争に大きく関与しているにもかかわらず、魂が綺麗で、多くの人々から尊敬もされている。だからガーランド様は、記憶を維持したままの転生を許可したんだ。

エルギスとの関係

ビルクは、学生時代にエルギスと知り合っている。当時エルギスは、魔法を使用せずに遠距離攻撃ができる武器の開発に力を注いでいた。あるとき、ビルクはエルギスの描いた武器の設計図を不用意に見てしまい、驚くこととなった。なぜならば、エルギスの描いた武器が、地球のオートマチックタイプの銃と似ていたからだ。

エルギスに謝罪後、ビルクは彼の目標を聞いたことで共感し、二人で協力し合いながら、魔導兵器の開発に取りかかった。学園在籍時に『地雷』の開発に成功、卒業後すぐに『魔導銃』と『魔榴弾』の開発に成功し、冒険者のおかげもあって、魔導兵器の名は着実に広

まりつつあった。

そして、卒業から七ヶ月後、ネーベリック事件が起こる。ビルク自身はこの事件に一切関与していないが、事件から一週間後、エルギスから真相を聞かされたとき、あまりの自分勝手さに腹を立て、彼を殴り倒してしまった。

その後、ネーベリック打倒の要請を受け、腹立たしくもあったが了承。

エルギスの抱えていた苦しみ、友人でもあるライラの不幸、それらの不幸の連鎖を断ち切るべく、新型の魔導兵器の開発に着手し、Sランクをも倒せる魔導戦車の開発に成功する。

彼は洗脳されていないものの、『洗脳』スキルの副作用により、徐々に心を蝕まれ、性格もかなり変化していることを、本人もエルギスも気づいていない。

こうやってビルクとエルギスの解析データを見ると、『洗脳』スキルを入手するまで、どちらも普通の魔鬼族だったのね。全ては、『洗脳』スキルが悪いのか。となると、このスキルを構造編集すれば、彼らも元の性格に戻るかもしれない。でも、たとえ元に戻れても、ビルクはともかく、エルギスには未来がない。クーデターが成功したら、処刑となるか、一生どこかに幽閉されることになると思う。

ざっとだがエルギスとビルクのデータを見たことで、ある程度はわかった。私たちの出番は最後の二十番目。出番が来るまでに、『魔導兵器』『種族進化計画』『ネーベリックとの関係性』に関わる資料の保管場所を、エルギスとビルクの解析データから探していこう。

〇〇〇

エルギスめ～。ビルクの力を借りて、資料自体を上手く隠している。

一つ目の隠し場所は、二階にあるエルギスの執務室だ。ここには種族進化計画の中でも、現在進行中の研究資料が保管されている。保管場所は机の引き出しの中。ただし二重底になっているため、普通に引き出しを開けても、まずわからない。引き出しの一番底にある板には、丸くて小さい穴が開いており、そこに専用の棒を通すことで、上の板が外れ、研究資料が現れる。

二つ目の隠し場所は、三階にあるエルギスの寝室だ。ここには種族進化計画の中でも、過去の研究資料が保管されている。本棚が壁に設置されており、その本棚の底には小さなミスリル製の車輪が付いている。だから、『身体強化』スキルを使用することで、本棚を余裕で動かせるのだ。しかし、たとえ動かせたとしても、そこにあるのは見た目は普通の壁だ。その壁のある箇所を押せば、壁が回転し、奥の隠し部屋に行ける仕組みとなっている。研究所跡の隠し通路と同じ仕組みだ。

三つ目の隠し場所は、地下三階の資料保管庫だ。こっちは隠し通路とかはなく、保管庫の専用棚に、魔導兵器関連のものが全て収められている。

早速、私は二階にいるトールさん、三階にいるレイズさん、地下一階にいるガンドルさんに、資料の正確な位置と侵入方法を教えた。

『二重底……イメージしにくいけど、引き出しを開けた後、上の板に取りつけられている専用の棒を使えば、資料を取り出せるのか』

『トール、お前はまだいいよ。俺の方は、もっとイメージしにくい。壁を押したら「壁が回転する」だぞ』

『お前たち、文句を言う暇があるなら、行動を起こせ‼』

うーん、この惑星では、回転扉の仕掛けがあまり知られていないのか。レイズさんが、少し苦労するかもしれない。

『レイズさん、わかりにくいと思いますが、指定した箇所を押せば、私の言った意味がわかります。またトールさんに限り、資料を見つけても盗まず、書き写してください。現在進行中のものであるため、エルギスが頻繁に利用しています。ガンドルさん、地下三階の保管庫なので、地上の声が聞こえないと思います。トールさんやレイズさん、スパイの方々と定期的に連絡を取ってください。ここから先、私はフォローできません。オークションが終わる少し前に、再度通信を入れますので、その通信が終わったら即座に逃げて

くださ い』

『『了解‼』』

私の方で何か起こり、通信ができなくなったとしても、一階にいる内部スパイの人たちが、三人を助けてくれるだろう。もしものことは互いに考えているから、捕縛される可能性は低いと思うけど、みんな油断しないでね。

オークションが始まり、資料の捜索も始まった。ここからが、正念場だ。

12話　焦って洗脳を○○に編集しちゃいました

オークションは、順調に進んでいる。現在、十九番目の出品者が舞台に上がり、出品物の指輪の説明を行っている。指輪を構造解析したけど、出品者が話した内容とほぼ同じ、二百五十年前の偉人工芸師によって制作されたものだ。琥珀色の大きな宝石が台座に埋め込まれており、かなり高価なものだろうと窺える。

この指輪のオークションには、トキワさんも参加した。鍛冶師のスミレという女性にプレゼントするために、この指輪を狙っているようだ。しかし、大勢の貴族も狙っていたため、金貨百枚を超えたあたりで、トキワさんは断念した。というか、『スミレ』という女性は鍛治師なんだから、平民だよね？　金貨百枚以上の指輪を彼女に贈っても、高価すぎて多分受け取ってくれないと思う。

ふとリリヤさんを見ると、どこかソワソワしていた。

「リリカさん、次が私たちの番ですけど……大丈夫ですか？」

「この場の雰囲気には慣れたんだけど、さっきから視線を感じるの」

「視線？　誰からですか？」

「はっきりしないんだけど、主催者側の方向から感じるのかな？」

視線……か。主催者側となると、エルギスかビルクになるのかな？

『次が本日のオークション、最後の一品となります。出品者であるシャーロットちゃん、アルトさん、リリカさんは、舞台に上がってください』

……調査する前に、私たちの出番が来たか‼

「さあ、お前たちの出番じゃ。入手経路に関しては、儂からエルギス様たちに伝えてある。シャーロットは、正直に話せばよいだけじゃ。安心して舞台に上がりなさい」

ベルクさんは舞台に上がらないのね。できれば、一緒に来てほしかった。

「シャーロット、リリカ、舞台に上がるよ」

「「はい」」

視線の正体がわからないけど、とりあえずバトルアックスのオークションを終わらせよう。

「今回の目玉商品、ミノタウルスのバトルアックスとなります‼　まずは、実物を見せる前に、入手経路を聞いてもよろしいでしょうか？」

アッシュさんとリリヤさんは変異しているので、この質問には答えられない。私が言わないと――

「シャーロット・エルバランと言います。私は、別の仲間であるアッシュさんとリリヤさんの三人で、Cランクのランクアップダンジョンに行きました」

うーん、買い手側にいる人たちが、ややざわついている。私の噂が、貴族にまで広まっているようだ。とりあえず、冒険者ギルドのときと同じように説明しよう。

「ダンジョンを探索中、『転移トラップ』に引っかかり、城エリアの謁見の間へと転移しました。そこでゴースト退治のミッションを完遂してから、周囲を窺うと、巨大な王と王妃の席にミノタウルスの石像が二体あったのです。二体の石像の手には、バトルアックスが握られていました。あんな巨大アイテム、滅多にお目にかかれません。先輩冒険者の方から、『マジックバッグに余裕があるのなら、全てのアイテムを入手しろ』とも言われていました。石像自体も動く気配がなかったので、アイテムであるバトルアックスだけを堂々と取らせてもらいました」

先輩冒険者とは、ギルド受付にいるロッツさんのことだ。間違ったことは言っていない。

私が話し終えると、買い手側、出品者側、主催者側にいる多くの人たちが、ヒソヒソと何か言い合っている。

「私の息子も学園に在籍し、冒険者登録をしている。彼女の言っていることは事実なのだが……飾りとして設置されているものを取るとは……」

「ミノタウルス……石像でも五〜六メートルはあるはず。その武器となると……」

司会の人〜フォローをしてくださーい。私が司会の女性に視線を向けると——

「あ……まだ七歳なのに、丁寧なご説明をありがとうございます。今からご覧に入れますバトルアックスは、『なんでも屋ベルク』の店主ベルク様が鑑定を行っており、本物の鋼鉄製の魔斧と認定されております。それではシャーロットちゃんたちは、舞台から降りて、舞台と客席の間にある空間に、二つのバトルアックスを置いてください」

私たちは舞台から降り、司会者の女性が指示した場所に、バトルアックスを一つずつ丁寧に置いた。『ズウゥゥウーーン』という衝撃音が二回鳴り響いた。

「私も……実物を見るのは初めてなのですが……巨大です。エルギス様のご厚意により、この物品に限り触ってもいいと許可されています。ご興味のある方は、どうぞお触りになってください」

こんな巨大バトルアックス、そうそうお目にかかれないからか、出席者全員が立ち上がって、刃以外の箇所を触ってるよ!!　あ、トキワさんもバトルアックスを触って、「マジかよ……材質は鋼鉄製で間違いない。魔力伝導性もミスリルほどじゃないにしても速い。これなら魔石を嵌め込むことで、魔斧として使用できるぞ」と呟いている。それに呼応して、周囲の貴族たちが騒ぎ出した。大ベテランのベルクさんと、Aランク冒険者で英雄でもあるトキワさんからの二重鑑定で、貴族全員の目の色が変わった。

「お～っと、英雄のトキワ様からもお墨付きが出ました‼ さあ、皆様‼ 本日のオークションのトリを始めましょう。金貨一枚からのスタートです‼」

「金貨十枚‼」「金貨二十枚‼」「金貨三十枚‼」……

全員が席に戻らず、バトルアックスの近くでオークションが始まった。しかも、金貨の枚数がどんどん上がっている。ここにいたら邪魔になると思い、私たちは出品者席に戻った。

「ベルクさん、金貨百枚を超える勢いなんですけど？」

私は疑問に思ったことを、そのままベルクさんに伝えた。

「そりゃあそうじゃろう。人の戦闘用武器としての価値は金貨一枚にも満たないが、古美術としての価値は金貨二百枚以上じゃ」

「「は⁉」」

嘘、初めて聞いたんですけど⁉

「ミノタウルス、またはその石像が持つ巨大魔斧。これはダンジョンの中で古くから存在するものじゃ。そして、魔剣などの素材は、玉鋼、ミスリル、アダマンタイト、オリハルコンなどが主に使用されておる。しかし、この魔斧は玉鋼にも劣るただの鋼鉄製じゃ。通常であれば、魔力を通すだけで耐久度がすぐに減少し、割れてしまうはず。しかし、さっきトキワが試したように、魔力伝導性能もそこそこある。魔剣などの制作は、鋼鉄では不可能とされておったのじゃが、魔物専用とはいえ武器としてこうして実在していた。そうなると、人の手で鋼鉄製の魔剣や魔斧の制作も可能ということになる。このバトルアックスは、良い研究材料になるんじゃよ」

そういうことか。だから、皆が欲しがるんだ。

「金貨三百八十枚‼」

げ、いつの間に、そこまで上がったの⁉

「おおっと‼　なんと国王エルギス様が一気に金額を引き上げた――――。さあ、他に誰かいませんか⁉　……それでは、二つのバトルアックスの買取主は、エルギス様に決定となりま――――す。エルギス様は、舞台にお上がりください」

買取主が、まさかのエルギス‼　ベルクさんから話を聞いたときから、そんな予感はあったけど、まさか実現するとは……

「さあさあ、シャーロットちゃんたちも舞台に上がってくださいな～」

「三人とも、超高額買取となったぞ。エルギス様と話してきなさい」

「あ……はい。リリカ……シャーロット……行こう」

アッシュさん、左手と左足が同時に出ていますよ。私も舞台に上ろうとしたら、急に『ブルッ』と全身に悪寒が走った。え……何……これ？　得体の知れない何かに睨まれているような奇妙な感覚がする。階段に踏み出そうとしている右足が動かない。

こんな感覚は初めてだ!!　恐怖や畏怖とかじゃない。もっと別の何かを感じる。ふと、リリヤさんを見ると、彼女も私と同じく全身を震わせ、動けないでいるようだ。

「リリカさん？」

「なんかわからないけど、あの人のそばに行きたくない。行ったら、大切な何かを失う気がする」

大切な何か？　私以上に、何かを感じているんだ。……舞台上にいるエルギスが何かを企んでいる？　緊張しすぎたアッシュさんが、ベルクさんに注意されている。時間稼ぎになっているね。今のうちにあいつを再度構造解析だ。

現在のエルギスの思考

リリカとシャーロット、早くこちらに来い。ここに来た瞬間、君たちを洗脳し、あの子たちとともに私を癒してもらおう。シャーロットを調査したが、やはり噂に聞いた聖女『シャーロット』と同一人物だな。彼女がなぜ魔法を使用できるのか気になるところでは

あるが、成長すれば、我が国の貴重な戦力となる。七歳の今のうちに洗脳し、私好みの女性にするのもアリだな。だが先にリリカだ！

思考内容を見た瞬間、私の悪寒の正体がわかった。リリヤさんと私を洗脳!?　まさかのロリコン!!

リリヤを選んだ理由
ライラと結婚する予定であったが、彼女はエルギスの国王即位五日前に、病によりこの世を去る。その日以降、ライラと同年代か、強く似た女性を見ると、彼女を思い出すため、二十〜二十五歳前後の女性を避けるようになってしまった。また、『洗脳』スキルの副作用で、エルギスの守備範囲が十〜十五歳に低下している。現在までに九人（貴族五人、平民四人）の子供たちが、エルギスに軽度の洗脳を受けている。エルギスはその九人に対して、誠実に友達感覚で付き合っており、心の癒しを求めて、ほぼ三日おきに数人を王城へ招待し、お茶会を開いている。

スキルの副作用で、守備範囲が低下したの!?　副作用の出方がおかしいでしょ!?　誰が作ったんだよ、この『洗脳』スキル!!　しかも、子供たちに乱暴を働いているわけでもなく、ただ癒しを求めて話しているだけとは……

国王即位後のエルギスへの評価も高いし、クーデターを起こしても、国民に反発される危険性がある。なおさら、ネーベリック事件の真犯人としての決定的証拠が必要だよ。とにかく、このスキルを急いで何かに編集しないといけない。もう時間がない。……どうする？　……アレしか思い浮かばないよ……仕方ない、急いでアレに編集しよう。ガーランド様、見てるでしょ？　編集後のスキルが上手く発動するよう、調整をお願いします‼

《『洗脳』を編集しました》

あれ？　『洗脳』スキルを構造編集できたけど、編集したと同時に、エルギスの中から黒い何かが飛び出したような？　気のせいかな？

「リリカさん、行きましょう。もう不安感はないはずです」

「え……確かに、嫌な感覚が消えてる？」

リリヤさんは不思議に思いながらも、私たちとともに壇上に上がった。そして、ゆっくりエルギスのいる舞台中央に歩いていった。

「久々に良い買い物ができた。礼を言おう。このバトルアックスを入手した際の仲間は、シャーロット、アッシュ、リリヤの三名だな？」

若干上から目線の物言いが気になるけど、国王陛下なんだから、これが当たり前だよね。

「はい。今回、私だけが他の仲間とともに、このオークションに出席しました」

「事情はベルクから聞いている。多くの人にわからせるためにも、あえて指名手配を解除しなかった。しかし、彼の無実はジストニス王国全土に通達している。アッシュ自身もそれに気づき、王都に戻ってくるだろう。シャーロットは、今の仲間たちとともに王都で待っていればよい」

「色々と配慮していただき、ありがとうございます」

今のエルギスからは、嫌な気配を微塵も感じない。構造編集が上手く機能したんだね。

「それで、君たちがアルトとリリカか。シャーロットの噂に関しては、私の耳にも入っている。いずれ我々の貴重な戦力となるだろう。アッシュとリリヤが戻ってくるまで、シャーロットのことを頼んだぞ」

「「はい‼」」

うん？　エルギスがリリヤさんを見ている？

「エルギス様？　……何……ヒャ⁉」

リリヤさんが話そうとした途端、彼女のすぐ後ろに椅子らしきものが出てきて、無理矢理座らされた‼　エルギスの奴、もうアレをリリヤさんに発動したんだ‼

「エルギス様、これはなんですか？　動けないんですけど？」

エルギス自身もポカーンとしている。『洗脳』スキルを発動させたら、いきなり謎の椅子が現れたのだから、驚くのも当然だ。

「な、なんだ、これは？　どういうことだ？　身体が勝手に動くぞ⁉」

出席者の位置からは、リリヤさんの左半身が見えているはずだ。エルギスが動き出すと同時に、リリヤさんの座る椅子の少し前に、豪華な洗面台が現れた。そこには、シャンプー、リンス、櫛（くし）、ドライヤーが完備（かんび）されている。私以外の人たちは、何が起こっているのかわからないだろう。

私は、エルギスの『洗脳』スキルを『洗髪（せんぱつ）』スキルへと構造編集したのだ。

リリヤさんが座っているのは、散髪屋（さんぱつや）や美容室で見かける洗髪用の専用椅子、椅子の前に現れたのが美容室用の洗面台なのだ。

ユニークスキル『洗髪』　消費MP5

使用した瞬間、専用の椅子と洗髪台（鏡付き）・シャワー・シャンプー・リンス・ドライヤー・櫛（くし）が現われる。指名した相手を椅子に座らせ、洗髪台に頭を乗せた後、髪を洗い、シャンプー、リンスの順に使用していけば、どんな傷（いた）んだ髪でもたちどころにツヤのある綺麗（きれい）な髪へと変化する。また、リンスの中には育毛剤成分が含まれているので、数分放置することで皮膚（ひふ）に染（し）み込み、どんなに禿（は）げている人でも毛髪が再生する。禿（は）げている人に限り、完全再生には洗髪を一日一回、合計三回行う必要がある。

スキル関係の『構造編集』は、自由度がかなり高い。前世で得た解析データと強いイメージがあれば、ある程度のものをスキルとして具現化できそうだ。

元々、シャンプーやリンスも、どんな成分を含んでいるのか気になって色々と調査していたからこそ、明確にイメージできたのだ。

育毛剤に関しては、知り合いの友達の両親が悩んでいたこともあって、こっちもツテを使って調べており、一番効力のあるメーカーのものをそのままイメージさせてもらった。

急な思いつきだったけど、上手くいってよかった。

おっと、突然エルギスがおかしくなったことで、出席者たちも騒ぎ出したか。

「アルトさーん、リリカさーん、エルギス様に何かしましたか？」

「ちょっと司会者さん⁉　僕たちは何もしていませんよ‼　僕も混乱しているんです」

怪しまれないためにも、私も何か言っておこう。

「エルギス様、何かスキルを使いましたか？」

「な、使うわけがないだろう⁉」

「もしかしたら、新たなスキルに目覚めて、何かの拍子(ひょうし)で発動したのかも？　一度ステータスを確認してみてはどうでしょうか？」

私の言葉に納得したのか、早速エルギスは自分のステータスを確認している。

「なんだ……これは？　洗……髪？　こんなスキル知らんぞ？」

「その『洗髪』スキルというものが発動したのかも？」

エルギスは、ぎこちない歩きで、リリヤさんのもとへ辿り着いた。そして、彼はシャワーを稼働させた。どうやら扱い方も、身体に刻み込まれているようだ。

「どうなっている？　私の頭の中に手順が入ってくる。この作業をやるしかないのか？」

「一度発動してしまったスキルは取り消せませんので、やるしかないと思います。攻撃系のスキルではなさそうですし、リリカさんも落ち着いてください」

「く、なぜ私がこのようなことを！」

「エルギス様、おやめください」

「そうですぞ。このような場所でのお戯れはお控えください」

出席者である貴族三名が、舞台に上がってきた。エルギスを思っての行動かな。

「く、無理だ。身体が勝手に動くのだ。お前たちは、そこで見ていろ。無理に動かすと、私やリリカ、お前たちまで傷つく可能性がある」

ユニークスキルが発動した以上、誰にも止められません。大人しくリリヤさんの髪を洗髪することをお勧めします。

「く……リリカ、この台に頭をのせなさい」

椅子が百八十度回転し、背もたれが自動で洗面台近くまで下りてきた。

「え……あ……ハイ」

リリヤさんも、自然に頭を洗面台にのせた。私たちは、その動作をただ見ているだけだった。その後エルギスは、リリヤさんの髪を優しくシャワーで濡らし、シャンプーを髪にかけ、手で丁寧に洗いはじめた。

「うひゃあ、なにこれ‼　凄(すご)く気持ち良い‼」

「リリカ、喋(しゃべ)るな。目を開けるな。シャンプーやリンスが目に入ると沁(し)みるかもしれん。……は？　私は何を言っているんだ？　口が勝手に動いたぞ？　なぜ、私がこのような行いをせねばならんのだ？」

発動中は美容師になっているからね。危ないときは、口が勝手に話すのさ。ふふふ、イメージ通りだ。ちなみに、大気の魔素が水やシャンプーに変換されているため、廃水(はいすい)なども魔素に分解される。なので、ここが水浸(みずびた)しになることもない。

「はい、わかりました」

シャンプー作業が終わると、シャンプーを洗い流し、続けてリンスの作業に移った。

あれ？　リリヤさんの雰囲気(ふんいき)が変わった？

エルギスも、はじめは屈辱(くつじょく)に満ちた表情だったけど、シャンプー後のリリヤさんを見て驚いている。そういえば、周りの貴族たちもリリヤさんの変化に驚き、何も言わなくなり、ただ呆然(ぼうぜん)と見ている。

「リリカの髪が変わった？　シャーロット……」

「アルトさん、リリカさんにはなんの危害もありません。今は黙って、様子を見ましょう」

アッシュさんも、リリヤさんの変化に気づいている。現在、二人はアルトとリリカに変異している。しかし、変異している部分は、あくまで顔と髪の色だけだ。だから、リリヤさんの髪質までは変わっていない。

「こりゃあ、どういうこった？　一つ目のシャンプーとやらで髪を洗っただけで、リリカの雰囲気が少し変わったようじゃ。次のリンスの作業が気になるのう」

いつの間にか、ベルクさんも舞台に上がっていた。彼の言葉に、周囲の人たちも頷いている。

エルギスの洗髪は、とても丁寧なものだった。女性の髪を大切に手でほぐしていき、リンスを髪全体に行き渡らせていく。リンスの作業が終わり、ついに櫛とドライヤーで、リリヤさんの長い髪をセットしはじめた。

この頃になると私も含め、全員が驚愕の表情になっていた。

だって、リリヤさんの髪は奴隷生活が長かったせいで、かなり傷んでいた。それが……あの傷んだ髪が、綺麗なややウェーブがかったストレートヘアーに変身したのだ。

洗髪前は、髪がかなり傷んだ残念な少女だったのが、洗髪後には髪自体が綺麗に修復されたことで、リリヤさんの容姿が数段階もレベルアップした。

エルギスも、自分の行いに呆然としている。屈辱に満ちた表情が完全になくなっている。私もリリヤさんも洗脳されそうだったから、焦って『洗髪』スキルにしちゃったけど、思いの外、使い勝手のいいスキルになったのかもしれない。

13話　種族進化計画の正体

リリヤさんの洗髪が終わった。私たちや出席者たちも、リリヤさんの変貌ぶりに、言葉が出ないでいる。

「これで終了だ。君は生まれ変わった。洗髪台の鏡を見るといい。……は……また口が勝手に‼」

エルギスが爽やかな笑顔と口調で、洗髪終了を宣言した。言った本人も驚いている。そして、リリヤさんの洗髪が終わったことで、二人の行動制限が解除された。

「フオオォォォーーー、これが私ですか⁉　嘘、信じられない。エルギス様、ありがとうございます‼」

リリヤさんは自分が何をされているのかが気になり、意識をエルギスの方へ向けていたため、洗髪中一度も鏡を見ていない。だから、洗髪後の自分を見て驚くのもわかる。エルギスに対し、しきりにお礼を言っている。

「リリカの髪が……凄く綺麗になった。リリカ自身も……綺麗に……なった」

「アルトさん、リリカさんは会った当初から可愛かったですよ。傷んだ髪が修復されたため、リリカさんの綺麗さが余計に際立つんですよ」

アッシュさんも、リリヤさんの変貌ぶりに、相当戸惑っている。

「アルト、どうかな？」

リリヤさんが綺麗な髪を軽く舞い上げながら、くるりと一回転した。

「え……あ……いや凄く可愛い……というか綺麗だ」

「フオオォォーーー、ありがとう‼」

おお、アッシュさんが顔を赤くしながら、ストレートに褒めた。周囲にいる貴族たちも、まだリリヤさんを見ているし、エルギスの方を気にしていない。今のうちに、私からエルギスにお礼を言っておこう。

「エルギス様、リリカさんの髪を直していただきありがとうございます。『洗髪』というのですか？　凄いスキルをお持ちなんですね。スキルの詳細には、何が書かれているんですか？」

もう一つの隠れ機能に気づいてね。

「え……あ……いや……私自身も驚いている。スキルの詳細だったな……うん？　これは……この効能は!!　……いや、待て。もう一度最初から……」

あれ？　どうしたの？　エルギスの身体全体が、小刻みにプルプルと震えている。人の頭部限定で、禿げている箇所が再生するという効能、これは確かに驚くべき効果だけど、なんか凄く大袈裟に驚いているような？

「エルギス様、どうされましたか？」

「うん……ベルクか？　この『洗髪』というスキル、髪を綺麗にするだけではない。このスキルで三回洗髪された者は、どんな……」

なぜか、エルギスが言葉に詰まった。全員の視線がエルギスに集中している。

「どのような禿げであろうとも、見事に毛が再生するそうだ」

「禿げを直すスキルということですかな？」

あれ？　何かおかしい。ベルクさんはあまり驚いていないけど、周囲にいる貴族たちの中でも、七割ほどの人たちが騒ぎ出している。

「（我々の願いが……）」

「（ガーランド様が我々を……）」

「（やっと……やっと……解放される）」

小声で何やら呟いていると思ったら、何人かが泣きはじめたんですけど!?　しかも、泣いている人たち全員が、自分の頭をしきりに触っている。あ、そうか!!　違和感の正体が

わかった‼

頭を触った人たち全員が『カツラ』をかぶっているんだ‼　かなり巧妙にかぶっているから、カツラか本物かの区別がわからなかったんだ。あれ？　そうなると、ジストニス王国の貴族の男性陣の多くが禿げているの？

「ベルクよ、真実だ。自分のステータスを何度も見ているのだが、間違いなくそう記載されている。ただ、ここでは披露できん」

「あ……それは当然ですな。いくら王城内でも、こんな中庭では……」

うん、こんなだだっ広い場所で、カツラを外したくないだろう。そういえば、エルギスは若いせいか、全てが地毛だ。近くにいる彼の親友ビルクも、全て地毛のようだ。

「（なんと…凄いスキルだ）」

「（我々の悲願も果たせる）」

「（いや、待て。陛下に、そんなことをさせるわけには……）」

周囲にいる貴族たちが、小声で囁き合っている。人々が混乱する中、最初に動いたのは年長者のベルクさんだった。

「その『洗髪』スキルがあれば、完全に禿げておる人にも、効果があるはず。ただ、エルギス様に、そんな作業をさせられん。……ふむ……もしかしたら、この『洗髪』というスキルに目覚めた者が、他にもジストニス国内におるかもしれません。早急に探した方が良いかと」

ベルクさんの言葉に、周囲にいた男性陣の目の色が変わった。エルギスも、事の重大さに気づき、顔が真っ青になっている。もし、国内貴族の男性陣の七割が禿げている場合、そして国内に洗髪スキル保持者が自分一人であった場合、当然エルギス一人で皆を洗髪しなければならない。

「宰相、私と同じように国民の中に目覚めた者がいるかもしれん。必ず探し出せ‼　必ずだ‼」

「は、は‼　必ずや探し出してみせます」

主催者側にいた一人の初老の男性が急ぎ、王城内へと駆け込んでいった。

その後、『洗髪』スキルの影響もあって、慌ただしい状況の中、オークションの幕が閉じられた。

バトルアックスの買取額は金貨三百八十枚、買取額の一割は税金として取られたので、私たちが貰える金額は、金貨三百四十二枚となる。一気に小金持ちとなってしまった。

エルギス自身から、この額の入った丈夫な袋を手渡され、買い取られた二つの武器に関しては、ビルクが二つのマジックバッグに一つずつ収納し、別れ際私たちに――

「これらのバトルアックスは……魔斧の研究開発に使わせてもらう。君たちは……まだ子供だ……無茶はするな」

と辿々しいながらも、私たちにお礼を言ってから、王城内へと入っていった。ビルク・シュタインは、人見知りの傾向があるものの、魂が穢れているような印象はなかった。

その後、ベルクさんに、金貨百二十枚を渡した。ベルクさんは本来貰える額よりも多いと言ったけど、「面倒な手続きなどを全てやってくれたので、当然の額です」と言ったら、渋々ながら受け取ってくれた。ぶっちゃけ、私たち三人からすると、あまりの額の大きさに金銭感覚が麻痺していただけなんだよね。

私たちの手元に残ったのは、金貨二百二十二枚となった。私のせいで、ちょっとしたハプニングが起こったものの、これで今日のイベントは無事終了だ。

ベルクさんはバトルアックスの件でまだ用事が残っているらしく、これから王城に入るようだ。私たちはベルクさんに、これまでのお礼を言い、中庭で別れた。トキワさんにも挨拶しようかなと思っていたら、既に王城から姿を消していたので、私たちも王城から離れることにした。

しばらく道を歩いていると、私の緊張も解れてきたよ。リリヤさんは、アッシュさんに『綺麗だ』と言われてから緊張感もなくなり、終始ご機嫌だった。今回、二人には一切事情を知らせずにエルギスを構造編集したから、状況を理解できていないだろう。貧民街に到着する前に、きちんと事情を説明しておかないと。

「――という感じで、私もリリカさんも、あいつに洗脳されそうになったので、『洗脳』

を『洗髪』に構造編集しました。おそらく、完全に発動されていたら、私も洗脳され、反乱軍を壊滅させていたかもしれません」

私が事情を説明すると、アッシュさんもリリヤさんも、事の重大性を理解したのか、顔色が一気に悪くなった。

「もし、シャーロットが洗脳されていたら、僕もリリカもあの人も、全員が死んでいたかもしれない。それどころか、シャーロットのステータスがエルギスに知られ、世界征服されていたかも……」

「ユニークスキル『洗脳』……シャーロットさえも、洗脳可能なほどの強力なスキル……私も危なかったんだ」

多分、舞台に上がる前に感じたあの奇妙な感覚は、『危機察知』スキルが働いて、私たちに警告していたのかもしれない。

「そんな危機的状況に陥っていたなんて……全然わからなかった。僕は、自分のことで手一杯だったよ」

「いえ、こればかりは仕方ありません。あのとき、トキワさんですら気づいていませんでした。アルトさんが悔やむことではありません」

「そう言ってくれると、僕としてもありがたいよ。あ、それはそうと、トキワさんだけど、彼も洗脳されているのかな?」

あ、そこは気になるよね。安心させてあげよう。

「トキワさんは、エルギスと友好的なお付き合いを保っていますので、洗脳されていません。ステータスも高いから、影響もないようです。明日、武器屋スミレに行って、事情を説明しましょう。上手くいけば、私たちの味方になってくれますよ」

二人から、安堵の溜息が漏れた。彼が洗脳されていたら、クーデターの際、私との戦いが強制的に始まってしまう。

「それを聞いて安心したよ。この姿のままだと失礼だから、店に入ったら僕もリリカも変異を解くよ」

「そうですね。店内だけで変異を解くのなら、大丈夫だと思います」

オークションでは、トキワさんと偶然遭遇したり、エルギスに洗脳されかけたりと色々あった。

トールさんたちには、オークションが終わる十五分ほど前に通信したところ、既に資料の入手に成功し、王城から脱出していた。どうやら『洗髪』スキルの影響で、大勢の魔鬼族が舞台に集中していたため、すんなり脱出できたようだ。彼らは盗んだ資料を見てから、貧民街に行くと言っていた。

エルギスの解析データもあるから、種族進化計画の謎に関しては、全て明らかになる。まずは貧民街に戻って、今日起こった出来事をクロイス姫たちに報告しよう。

○○○

私たちは貧民街に戻り、オークションでの出来事を順に話していった。トキワさんと偶然出会い、ガンドルさん経由で約束を取りつけたこと、エルギスとビルクの『構造解析』データを入手したこと、レイズさんたちが資料の入手に成功したこと、ここまでは良いことづくしなので、クロイス姫たちもご機嫌のニコニコ顔だ。そして最後——

「バトルアックスの落札者は、エルギスとなりました。そして、彼とお話しするため、舞台に上がろうとしたところ……私とリリヤさんが洗脳されそうになりました」

クロイス姫、イミアさんの表情が、ニコニコ顔で固まった。アトカさんは、ず〜っと無表情で頷いていたけど、ここで固まった。そして——

「シャーロット、洗脳されたのか？」

「アトカさん、私が洗脳されていたら、ここにいる全員が死んでいます」

「それも……そうだな。……で、エルギスに何かしたんだな？」

アトカさんだけが、私の報告内容を冷静に受け止めてくれている。クロイス姫とイミアさんは冷静を通り越して、思考がストップしているのかな？

「はい。あのとき、『危機察知』スキルが働いたこともあって、間一髪で助かりました。

ただ、舞台に上がらないと怪しまれますので、急遽エルギスの『洗脳』スキルを構造編集したんです」

「まさか……リリヤの髪質が、行きと帰りでかなり違うのは、そのせいか？」

「はい。『洗脳』とは『脳を洗う』という意味です。エルギスの頭を見たとき、脳の近くに髪の毛がありました。だから、『髪を洗う』という意味で、『洗髪』に構造編集したのです」

　実際は少し違うけど、この言い方の方が納得してくれると思う。

「「『洗髪』⁉」」

「あのとき、躊躇する時間はありませんでした。そして、舞台に上がったリリヤさんに、彼は『洗脳』から編集された『洗髪』スキルを使用したのです。その結果、リリヤさんの髪がサラサラになりました」

　ここで、クロイス姫とイミアさんがリリヤさんのもとへ行き、髪を調べはじめた。傷んだ髪質が綺麗なものへと変化し、リリヤさんの容姿がレベルアップしたことで、色々と彼女に質問している。

「これ、凄いわ。私たちの使ってるシャンプーだと、髪質を現状維持するだけで精一杯なのよ。どうやったら、ここまでサラサラになるのかしら？」

「ええ、あの傷んだ髪が、ここまで修復されるなんて……」

イミアさんもクロイス姫も、リリヤさんの髪の傷み具合を知っていたからね。驚くのもわかる。

「この話には続きがあります。咄嗟に構造編集したため、私は思いつく限りの機能を入れてしまいました。エルギスや貴族たちは髪の綺麗さよりも、もう一つの機能に心を奪われていましたね」

「もう一つの機能？　シャーロット、どんな効果をもたらすのですか？」

クロイス姫も気になりますか。どんな反応をするかな？　こればかりは、私にもわからない。でも、この効果のせいで貴族たちが妙に騒がしくなっているから、報告しておかないと。

「洗髪を三回行うと、どんな禿げであっても、髪が再生するというものです」

「「「……」」」

まさかの無反応？

「オークション会場にいた男性貴族の七割が、カツラを付けていました。エルギスが、この効果を説明すると、その時点から騒ぎが起きたんです。何やら小声で、『我々の悲願を達成できる』と呟いている人もいましたね。現在エルギスたちは、ジストニス王国全土から、『洗髪』スキル保持者を探し出そうと動き出しています。どうして、ここまで騒ぎが大きくなっているのかが不思議なんです。まさかとは思いますが、魔鬼族の男性貴族のほとんどが禿げているのですか？」

　私の問いに、誰も答えようとしなかった。内容が内容だけに、困惑しているのだろうか？　口を開いたのは、クロイス姫だった。

「男性貴族の多くがカツラをつけていた？」

「エルギスとビルクは地毛でしたが、宰相やお年を召した方々、一部の若い男性たちもカツラをつけていましたね。かなり巧妙につけていますので、貴族と会う機会の少ない平民たちには見抜けないと思います。現に、アッシュさんもリリヤさんも見抜けませんでした」

　私の場合、前世の経験からきている。

「私は王女でもありますから、これまで多くの貴族と接してきましたが、全くわかりませんでした」

「常時、カツラをつけた状態で接していたからこそ、その姿に見慣れてしまったのだと思います」

「え……そうなると……まさかお父様も、カツラだったのかしら？」

　さすがに、そこまではわかりません。

「俺も知らなかったぞ。オークションに参加する連中は、高位貴族のはずだ。そいつらのほとんどがカツラだと？　平民で禿げている奴は少数だ。それなのに、男性貴族のほとんどが禿げだと……どう考えてもおかしいぞ？」

混乱するのもわかります。私自身、現地でかなり戸惑ったからね。それにしても、アトカさんもこの事実を知らないのか。そうなると──

「もしかすると、遥か昔から貴族にのみ、そういった傾向があるのかもしれませんね。だから、カツラをつける技術が進歩していき、全く違和感のないものになっているのですよ。もしかしたら、前国王様も本当にカツラだったのかもしれません」

「ねえ、ちょっと待ってよ。禿げを治療できるのは、現状エルギスだけよね？　というか、シャーロットが編集したものだから、『洗髪』スキル保持者なんか見つかるわけないわ。そうなると、エルギスが禿げている貴族たちを洗髪していく羽目になる。でも、国王にそんな行為をさせられない……まさかとは思うけど、反乱が起きる……なんてことには？」

イミアさんの言葉で、全員が押し黙ってしまった。通常ならば、そういった理由で反乱が起こるはずもない。でも、王城でのあの騒ぎを考えると……

「さすがに、そんな理由であいつらも謀反を起こさないだろう。だが……妙な胸騒ぎがするのはなぜだ？」

アトカさんと同じ意見だ。私も頭の中で何かが引っかかっている。何かを見落としているのかな？

「反乱……禿げ……悲願……獣人の特性……一部の人間……まさか……でも……辻褄が

合う」

　クロイス姫が、何かに気づいた？

「クロイス、どうしたんだ？」

「アトカ、国立王都研究所から入手した資料の内容を覚えていますか？」

「え？　ああ、そりゃあもちろん覚えてるよ」

　国立王都研究所の資料、研究者たちの日記だよね。ううん？　そういえば、ヒントらしき文面も書かれていたような？

「獣人の場合、『毛を斬る』と、その再生速度が人間や魔鬼族より早いと聞いたことがあります。斬ったのが髪の毛だと考えると、辻褄が合うんですよ。そして、女性研究者が危惧するアレというのは……『禿げ』のことではないでしょうか？」

「はあ!?　いくらなんでも、それはありえねえだろ。地下で行っていた大規模な実験が、毛生え薬の開発ってことになるぞ‼」

　クロイス姫は、いきなり何を言うのかな!?　あ、でも獣人に薬を投与したら、全く逆の作用になったとも記載されていた。毛生え薬の逆……脱毛剤だ。獣人の毛が全てなくなったら……かなり惨めな姿になってしまう。うわあ～、辻褄が合うんですけど～。

「そうですよ。いくらなんでも髪の毛のために、ネーベリックを百年間も閉じ込めて、人体実験だなんて……そういえば、ネーベリックには毛がないわ。副作用もないのかしら？」

イミアさんの疑問に、私たちは何も答えられなかった。考えれば考えるほど、クロイス姫の仮説が正しいと思ってしまうのだ。ここは、エルギスの解析データを見て確認しよう。そうすれば、全てがハッキリする。

「皆さん、今からエルギスの解析データを確認します。それでハッキリしますよ」

クロイス姫、アトカさん、イミアさん、アッシュさん、リリヤさんが静かに頷いた。私は、ステータス画面を開き、エルギスの解析データ内でキーワードを『種族進化計画』に設定し、検索を実行した。そして、そこに表示されたタイトルは――『種族進化計画（別名：禿げ撲滅計画）』。

14話　反乱会議一回目

種族進化計画（別名：禿げ撲滅計画）

魔鬼族の『禿げ』は、一種の呪いだ。少なくとも四百年以上前から、魔鬼族の貴族男性は他の種族と異なり、禿げやすい体質であった。

古い文献によると、王族、貴族、平民といった身分に関係なく、ほぼ全ての者たちが、年齢を重ねるとともに禿げる傾向にあったという。

それが、月日とともに平民の禿げる割合が少しずつ低下していることがわかった。しかし、王侯貴族だけは、どれだけの歳月を重ねようとも、七～八割の者たちが必ず禿げた。回復魔法で髪の再生を試みても、必ず失敗する。

多くの研究者が、この呪いを解くため必死に研究を重ねたものの、ことごとく失敗に終わり、皆が挫折していった。呪いが解けないのなら、せめて禿げを隠そうと思い考案されたのが、『カツラ』である。年月を重ねるほど、カツラの精度が向上していき、地毛とカツラの境がわからなくなるくらいにまで、技術が進歩した。

だが王侯貴族たちは、禿げの撲滅を諦めていなかった。百年前、ジストニス王国において、ある壮大な計画が立案された。その名は『種族進化計画』。禿げを『呪い』ではなく『病気』と想定し、『毛生え薬』の開発を目的とした計画である。『禿げていく魔鬼族』から脱皮し、『禿げない魔鬼族』へと進化するため、この名称となった。

腹を割った話をすると、当初は『禿げ撲滅計画』であったものの、このタイトルで国に研究資金を求めた場合、計画に関与していない、特に禿げを気にしない者たちも知るところとなり、却下される恐れがあるため、この名称に変更しただけだ。

ザウルス族のネーベリック、奴隷として扱われている人間、エルフ、獣人、ドワーフが実験体として利用された。多くの研究者たちは彼らを嫌っていたが、さすがに人体実験として扱うことには疑問を持った。

だからこそ、彼らと対話し、ただの毛生え薬を開発するだけで、命を奪うことは決してないと説得し、少しずつ彼らと仲を深めていった。

だが、計画が最終段階に行く寸前で、ネーベリックが暴走し、周囲にいた研究者たちを食べてしまった。一人の研究者が混合薬物を調合する際、誤（あやま）って名前の似た劇薬（げきやく）を入れてしまい、それが他の薬物と混ざり合ったことで、生物の本能を蘇（よみがえ）らせる薬に変質してしまったのだ。

ネーベリックによって研究施設が崩壊し、これまでの研究データのほとんどが焼失したものの、一部の機材が生き残っていたため、新しく建設された研究所に移動させ計画を一から立て直し、現在も進行中である。

これが種族進化計画の全容か。禿（は）げ撲滅（ぼくめつ）計画、こんなものが闇の中で進行していたとは……。ネーベリック襲撃事件で、百年分もの研究データのほとんどが焼失している。生き残りの研究者も、少数しかいない。その状態で一からやり直しとなると、最悪元の状態に戻るまで百年かかるかもしれない。とりあえず、クロイス姫たちにこの内容と、エルギスがネーベリックに命令した内容も合わせて話しておこう。

○○○

私が全てを話したことで怒りを爆発させたのは、アトカさんとイミアさんだ。

「種族進化計画……禿げ撲滅計画だと……そんなしょうもない計画が引き金となって、俺たちの仲間は死んだのかよ。しかも、いまだに研究は継続しているだと‼」

アトカさんの怒りもわかる。さっきまでは、クロイス姫の仮説ということもあって、冗談半分で話を進めていたけど、その仮説は当たっていた。そして、あれほどの大事件が起こったにもかかわらず、いまだに研究を進めているのだ。怒るのも当然だ。

「種族進化計画という大層な名前の割に、行われてきたのは『毛生え薬』の開発？……そんなもののために、奴らはネーベリックや大勢の奴隷たちを利用したの？　それが引き金となって、あの事件が起きたの？　なんなのよ、それ……なんなのよ‼」

イミアさんも、アトカさんと同じダークエルフだ。やり場のない怒りを鎮めようと、あちこち歩いては、大声を上げている。アッシュさんは動いていないものの、怒りを体内に閉じ込めたまま、じっと両拳を握りしめている。リリヤさんは、ネーベリック事件に関わっていないこともあって、ずっとオロオロしている。そんな中、クロイス姫は椅子に座り、両肘を机につき、両手を組んで、じっと考え込んでいる。

「アトカ、イミア、アッシュ、私たち王族は多くの種族たちに対し、取り返しのつかない大罪を犯してしまいました。本当に申し訳ありません。全ては……毛生え薬から始まっていたなんて……そんなもののために……多くの人々が犠牲に……」

クロイス姫が立ち上がり、四人に深々と謝罪した。

『エルギスがネーベリックを洗脳し、殺戮を繰り返していった』――このことは既にわかっていることだ。しかし、発端となった種族進化計画が、こんな内容ならば、亡くなった人たちがあまりにも不憫だ。でも、いつまでも過去を振り返っている場合ではない。私たちは前に進まないと!!

「皆さんの怒りもわかりますが、これからのことを考えましょう。種族進化計画の目的は、毛生え薬の開発です。しかし、エルギス自身が禿げを治すスキル『洗髪』を手に入れてしまった。このまま放っておくと、もしかしたら本当に反乱が起きるかもしれません。何か手を打たないと」

おそらく、ガンドルさんたちも盗んだ資料を確認して、皆と同じ気持ちになっているはずだ。

「あ……ああ、そうだな」

「そ……そうね。頭を切り替えないとね。シャーロットが『洗髪』スキル保持者を増やせば、解決するでしょ?」

こういうとき、私の称号『癒しマスター』の効果が役立つよね。感情を大きく乱しても、その乱れを穏やかなものへと変換してくれる。だからこそ、アトカさんもイミアさんも、冷静さを取り戻してくれた。

「イミア、それはダメです‼」

反対意見を入れたのはクロイス姫だ。

「エルギスがキッカケとなり、次から次へと『洗髪』スキル持ちが増えてしまうと、これまでにエルギスのやってきたことが神ガーランド様に認められたため『洗髪』スキルを授与されたと、皆考えるでしょう。そうなると、エルギスに忠誠を誓う貴族が増えます。その後、クーデターを起こし成功したとしても、『エルギスを裏切れば、また禿げるのでは？』という強迫観念に駆られ、皆が私に忠誠を尽くさない可能性があります。最悪、私が暗殺されます」

クロイス姫、普段お馬鹿なところがあるのに、こういうときは鋭い意見を入れてくる。あくまで仮説に過ぎないけど、貴族たちは『禿げ撲滅』に対して、異様に強い執着を持っている。そうなる可能性も、十分にありうる。

「それじゃあ、どう行動したら……」

クロイス姫の意見に、イミアさんも戸惑っているようだ。

「一つだけ、手はある」

アトカさんの言葉に、私たちは驚いた。何か、妙案があるのかな？

「アトカ、それはなんですか？」

「まず、『洗髪』スキルに関しては、今日初めて発動したスキルだ。実際に禿げが直るのか、数人の禿げている男性貴族を使って、これから検証を始めるだろう。『洗髪』スキル保持者に関しては、王国全土にあるギルドを通じて、これから捜索が始まる。スキルの検証期間と捜索期間を含めても、二ヶ月か三ヶ月を要するだろう。その期間中に、俺たちがクーデターを起こせばいい。クーデター成功後、クロイスが貧民街にいたことを皆に明かす。そこで『洗髪』スキル保持者を既に見つけていることを発表し、その場で披露すれば、全てにおいて問題ない」

なるほど……アトカさんの言う通りに行動すれば、多分大丈夫だと思う。だけど……私が疑問に思ったことを話そうとすると、先にアッシュさんが口を開いた。

「アトカさん、仰ることはわかるんですが、クーデターを起こすには、『エルギスとネーベリックの関係性』『魔導兵器の保管場所』『種族進化計画』『ケルビウム大森林にいる種族たちの説得』『武器の確保』『どうやって被害を最小限に抑えるか』――解決すべき問題が山ほどあります」

私も、アッシュさんと同じ意見だ。アトカさんは、どう考えているのかな？

「アッシュが今言った中で、いくつかは目処が付いている。お前たちが持ち帰ってきた『落とし穴トラップ』、あれを最大限に利用する。あのトラップを設置すると、設置者の魔力を消費することで、落とし穴の中に、様々な障害物を具現化できるんだ。当然、鉄剣や鉄槍などの武器も設置可能だ。そして、それらの武器は、落とし穴から取り出しても、消えることはない」

それって、私がはじめにやったことだ。落とし穴に落ちて、周囲にあった武器を全部マジックバッグに入れて、地上に持ち帰ったんだよ。アトカさんは、この行為を地上で再検証していたんだ。

「……あ‼　それじゃあ、武器を生産し放題だ」

「そういうことだ。さらに、この『落とし穴トラップ』を王城正門と王城入口までにある中庭に設置し、騎士どもを落とし穴に叩き落とし、魔法か何かで足止めしている間に、本命となるクロイスたちが城の中に侵入すればいい」

おお、それは面白いね。ただ、それだと死者が出るかもしれない。無血決戦を望むのならば、あの案を言ってみるか。

「アトカさん、それだと不完全です。クーデター側の体力をほとんど使用せず、王国側だけ削ぎ落とす方法があります。上手く機能すれば、王城での戦いにおいては、誰一人死にませんよ」

私の一言に、皆が驚きの言葉を発した。全員が、そんな理想的な方法があるのならば是非聞かせて欲しいと、表情で訴えていた。だから、私は自分の案を詳細に伝えた――

「……呆れた。よくもまあ、そんなズル賢い方法を思いつくわね」

イミアさん、それ褒めてませんよね？　貶してますよね？

「……俺もそこまで思いつかなかったぞ。確かに、トラップとなる材料には様々なものがあった。シャーロットが言ったものも、確かにある。落とし穴自体も少し改良を施せば、多分できるぞ」

　やった!!　成功すれば、絶対面白いことが起こりそうだ。

「『武器の確保』と『王城限定での無血決戦』、これはなんとかなりそうですね。ガンドルたちが戻ってくれば、魔導兵器や種族進化計画の資料も手に入ります。私はケルビウム大森林に赴き、皆を説得しないといけません。ただ、肝心のネーベリックとエルギスを繋げる物的証拠を入手できるかどうか……」

　うーん、こればかりはガンドルさんたちが持ち帰ってくる資料次第かな。もし、物的証拠を何も発見できなかった場合のことも、考えておかないといけない。

「でも、トキワさんにも出会えましたし、まだまだ解決すべき問題はありますけど、先行きは明るいですよね。二ヶ月以内に、クーデターを起こすことができるかもしれませんよ」

　アッシュさん、ナイスフォローです!!

「アッシュの言う通りですね。種族進化計画の全貌を聞いたとき、奈落の底に落とされたかのような気分に陥りましたけど、まだまだ希望が持てます。皆さん、クーデターの時期こそ、かなり早まりましたが、焦らず少しずつ準備を整えていきましょう」

種族進化計画の全貌、『洗髪』スキルへの構造編集、これらのせいでかなり混乱してしまったけど、全員の士気も戻ってきた。明日、私、アッシュさん、リリヤさんの三人は、トキワさんと会う。彼が反乱軍に加入してくれれば、士気もますます向上するだろう。私が、トキワさんとスミレさんの抱えている悩みを解決できれば、多分加入してくれるはずだ。

私の持つ知識と技術を総動員して、その悩みに挑もう。

15話　トキワとスミレの悩み

現在の時刻は夜八時、クロイス姫の部屋には、私とアトカさんとイミアさん、クロイス姫、そして偵察部隊の計七名がいる。王城から盗んできた資料には、『王国内にある魔導兵器の保管場所と製造工場の詳細位置』と『種族進化計画の研究内容』が記載されていた。

種族進化計画の内容は、断片的にしかわからなかったため、私がエルギスの解析データを基に補足説明することで、ガンドルさんたちは全てを理解した。

すると……三人はアトカさんやイミアさんと同じように、怒りによりタガが外れてしまい、クロイス姫に不満をぶつけてしまった。私の称号の効果により、二十秒ほどで我を取り戻せたため、三人はすぐクロイス姫に謝罪している。

盗んだ資料の中には、エルギスのサインや前国王のサインが書かされていたものもあった。つまり、我々は種族進化計画の確固たる物的証拠を入手したのだ。ただ、エルギスがネーベリックを洗脳し、王族を抹殺したことについての資料を見つけ出すことはできなかった。

やや残念な結果であるものの、今回の成果により、クロイス姫がこれらの資料を携え、ケルビウム大森林に住む種族たちに、クーデター参加を呼びかけることが可能となった。なお、さらに説得力を高めるため、私はエルギスとビルクの『構造解析』で得られた解析データを資料としてまとめ、クロイス姫に渡しておいた。

ダークエルフ族やザウルス族たちならば、私の資料を信頼してくれるはずだ。もちろん、エルギスを玉座から引きずりおろすには、ネーベリックとの関係性を示す物的証拠も必要だけど、それは偵察部隊の三人や内部スパイの人たちに任せるしかない。

鍵は、ビルクにある。彼の解析データを見たところ、どうやら毎日日記を書いているらしい。日記の保管場所も既に把握済みで、彼の住む家にある。

そのことを三人に伝えると、憂鬱そうな顔が一気に明るくなった。今後のスケジュールとしては、『クロイス姫がアトカさんとともにダークエルフの村へ出向き、森に住む全種族たちの協力を求める』『偵察部隊の三人は、ビルクの日記を奪取する』『私はトキワさんと話し合い、反乱軍に引き入れる』以上の三点を成し遂げなくてはいけない。

少しずつではあるけど、クーデターに向けての材料が着実に揃いつつある。明日から、私たち主要メンバーは、新たな任務に取りかかる。これらが成功すれば、クーデターまであと一歩となる。

○○○

洗髪事件の翌日、私たちは貧民街を出て、ガンドルさんに描いてもらった地図を頼りに、王都にある『武器屋スミレ』へ向かった。途中道に迷ったので、周囲にいた一人の女性に場所を尋ねたら、ここから近かったこともあり、店まで案内してくれた。

その道中、スミレさんについて聞いたところ、『スミレ』という女性鍛冶師は武器職人の中でも、かなり有名な人物らしい。

まだ二十歳前後なのに、鍛冶としての能力が非常に高い。身分に関係なく、現在のその人に見合った武器を制作し、客が少しでも不満を抱いた場合、丁寧な応対で客から足りないところを聞き出し、すぐさま修正してくれる。

この店で買った武器に関しては、格安で修理してくれることもあり、顧客の満足度が非常に高い。以上の情報から、私はスミレという人物に好感を持った。

玄関入口の真上に位置する屋根付近には、『武器屋スミレ』という大きな看板が設置されている。これなら遠目からでも、ハッキリとわかる。看板以外の外観は、至って普通の家だ。ドアを開け、店内に入ると――

「シャーロット、アッシュ、リリヤ、『武器屋スミレ』へようこそ」

トキワさんが、まだ名乗ってもいない私たちの名前を呼んだ。私はともかく、アッシュさんとリリヤさんとは面識もないはずだ。……そういえば、魔法『真贋』で彼のステータスを確認したけど、基礎能力値以外見ていない。もしかしたら、彼もスキル『鑑定』か魔法『真贋』を持っているのかな？　魔法が封印されていることを考慮すると、スキル『鑑定』で名前を知ったのかもしれない。

「シャーロット・エルバランです。あなたが――」

「ああ、トキワ・ミカイツだ」

アッシュさんとリリヤさんは、変異を解いていない状態でいきなり名指しされたため、面食らっている。

「あ……あのアッシュ・パートンと……言います。あ、一応、変異を解いておきます」

「リ、リリヤ・マッケンジーです。私も変異を解きます」

リズムを狂わされたためか、二人の動きがぎこちない。

「あはは、驚いたか？　オークション会場でシャーロットが俺に魔法『真贋』を使っただろ？　そのお返しだよ」

ありゃ、気づいてたんだ？

「一回しか使ってないのに、よくわかりましたね」

「魔法『真贋』を使用した場合、相手の方はわずかながら違和感を覚えるのさ。俺は魔導具を経由することで、魔法『真贋』を使える。オークション会場で三人に使用したんだが、気づいてなかったか。三人とも、まだまだ経験不足だな」

全然気づきませんでした。魔法『真贋』に、そんな細かいデメリットがあることも知りませんでした。でも、それなら、話も円滑に進められそうだ。

「この店の主人でもあるスミレは、客から注文を受けている武器の制作中なんだ。彼女の作業が一区切りつくまでは、俺が対応する。俺とスミレの悩みはかなり難題だから、先にそっちの要望を聞こう」

スミレさんは、武器を制作中か。この奥に、工房があるのかな？　さて、どうしよう？　トキワさんから信用してもらえることが絶対条件と思い、先に彼の悩みを解決しようと思っていたのに、いきなり出鼻を挫かれた。まずは、私の持つ情報を開示しよう。

「私たちの要望は二つ。一つは私の。もう一つはアッシュさんとリリヤさんの。先に私の要望を聞いてください。ずばり！　トキワさん、ネーベリックと再戦を望みますか？」

「当然……再戦するつもりだ‼　五年前、俺が未熟だったこともあり、奴に深手を負わせたものの、トドメをさせなかった。奴とは必ず決着をつける‼」

　トキワさんから感じる熱意と気迫は、本物だ。アッシュさんもリリヤさんも気圧されている。まず、私のすべき行動は――

「申し訳ありません‼　既に私とザウルス族が、ネーベリックを討伐しています‼」

　彼の意気込みが無駄になってしまうけど、これだけはきちんと伝えなければならない。

　私は謝罪の意味を込めて、深々と頭を下げた。

「は……へ？」

　私のネーベリック討伐宣言により、トキワさんも呆気にとられている。先に、私の過去をトキワさんに全て明かそう。私の強さを魔法『真贋』で知っているから、まず信じてくれるだろう。ネーベリック討伐までの流れをゆっくり話すと――

「魔法『真贋』でシャーロットの強さを理解してはいたが……『環境適応』スキルで人間や魔人族の能力限界値を突破するとは……もう一度聞くが、ネーベリックは、もうこの世にいない？」

「はい、いません」

　あ、トキワさんのテンションがみるみるうちに落下していく。

「五年の歳月をかけ強くなり、新たな武器を携えて、半年以内に再戦に臨む予定だったのに……」

さっきまでの凛とした姿勢や気迫、熱意が、急速に萎んでいる。

「あの……すみません。それで、話の続きなんですが、トキワさんは種族進化計画をご存知ですか？」

「種族進化計画？　……いや、初めて聞く言葉だ」

このリアクションからして、本当に知らないようだ。

「ネーベリックが研究所に現れた真の原因を知っていますか？」

「知らん。エルギス様が知っていそうな感じではあったが……正直興味ないからどうでもいい」

うわあ～、竹を割ったような性格だ。この言い方からすると、単にネーベリックと再戦したいから、エルギスに協力しているのかな？

「私たちは、ネーベリックが出現するまでの過去を網羅しているのですが？」

「ネーベリック自体がもういないんだろ？　別に興味ないぞ？」

……この人、本当にネーベリックと戦いたいだけなんだ。白けた雰囲気が、部屋中を支配していく。アッシュさんも、リリヤさんも固まったままだし、私が話を進めていこう。

「あの～、私の目的とも大きく関わっているので、一応聞いてくれませんか？」

「ああ、いいよ」

私は、種族進化計画、ネーベリック襲撃事件、エルギスによる王族虐殺、『洗脳』から『洗髪』への構造編集、クロイス姫の生存とクーデターの画策について、トキワさんに全てを話した。

「へえ～、裏でそんなしょうもない計画が暗躍していたのか。エルギス様の王族虐殺に関しては、たまたま起こったことだろう。あの人自身も、まさかネーベリックが凶悪化するとは思っていなかったはずだ」

トキワさん、言い方が軽いよ‼ ネーベリックの凶悪化に関しては、たまたま起こったことだろうけど、エルギスがネーベリックを洗脳していなければ、違った未来があったかもしれないでしょ⁉

「クロイス姫から見れば、エルギス様は親の仇になるわけか。シャーロット、アッシュ、リリヤは反乱軍に属していると。事情は把握した。……俺は、どちらにも属さないよ。どっちに入っても、俺には損しか生まれないからな」

「「「え⁉」」」

ちょっと～、どっちの味方にもならないの⁉

「トキワさん、エルギスに対して何も思わないんですか⁉ 奴のせいで、僕の両親はネーベリックに食べられてしまった。僕だけじゃない‼ 大勢の人々が食われてしまったんです‼」

　私が何か言う前に、アッシュさんが怒ってしまったか。

「アッシュ、お前の言いたいこともわかる。だが、俺が民衆からどう思われているか知っているか？」

　あ、そういうことか‼　トキワさんは自分の立場のことを考えているんだ。

「え？　……英雄では？」

「そうだ。現在、クロイス姫に忠誠を誓う者もいれば、エルギスに忠誠を誓う者もいる。シャーロットの存在を度外視した場合、俺の属する軍が、確実に勝つだろう。そうなると、負けた方はどう思う？」

「あ……トキワさんがいなければ勝てたのに……」

　ここで、アッシュさんも気づいたね。

「そう思うのが普通だ。この負の感情が、俺一人だけに向けられるのなら、まだいい。俺の知り合いにまで向けられたら、どうなる？　俺のせいで、彼らが死ぬかもしれない」

　そう、その通りだ。トキワさんの存在感が強すぎる。『どちらにも属さない』と言った理由がわかるよ。でも……あなたは肝心なことを見落としている。

「トキワさんの言い分もわかります。ですが『あなたがエルギス側に属している』と、我々反乱軍や王城にいる人たちは思っていますよ。トキワさん、あなたは既に巻き込まれているんです。どの選択肢を選ぼうが、あなたの損は避けられない」

私の指摘に、トキワさんは眉をひそめた。

「ッ……そうだな。自分の視点でしか考えてなかった。そうなると、シャーロットのいる反乱軍側に属するのが妥当か。わかった……反乱軍側に入ろう」

その言葉を聞くと、アッシュさんもリリヤさんもホッと胸を撫で下ろした。トキワさんが加入すれば、反乱軍の士気も大きく上がるだろう。でも、彼の存在が大きすぎて、昨日考えた無血決戦の案を反対する人が出てくるかもしれない。クーデターを確実に成功させ、負けた人々がトキワさんを恨まないよう、なんらかの良案を模索しないといけない。

「トキワさん、ありがとうございます。あなたが誰にも恨まれない策を、クロイス姫とともに必ず考えます。ですから、それまでは現状維持でお願いします」

「そんな理想的な策があればいいが、ひとまずシャーロットたちを信じるか。俺が貧民街に行くのはまずいだろう。武器が破壊されてしまって、しばらくの間ダンジョンにも行けない。俺の住まいは、ここだ。何か進展があったら、『武器屋スミレ』に来るといい。しばらくの間、スミレと一緒にデートでもしておくよ」

あ、トキワさんとスミレさんは恋人同士で、同棲しているんだ。

「「ありがとうございます」」

「どうやら、一旦、話が終わったようね」

話が一区切りついたところで、店の奥から女性の声が聞こえてきた。

16話　悩み解消!!

店の奥から現れたのは、二十歳前後、ロングヘアーの茶髪を一本にまとめ、ポニーテールにした女性だった。鍛治師のせいか、半袖、長ズボンというボーイッシュな服装だ。パッと見ると、剣道場の師範代のような凛々しさを感じる。この人が、スミレさんか。

「スミレ、一区切りついたのか？」

「ええ。声をかけようとしたら、反乱軍やらクーデターやら物騒な話をしていたから、しばらく黙って聞いていたの。トキワ、あなたがどっちにも属さないと言ったとき、殴って目を覚まさせてやろうかと思ったわ」

おお、立ち振る舞いには上品さを感じるけど、少し勝気な女性だ。

「おいおい、俺は……」

「あのね、私だってCランクの力量があるのよ。自分に降りかかる火の粉は、自分で振り払えるわよ。その後、あなたがこの子たちの味方になると断言したからいいけど。……自己紹介が遅れたわね。この店の店主、スミレ・ヤドリギよ」

スミレさんから自己紹介されて、私たちも慌てて自分の名前を名乗った。トキワさんもスミレさんも、話しやすい人たちだ。せっかくトキワさんが反乱軍に入ってくれたのだから、二人の悩みを先に解決してあげたい。

「あのスミレさん、アッシュさんとリリヤさんの相談をする前に、お二人の悩みを聞いていいですか？　私は、精霊様から武器、魔法、スキルなど、多くのことを学びました。何か力になれるかもしれません」

「精霊様から？　……私たちの悩み、それはトキワの『鬼神変化』に耐えうる武器の制作よ」

『鬼神変化』に耐えうる武器？

「トキワさんの力なら、AやSランクのダンジョンに行って、ヒヒイロカネやオリハルコン系の武器を入手できるのでは？」

オリハルコンクラスなら、十分耐えられると思うけど？　私がトキワさんの方を見ると……

「それは既に試した。その二つは、ミスリルやアダマンタイトより耐久性も高く、かなり扱いやすい金属だが、欠点もある。ダンジョンで入手する武器類は、俺専用に制作されたものじゃない。そのため戦闘の際、どうしても動きに支障が出てしまうし、オリハルコン自体も少しずつ歪んでいく。Aランク以上の魔物を相手にする場合、そういった些細な差で死ぬ危険性もある。俺の身体の動きに合わせた武器が必要なんだ。また、武器ではなく鉱石を入手したとしても、そこから精錬し、武器に至るまでの技術が、ジストニス王国内にないのさ。だから、ダンジョンで入手した武器の修理もできないんだ」

え、技術がないの⁉　この国は二百年以上前、金属資源に満ち溢れていたはず、たとえ鉱石が取れなくても、オリハルコンやヒヒイロカネを精錬する技術などは伝承されていくものでしょ？

「そんな重要な技術が失われたんですか⁉」

「ネーベリックさ。奴は、手当たり次第に魔鬼族を食っていった。その中には、多くの熟練した武器職人たちも含まれている。スミレの師匠も、その一人だ」

なんてこったい、またネーベリックか⁉

「当時の私は十六歳、まだ師匠の技術を完全に受け継いではいなかったの。師匠の遺してくれた本も、あの事件で失われたから、独学で色々試しているんだけど、全く上手くいかないのよ」

うーん、どうしよう？　アッシュさんとリリヤさんから止められているけど、解決案はある。トキワさんもスミレさんも悪い人ではなさそうだし、とりあえずアレを見てもらうか。私はマジックバッグから、現在製作中の短剣を取り出した。

「「あ、シャーロット⁉　それは……」」

アッシュさんとリリヤさんは、短剣の色を見て、すぐに気づいたようだ。

「スミレさん、この短剣を見て、どう思いますか？」

私が見せたのは、リリヤさん用に開発しているホワイトメタル製の短剣だ。短剣としては完成しているけど、まだリリヤさんの動きに適した調整を行っていない。トキワさんとスミレさんが、じーっと短剣を見つめている。

「白い短剣？　これ……ミスリル……じゃないわ。え……この魔力伝導性能は何⁉　オリハルコンに匹敵するわよ‼」

ホワイトメタルの硬度と魔力伝導速度は、オリハルコンとほぼ同じだ。これを気に入ってくれればいいけど。

「……なんだこの材質、見たことがないぞ⁉　それにこの硬度、ミスリルの比じゃない‼　シャーロット、試しに金属を斬っても構わないか？」

「はい、どうぞ。まだ製作中ですが、短剣としては完成しています」

トキワさんは、スミレさんから鋼鉄製の鎧のパーツを貰い、それを真上に放り投げた。そして、右手に持つ短剣をパーツの落下に合わせて、真横に鋭く振った。ヒュッという風切り音とともに、鋼鉄製のパーツはなんの抵抗もなく、真っ二つに斬れた。斬れたパーツの断面を見ると、全てが平らであった。たとえ、オリハルコン並みの武器であっても、鋼鉄の板をここまで綺麗に斬ることはできないはず。トキワさん自身が、相当の技量を有しているんだ。

「これは……凄い短剣だぞ‼　硬度がオリハルコン並みだ‼　シャーロット、これをどこで手に入れたんだ⁉」

ホワイトメタルの製造方法は、かなり特殊だ。特に、元の材質がミスリルの屑である以上、闇の連中に知られたら、いかにスミレさんでも危険だ。

「この短剣は、私が製作しました。この短剣の正体と製作方法をお教えしても構いませんが、決して他言しないでください。もし、周囲に知られたら、スミレさんの身が危ないからです。トキワさんだけの武器にしてください。誓えますか？」

私の真剣な面持ちに、スミレさんとトキワさんの表情が固くなった。

「「……誓う（わ）」」

私は、この金属のもとがミスリルの屑であること、それを基にした超硬度ミスリルナノチューブの製造方法、そこからさらに変型させることで『ホワイトメタル』へと進化し、最終的に短剣となったことを明かした。

「全てに……驚きだわ。ミスリルの屑からの変型と成形方法、超硬度ミスリルナノチューブへの変換、そして金属へと昇華させ、武器へと至らせる。工程全てが自分の魔力とイメージだけで、鍛冶道具も必要なし。これ……理想的な金属だわ。確かにトキワ専用にしないと、国家間のバランスが崩れるわよ」

超硬度ミスリルナノチューブに関しても、精霊様から教わったことにしておいた。そっちの方が、すぐに納得してくれるからだ。

「アッシュ、リリヤ、お前たちは知っていたのか？」

「はい。以前ダンジョンで、シャーロットがリリヤの武器防具をこのホワイトメタルで製作しました。威力がありすぎたので、彼女の武器である弓だけをホワイトメタル製に、矢を別の材質にしています」

一回だけダンジョンでホワイトメタルの矢を試し撃ちしたら、防御力の高い魔物の身体を余裕で貫通したよね。

「それなら攻撃力も大幅に落ちる。まず、気づかれることはないだろう。俺がホワイトメタル製の武器を扱っても怪しまれないが、アッシュとリリヤの力量だとバランスが悪すぎるし、悪人どもにも狙われるから注意しろ」

自分の力量に見合った武器を使え……か。

「シャーロット、早速私に製造方法を教えてくれない？」

「わかりました」

〇〇〇

トキワさんの新たな武器は、スミレさんに任せれば問題ない。早速、教えていこう。

スミレさんはシャーロットを連れて、店の奥へと入っていった。トキワさんとスミレさんの悩みを解決するには、ホワイトメタルの製造が必要不可欠だ。危険な綱渡りではあるけど、二人なら悪用しないと思う。

「さて、シャーロットがスミレに製法を教えている間、アッシュとリリヤの相談内容を聞こうか」

いよいよ、僕たちの番だ。彼が『真贋』を使っているなら、隠すことは何もない。

「トキワさん、僕は強くなりたいです。今の時点では、僕とリリヤはレベルが近いこともあって、互いに協力し合うこともできます。ですが、リリヤには『鬼神変化』スキルがある。いずれは、トキワさんのように強くなるでしょう。そうなると……近い将来、僕がリリヤの足手まといになってしまう」

「アッシュ、そんなことないよ‼」

リリヤが慌てて否定するけど、これはほぼ決定事項なんだよ。

「正解だ。それで、アッシュは何を求める？」

「お願いします‼　能力限界値を99に引き上げる術を、僕に教えてください‼」

「能力限界の突破方法を知りたいのか……その気迫、思いは本物のようだな。いいぜ、教えてやるよ。シャーロットからホワイトメタルの製法を教わる以上、クーデターに参加することだけじゃあ代価にならない。俺の知る限りのことを教えてやる」

また、シャーロットのお世話になってしまった。彼女がいなければ、トキワさんの求める代価も用意できなかっただろう。

「能力限界値を突破する方法は、一つだけじゃない。俺とリリヤの『鬼神変化』、シャーロットの『環境適応』でわかるだろう?」

「はい」

そこまでは、僕もわかっているんだ。問題はその後だ。

「人間や獣人の場合、幼い頃から訓練を行い、成人するまでに三つの基礎スキルをレベル5に引き上げることができれば、250の能力限界値を突破できる。ただし、ステータスレベルを15以下にしておくことが、絶対条件だ」

その条件……かなり厳しいけど、不可能ではない。

「同じように、500の能力限界値を突破する方法もある。一つ目が、称号『修羅』だ」

「『修羅』?」

聞いたことのない称号だ。それが一つ目の手段なのか。

「怒りに囚われたまま、誰の助けも借りることなく、同格以上の魔物たちを物理攻撃のみで、連続五十体討伐した者に授与される称号だ」

「物理攻撃だけで、同格以上を連続五十体⁉」

誰の助けも借りてはいけないということは、魔法やポーションにも頼ってはいけないということだ。いくらなんでも、そんなのできるわけない。

「トキワさん、それって不可能なんじゃ？　下手したら死にますよ？」

「そりゃあ、最悪死ぬだろうさ。いいか……能力限界値を突破するには、それだけ無茶な行為を実行する必要があるんだ。俺は『鬼神変化』スキルで能力限界値５００を突破しているが、スキル自体を制御できなければ、意味がない。リリヤも同じだ」

あ……言われてみれば。シャーロットから制御条件を聞いているけど、かなり厳しい。ということは、どの条件も達成難易度が高いのか。だからといって、称号『修羅』は――

「あの……怒りに囚われた経験なんて、全くないんですけど？」

「魔刀『吹雪』と魔導具盗難事件については、新聞に掲載されていたから、俺も知っている。アッシュ、お前は典型的なお人好しだ。怒りに囚われることは、まずないだろう。アッシュの場合、入手すべき称号は『修羅』ではなく、二つ目の『静読深心』の方だ」

称号『静読深心』？　これも、聞いたことがない。どんな効果があるのだろうか？

「『修羅』は怒りに囚われたまま、能力限界値を無理矢理突破することでもらえる称号だ。だから、自分自身がいつ能力の限界値を超えたのか理解できない。逆に『静読深心』は、己の心と向き合い、理性のある状態で壁を突破した者に与えられる称号だ。『怒りに囚われにくい』ということは、それだけ自分自身を上手く制御できているということだ。この称号を手に入れたいのなら、これまでの自分と向き合うことが第一歩だ。そして、能力限界の壁を知覚しろ‼」

自分と向き合え……か。生物の限界突破には、三つの壁がある。一つ目が250、二つ目が500、三つ目が999。この壁を破壊しない限り、成長はどこかで止まってしまう。理性ある状態で壁を認識して、それを撃ち砕けということか。

「トキワさんは、999の壁を突破できたのですか？」

「いいや。俺の知る限り、この壁を突破しているのは、俺の師匠でもあるコウヤ・イチノイとシャーロットの二人だけだ。師匠は、突破方法を教えてくれなかった。『自分で考えろ』の一言で終わったよ」

コウヤ・イチノイ、ジストニス王国における唯一のSランク冒険者。トキワさんの先生だったのか。コウヤ先生はネーベリック襲撃の一年前、どこかの国からの依頼で他国に渡ったと聞いたことがある。彼が国内にいてくれれば、ネーベリックも楽に討伐できたとさえ言われている。

「アッシュ、リリヤ、間違ってもシャーロットと同じ行為はするなよ。絶対に死ぬからな」

ケルビウム山の山頂なんかに行ったら、間違いなく即死する。今の僕にとって、目指すべきは500の突破だ。トキワさんが、一筋の道を指し示してくれた。あとは、僕次第だ。

17話　鬼の歴史

次はリリヤの番だ。シャーロットから制御方法については教わっているけど、『鬼神変化』という強力なスキルが、どうしてリリヤに備わったのかがわからない。

「トキワさん、次はリリヤなんですが……」

「『鬼神変化』だな」

「はい」

ついに、『鬼神変化』や東雲一族についての情報を聞けるぞ‼　そばにいるリリヤも、自分の番だからか、ソワソワして落ち着かないようだ。

「まずリリヤ、現時点までの『鬼神変化』について、詳細に教えてくれ」

「あ、はい。私はつい最近まで、十歳までの記憶を完全に失っていました。でも、シャーロットとアッシュのおかげで、一部の記憶が蘇りました。その記憶を辿ると、『鬼神変化』に初めて目覚めたのは、多分大勢の魔物たちが私の故郷に押し寄せてきたときだと思います。あのとき、気づいたら魔物や村人たち全員が死んでいたんです。どうして死んでいるのか、その詳細な記憶までは思い出せませんが……私が魔物だけでなく、両親や友人を殺したのだと思います」

もう、初めて出会ったときの暗さはないな。リリヤは、必死に過去の記憶を探ろうとしている。そして、どんな過去であろうとも逃げないという信念が、僕にも伝わってくる。やはり、村人や魔物たちを殺したのは自分だと、気づいていたのか。リリヤにとって、かなり辛い記憶だ。

「……酷なことを言うが、その可能性は非常に高い。表と裏の意味は理解しているか？」

「はい。表が私、裏が白狐童子です。白狐童子は髪が白く、なぜかお尻から九つの尾が出ています」

「白い毛、九つの尾……か。リリヤは、間違いなく東雲一族の血を受け継いでいる」

それだけの情報で、断定できるものなのか？

「その様子だと、シャーロットの『構造解析』でも、『鬼神変化』の起源は記載されていなかったのか、もしくは情報量が多いため、シャーロット自身が調べきれていないかのどちらかだな。制御方法については聞いているだろうから、『鬼神変化』の歴史を教えてやる」

そうか、トキワさんは魔法『真贋』で、シャーロットのユニークスキルのことを理解しているんだ。僕も早く、その魔法を習得したい。

「三千年前よりも遥か昔、ハーモニック大陸には獣人、鬼人、鳥人、猿人、エルフ、ダークエルフ、ザウルスの計七種族がいた。その中でも最も強いとされていたのが鬼人で、『東雲・山吹・柊』という三つの一族によって統制されていた。リリヤの先祖は『東雲』、俺の先祖は『山吹』、コウヤ師匠の先祖は『柊』だ」

三千年以上前⁉　『構造解析』スキルもないのに、トキワさんはどうして古代のことを知っているんだ？

「当時、地上やダンジョンに蔓延っていたのは、魔物ではなく妖魔と呼ばれる化物だ」

「「妖魔？」」

「俺も詳しく調査しきれていないが、今の魔物よりも遥かに強力な生き物らしい」

魔物よりも遥かに強力……どんな姿をしていたのだろう？

「当時の種族たちは、妖魔に劣勢を強いられていた。鬼人族はこの状況を打破すべく、妖魔に救いを求めた」

「敵に救いを求めたんですか⁉」

あまりの内容に、大声で質問してしまった。でも、どういうことなんだ？

「全ての妖魔が、人類の敵だったわけじゃない。人類の味方になってくれる者もいれば、中立を保つ者もいたのさ。鬼人族は、中立に位置する『玉藻御前』、『九十九前』、『羅刹迦楼羅』という強力な妖魔を仲間に引き入れ、契約を結ぶことに成功した。三体とも、人の姿に化けることができる。まあ、早い話が、鬼人族の中に妖魔の血を加えたのさ」

「え、それってまさか……鬼人族と妖魔が結婚⁉」
「妖魔の血が、私の中に入っているの⁉」

信じられない。それって、魔鬼族が魔物と結婚するってことだろ？　Bランク以上の魔物たちは知能も高く、温厚(おんこう)な者もいると聞いたことがあるけど……当時の鬼人族たちはそれだけ妖魔に追い詰められていたのか？

「そうだ。鬼人族にとって、その行為は賭(か)けだった。玉藻御前が気に入ったのは東雲一族の男、九十九前が気に入ったのは山吹一族の男、羅刹迦楼羅が気に入ったのは柊一族の女性だった。玉藻御前の真の姿は、九つの尾を持つ白い獣。九十九前の真の姿は不明だが、一説ではあらゆる物の集合体とも呼ばれている。羅刹迦楼羅は、四つの目を持った鬼らしい。玉藻御前の姿を聞いて、思い当たる節(ふし)があるだろ？」

九つの尾を持つ獣……あ‼

「リリヤの白狐童子と似ています」

リリヤは、自分の両手を見ている。白狐童子はリリヤの裏人格、これまで心の中でしか遭遇(そうぐう)していない。対話を試みようとしているのかな？

「血を受け継いでいるのだから当然だな。……結婚して生まれた子供たちには、『鬼神変化』スキルが備わっていた。このスキルを持った子供たちが成長し、妖魔を退けたんだ。ただ、そこからの歴史が、俺にもわからない。鬼人族が壊滅した原因、『鬼神変化』スキルがどうして数世代おきに現れるのか、追いかけているがいまだに謎は解けていない」

『鬼神変化』スキルに、そんな歴史があったのか。トキワさんは古代の歴史を完全に解明するために、冒険者として活動しているのか。

「トキワさん、どうやってそこまでの情報を入手できたんですか？」

「遺跡だよ。ハーモニック大陸には、数多くの遺跡が残っている。そこに刻まれている壁画や文字などを解読しているんだ。といっても、ここまでの内容のほとんどがコウヤ師匠に教えられたものだ。俺も教えられた知識を使って、単独で遺跡を調査している」

ロキナム学園の授業では、古代文字に関しては未解明と習ったけど、トキワさんは、遺跡の壁に刻まれた古代文字を解読できるのか。

「リリヤの鬼神変化名は『白狐童子』、玉藻御前の血を受け継いでいる。俺の鬼神変化名は『刀魔童子』、九十九前の血を受け継いでいるが、どういうわけか、身体全体が奇妙な鎧に覆われる。師匠の鬼神変化名は『羅鬼童子』、額に目が出てきて、身体全体が一回り大きくなり、鬼と化す」

鬼……これは聞いたことがある。確か古代の遺跡に、壁画として描かれていた怪物だ。魔鬼族と似ていることもあって、先祖ではないかと言われている。

「通常、『鬼神変化』を完全に使いこなせるようになると、それに見合った武器を具現化できる。だが俺の場合、九十九前の血のせいなのか具現化できないんだ。だから、シャーロットのホワイトメタルが必要なのさ」

僕が白狐童子と戦っているとき、彼女も武器をまだ具現化できないと言っていた。あれは、リリヤ自身が『鬼神変化』スキルを使いこなせていないからか。

「トキワさん、私、ついこの前、心の中で白狐童子と話すことができました。これって、進展しているのでしょうか？」

「ああ、進展している。表と裏、性格が全く異なるものの、どちらもリリヤなんだ。表が裏を認識し、その姿と性格を完全に受け入れ、一つになれれば、『鬼神変化』も制御可能となる。リリヤ、お前はもっと強さに貪欲になれ。強さを求めていけば、裏人格の白狐童子もお前を見直し、話しかけてくるはずだ。俺自身がそうだったからな」

「はい‼　トキワさん、教えていただきありがとうございます。私、頑張ります‼」

強さに貪欲になれ……か。これは、僕にも言えることだ。

「ただ、『鬼神変化』において重要なのは発動条件だ。リリヤ自身が真に愛する者を見つけ出せ。俺はスミレを見つけた。リリヤも……いずれ見つかるさ」

「はい‼」

トキワさんが、一瞬僕を見た。真に愛する者……か。僕自身がリリヤを愛しているのかは、まだわからないけど、リリヤに相応しい男でありたい。

「『鬼神変化』に関しては、こんなところか。他に、何か聞きたいことはあるか？」

他に聞きたいこと……そうだ‼　古代の遺跡を探訪することで、三千年以上前の『鬼神変化』に関する歴史を知ることができるとなると、もしかしたら――

「トキワさん、これまでに訪れた古代遺跡の中で、長距離転移魔法に関する記述はありませんでしたか？」

「長距離転移魔法？　シャーロットが探しているものだな。転移魔法については、壁画に刻まれていなかったが……もしかしたら遺跡最下層にある石碑に、手掛りが刻まれているかもしれない。遺跡の中には、ダンジョン化しているものもある。ダンジョン化する際、遺跡に刻まれている情報の中でも最も重要なものは、最下層に封印される。この周辺で俺が訪れていない遺跡は、『ナルカトナ』くらいか」

え、ナルカトナ？　どこかで聞いたような……あ、そうだ、授業で習ったんだ。あの温厚なアルバート先生がクラスメイト全員に威圧してまで、『この遺跡には、絶対に入るな‼』と念を押していたんだ。

「アッシュ、知ってるの？」

「ああ、授業で習った。……土精霊様が管理しているダンジョンで、史上最悪の難易度を誇る遺跡の名前が……確か『ナルカトナ』だったと思う」

「ああ、そこで間違いない。コウヤ師匠から聞いたことだが、あの遺跡内において、俺たちのステータスの強さは、全く意味をなさないらしい。七年前、俺も興味本位で行こうと思ったが、師匠から強く反対された。師匠自身、最下層まで到達できたものの、何度も死にかけたらしい。石碑の内容は、なぜか教えてくれなかった。それを聞いて、俺は行くのをやめたよ」

コウヤ先生が死にかけた⁉　この情報をシャーロットにも伝えるべきだろうけど……正直行きたくない。

「アッシュ、シャーロットに話す？」

「一応、話そう。でも、どう考えても時期尚早だよ」

「いや、そうでもない。現地に行って、ナルカトナ遺跡のルールと雰囲気を知ることも重要だ。クーデターを終結させたら、一度行ってみるといい。ただし、ダンジョンには入るなよ」

ルールと雰囲気を知ることも重要か。史上最悪と言われる由縁を知りたいかな。

「ここからナルカトナ遺跡まで、どの程度の距離ですか？」

「山一つ越えるから、馬車で四日程度だな。王都からナルカトナ近くにあるカッシーナという街まで、馬車が運行していたはずだ」

結構近い。その程度の距離なら、一度見学するのもアリか。クーデターが終結し、クロイス姫が女王として即位したら、僕もリリヤを連れて平穏な学園生活に戻ることも可能になる。

でも、僕はそこまで薄情な魔鬼族ではない。シャーロットに命を助けられ、呪いも解呪してもらった。僕は、まだ彼女に恩を返せていない。

それに、彼女を一人で行動させてしまったら、必ず何かを起こすと思う。シャーロットが故郷へ帰れるようになるまで、一緒に旅を続けよう。そして、彼女のやらかし回数を少しでも減らそう。

「クーデターが終結し落ち着いたら、三人で行ってみます」

「言葉は悪いが、シャーロットから目を離すな。『環境適応』スキルのおかげで、急激に力を付けてしまった以上、彼女自身が、まだ自分の力を制御しきれていないはずだ。彼女を怒らせるなよ。感情が怒りに染まってしまうと、脳のリミッターが外れ、大災害が発生するぞ。そうなったら、俺でも止められない」

大災害……トキワさんの言ったことは冗談でもなんでもない。真の忠告だ。シャーロットは、ステータスが９９９を超えているのに、自分の強さをきちんと把握できていない。クーデター中に彼女を怒らせてしまったら、両軍が壊滅する。それだけは、絶対に避けよう。

「はい、気をつけます」

これで全ての要件を話し終えた。シャーロットとスミレさんは、まだ戻ってきそうにないから、せっかくだから僕たちとシャーロットの出会いについても話しておこうかな。

——僕たちが世間話を始めてから一時間経過した頃、二人は店の奥から戻ってきた。スミレさんから、悩みが解決し、スッキリと爽快感に満ち溢れた気配が感じ取れる。シャーロットは、ホワイトメタルの製造方法をスミレさんに上手く伝授できたようだ。

「トキワ、あなたの新武器をホワイトメタルで制作するわよ。シャーロットから全てを教わったわ。この武器なら、改良を施せば魔刀へと進化させられる。悪いけど、急いでミスリルの屑を大量に調達してきてちょうだい」

「魔刀⁉　わかった‼　廃棄処分場に行って、ちょっと貰ってくる。なければ、ダンジョンから採取するだけだ。そういうわけで、お前ら、何か進展があったらここに来てくれ」

トキワさんの目が輝いている。彼にとって、新武器の素材となるホワイトメタルは、それほど興味を引くものなのか。

「おっとそうだ。……アッシュ、こいつを受け取れ」

トキワさんが、マジックバッグから細長い武器を取り出し、僕に放り投げてきた。受け取った途端、両腕に武器の重さがずっしりと伝わってきた。武器を鞘から抜くと……少し曲線を描いた暗い灰色の刀身が現れた。

「重い‼　これは……刀？」

「それは、ダンジョンで手に入れたアダマンタイト製の刀だ。アッシュの動きを観察した限り、剣術より刀術の方が、真の力を発揮しやすい。これからは刀術の修練に励みつつ、その刀で毎日素振りしておけ。それじゃあ、行ってくる‼」

トキワさんは言うだけ言って、颯爽と出かけてしまった。僕もリリヤもシャーロットも、去りゆくトキワさんを呆然と見ていた。

「あの人は……まったく。アッシュ、トキワの言っていることは本当よ。彼は、他人の力を見抜く眼力に長けているの。今のあなたでは、素振りだけでもかなり厳しいだろうけど、いずれ使いこなせるようになるわ」

剣術より刀術……か。素振りくらいなら、侍ゾンビに教えてもらっているから問題ない。トキワさんが言うのなら……

「スミレさん、申し訳ありませんが、後でトキワさんにお礼を言っておいてください。この刀、凄く重いです。まずは、限界まで素振りをやり続けます」

「わかったわ。頑張りなさい」

その後、スミレさんからもホワイトメタルのことでお礼を言われ、僕たち三人は『武器屋スミレ』を後にした。トキワさんとスミレさんに出会えてよかった。二人は僕に、一筋の道筋を示してくれた。この厚意を無駄にしないためにも、僕はもっと強くなっていこう。

18話　反乱会議二回目

トキワさんを仲間に引き入れてから、十日が経った。反乱軍の仲間となってから約一ヶ月、この頃になると、貧民街にいる子供たちも、私の正体をきちんと理解してくれるようになった。

大人たちはクロイス姫のおかげもあって、初期の時点で、私がネーベリックを討伐できるほどの特殊な人間であることを理解していたけど、子供たちは、私を〝人間〟と認識していても、強さについては半信半疑だった。でも、Cランクに昇格したことで、やっと私のことを真に理解してくれたのだ。

初期の段階で新作料理を開発し、貧民街に広めておいたこともあって、皆は人間である私に優しく接してくれている。人間への忌避感も、これで少しでも和らいでくれると嬉しい。私は、皆との仲を順調に深めつつ、仲間と協力しながら、クーデターの準備を進めていった。

一）ケルビウム大森林にいる種族たちへの謝罪と信頼の獲得

クロイス姫が森内にいる全ての種族の族長に会い、彼らに誠心誠意の謝罪し、これまでに得られた内容を嘘偽りなく全て話した。皆は彼女を許し、クーデターへ参加してくれることとなった。彼らには友好の証として、『転移トラップ』を渡しておいた。

彼らの役割は、種族進化計画に関わった貴族たちの殲滅だ。特に、魔鬼族至上主義の連中には、容赦ない鉄槌を下すことが決定した。

王城中庭での戦いと違い、こちらでは多数の死者が出るだろう。彼らの恨みもあるので、クロイス姫も強く言えなかったようだ。

ただ、どういった形でクーデターを起こすのか決まっていないので、それが決まり次第、クロイス姫に再度ケルビウム大森林に訪問してもらうこととなっている。

二）私のステータスレベルを21に引き上げ

クロイス姫とアトカさんが帰還するまでの間、私はアッシュさんとリリヤさんを連れて、再度Cランクのランクアップダンジョンに行き、経験を積んだ。そして、私のステータスレベルを21に引き上げたことで、『構造解析』と『構造編集』の作業速度が、初期の頃よりも四倍速くなった。

なお、ダンジョンを攻略していくうちに、侍ゾンビたちがいる日本の城エリアに到達できたので、涙目をした殿様ゾンビや侍ゾンビたちと再会できた。彼らには城内で、アッシュさんやリリヤさんの刀術訓練に付き合ってもらった。その間、私はクーデターの成功率を少しでも向上させるため、新たな魔法とスキルの習得に励んだ。

訓練終了後の別れ際、以前と同じく、ミスリルの屑、魔刀『吹雪』やトラップ関係も少量ながらいただいた。

(三) 王城中庭における『落とし穴トラップ』の設置

私たちは、ダンジョンで回収した『落とし穴トラップ』を理想的なものへと改良するため、王都郊外で、何度も何度も試運転をした。

そして、私たちの求める罠が完成した後、その性能を確認するべく、実際にアトカさんを含めた六人に穴に落ちてもらい、地上に這い上がれるまでの時間を計測した。すると、なんと一時間経過しても、誰一人地上に到達できなかった。それどころか、六人は体力を使い果たし、穴の底でグッタリと横たわっていたので、ギブアップとみなして回復させた後、地上へ帰還させた。

この落とし穴の真の恐ろしさを理解してもらったところで、私たち開発者は偵察部隊のガンドルさんたちに『落とし穴トラップ』を渡し、誰にも気づかれないよう、王城中庭を挟む両壁にこのトラップを仕掛けてもらった。

この『落とし穴トラップ』の設置者は、トラップのオン、オフをステータス上で切り替えることができるので、設置者であるガンドルさん、レイズさん、トールさんには、アトカさんからの指示が出るまで、トラップの効果をオフにしてもらっている。

四）ビルクの日記

レイズさんが留守中のビルクの家に侵入し、私が指定した箇所を捜索したところ、日記を難なく発見することができた。さすがに現時点で盗むと怪しまれるので、ネーベリック襲撃事件前後の部分を読んだところ、エルギスの『洗脳』の件については一切触れられていなかった。エルギスが不利となる資料は、ことごとく抹消されているようだ。これに関しては『成果なし』ということで、皆が落胆してしまった。

クーデターを起こすには、決定的な材料が足りない。とりあえず、ここまでの状況と今後の課題を整理すべく、私たちはクロイス姫の指示により、偵察部隊のガンドルさん、レイズさん、トールさんを加えた反乱軍主要メンバーを集めて、反乱会議を広い部屋で行うこととなった。

貧民街の中であるため、テーブルや椅子は使い古されたものばかりで、部屋自体もかなりボロい。でも、皆文句一つ言うことなく、席に座っていった。

まず、アトカさんが大きなホワイトボードに、今後の課題を書いていく。王城に配置されている騎士団の中には、アトカさんと同クラスかそれ以上の猛者(もさ)が少数ながらいる。『落とし穴トラップ』だけでは、それらの猛者(もさ)たちを退けることはできない。

『そういった猛者(もさ)たちの排除(はいじょ)方法』『エルギスとネーベリックの関係を直接的に証明する方法』『トキワさんに恨(うら)みが向かない方法』など、解決すべき事案が次々とボードに書かれていく。

やはり最も重要なのは、エルギスとネーベリックの関係性の証明だ。

この十日間、私もこれらの課題をクリアすべく、色々と模索した。そして、良案といえるのか、愚案となるのかはわからないけど、一つだけ策を考案した。今、それを発表してみよう。

「アトカさん、私なりに策を考えました。かなり危険な方法ではありますが、上手くいけば、全ての課題をクリアできます」

私が発言した瞬間、周囲がざわつき、全ての視線が私に注がれた。当然だろう。ここまでの課題を一気に克服できる方法なんて、そうそうないからだ。

「シャーロット、その策とはなんだ？」

「それは……私が新生ネーベリックに変身して、王都郊外でトキワさんと戦うのです。まず、クーデター開始より少し前に、新生ネーベリックが王都郊外に突然現れ、拡声魔法を用いて、王都全域に響き渡るほどの大声で、トキワさんと騎士団の猛者(もさ)たちにこちらに来るよう呼びかけます。出現位置は、魔導戦車が多く保管されている付近にすべきでしょう。トキワさんが到着したら、騎士団も魔導戦車に乗って現れるはずです。全ての役者が揃ったら、新生ネーベリックがこれまで起きたことを洗いざらい吐き出します。そしてトキワさんと戦い、ネーベリックが敗北すれば、トキワさんは恨まれるどころか、『真の英雄』と呼ばれるでしょう」

私の策に、皆言葉を失った。でも、まだ続きがある。

「ネーベリックが全てを語っているとき、クロイス姫たちが動き出せばいい。そして、クロイス姫がネーベリックと結託してクーデターを起こしたことを、エルギスに打ち明ければいい」

全員が、私の発言に息を呑んだ。うん、当然こうなるよね。ネーベリックは、クロイス姫にとって怨敵だ。結託すること自体がありえない。

「シャーロット、何を言っているんですか⁉　そんなことしたら、皆の憎しみが私に注がれますよ‼」

「そこは、クロイス姫の言い方次第です。あなたがケルビウム大森林に赴き、ザウルス族でもあるネーベリックと再戦したいと望んでいたため、ある取引をした。そして、ネーベリックから全ての過去を聞き出した。取引内容としては、『トキワ・ミカイツと再戦したいと望んでいたため、ある取引をした。そして、ネーベリックがトキワ・ミカイツと引き合わせる代わりに、全ての過去を王都にいる国民全員に明かす』がいいと思います。事前にトキワさんと相談し、トキワさん自身が準備できていることも明かしておけば、国民も安心するでしょう。その際、ネーベリックの方からも、王都全域に聞こえるくらいの大声で、それとなく話しておきます。そして、この戦い方こそが、ネーベリックに勝てる確率が最も高いと豪語すれば、多分国民も納得してくれます」

皆は、私の策についてどう思っているのかな？　誰も喋らないんですけど？　ねえ、誰か反論でもいいから、何か言ってよ。

「アトカ……一か八か、シャーロットの策に乗ってみませんか？」

クロイス姫、いいの⁉　かなり危険な策なんですけど⁉

「成功すれば、何もかもが上手くいく。だが、クロイスとシャーロットの言い方次第では……」

「ええ、全ては私たち次第でしょう。ですが、自信はあります。クーデターの決行日までに、どこにも矛盾が発生しないよう、皆と入念な打ち合わせを行います。他の者はどうですか？　シャーロット以上の策はありますか？」

誰も何も言わない。エルギス自らが、ネーベリックとの関係を話すわけがない。それならば、ネーベリックの方から言わせればいい。証人は、王都にいる国民全員だ。新生ネーベリックは私だから、トキワさんと本気で戦い、ある程度のところで負ければ、それでエルギスの負けも確定する。でも、彼には……切り札がある。

「ないようですね。それならば、シャーロットの策を採用しましょう。今から、打ち合わせを始めます。皆さん、クーデターを必ず成功させましょう‼」

私の策が採用され、今後の見通しが立ったおかげか、会議を円滑に進めることができた。

まず、王城を中心とする半径二百メートル以内に存在する『魔導兵器』を構造解析し、『温泉兵器』に構造編集する。時間をかけて王都全域を解析することも可能だけど、王都各地に保管されている魔導兵器はネーベリック戦に投入されるだろうから、解析と編集は王城周辺だけに留めておく。編集に関しては、クーデター前日に終了するよう調整すればいい。

次に、魔導兵器と温泉兵器の区別方法を皆で話し合った。王城中庭での決戦で編集漏れの魔導兵器があった場合、区別しておかないと、攻撃をまともにくらってしまう。ただ、これについては区別不可能だとわかった。

そこで解決方法として、私の新型魔法を提案した。それは、闇魔法『ダークアブソーブ』だ。これは補助魔法の一つで、この魔法を浴びた者は、一時的に私の魔力を纏うことができる。それを自在に操ることはできないが、物理と魔法攻撃を三回だけ吸収し無効化するという優れた効果を持っている。クーデター前日に、反乱軍全員に魔法をかけておけば問題ない。

この魔法を話すと、出席メンバー全員が呆れていた。魔法にしても利用方法にしても、私にしかできない芸当だからだ。

なお、一人一人に魔法を使用していくのは、かなり面倒である。スキル『マップマッピング』には、『魔力感知』スキルを併用(へいよう)することで、ステータス内の地図に、感知した人物を表示できる機能が備わっている。これを利用できないかと試行錯誤した結果、私が感知した人物を正確に理解していれば、一度の魔法で私が指定した人全員に効果を及ぼすことが可能となった。

これを理解した途端、スキル『ポイントアイ』を習得した。これらのスキルと魔法を習得したことで、全ての魔法がより扱いやすくなった。

いよいよ、皆が待ち望んだクーデターを起こすときが来たのだ。かなり急拵(ごしら)えではあるものの、私やトキワさんといった凶悪メンバーもいる。私の魔法や策により、死ぬ危険性が非常に低いこともあって、強い安心感も生まれている。

だからといって、油断できない。クーデターを起こせば、もう引き返すことはできない。全ては、私とクロイス姫の演技にかかっている。

そして、エルギスには『洗脳』スキル以外にももう一つ、切り札が用意されている。そっちに関しては、既に皆に内容を伝えている。対策も万全だ。クロイス姫たちにかけた闇魔法『ダークアブソーブ』が解ける前に、私が王城内に突撃すれば、クロイス姫たちの死を回避(かいひ)できる。

一つのミスも許されない。ここからが、本当の勝負だ。

19話 クーデター開始

時間は朝九時。天気は晴れ、気温は十九度。穏やかな風が流れていることもあり、王都にいる人々は爽やかな朝を迎えていた。外にいる人々はそこかしこで朝の挨拶を交わし、新たな一日が始まろうとしている。

王都郊外のとある地域にて、三十歳前後の男性警備兵が、いつもの警備場所である王都防壁に出向いた。この防壁は敵からの攻撃を防御するだけでなく、見張りを行えるよう、頂上が幅三メートルほどの道になっている。男性警備兵が梯子を上り、この道に到達し、しばらく周囲を見渡していたとき、それは起こった。

不意に、大きな影が男性を覆ったのだ。不審に思った男性は、影の主となるものを確認すると、目を見開き——

「あ……え……ど……う……して……お前がここに……」

「決まっている。おい、トキワ・ミカイツをここに連れてこい」

「え……トキワ…」

彼の目の前に現れたのは、全長十五メートルほどの新生ネーベリックである。いきなりの出現に、彼は戸惑い、ネーベリックの威圧感に呑まれ、呂律が上手く回っていない。

「もういい。貴様のような一般兵に言っても仕方あるまい。おい、死にたくなかったら、今すぐ防壁から下りることだ」

「へ?」

「防壁から下りろ‼」

ネーベリックの『威圧』に男は耐えきれず、慌てて梯子から地上に下りていった。

「さて、ショーを始めるか」

今この瞬間、『ズウウゥゥゥーーーン』という地響きとともに、ネーベリックによる『威圧』を込めた咆哮が、王都全域に響き渡った。

王都の中にいたほとんどの人々が、凶悪な魔力、異様な威圧感を感じ取り、その正体が何者であるかを悟った。そして、今すぐ反対方向に向かって逃亡を図ろうと思いつつも、『威圧』によって全身が硬直し、動けないでいた。

人々は、誰もがネーベリックに食べられることを覚悟したものの、ネーベリックは一向にやって来る気配がなかったので、皆の緊張がほんの少し和らいだとき、それは唐突に起きた。

凄まじいまでの凶悪な闇の黒炎が、王城上空五百メートル付近に出現したのだ。炎はどんどん膨れ上がり、巨大な黒炎の太陽へと変化したことで、王都全体が薄暗い闇に覆われた。

「聞こえるかーーー、トキワ・ミカイッ‼　貴様が力をつけて、王都に戻ってきたことは既に把握している‼　あのときの決着を付けるぞ‼　今すぐに、我のもとへ来い‼　この『威圧』は、王城の敷地内にいる者には到達していないはずだ‼　王国の騎士団ども、我を討伐するため、魔導兵器を開発したらしいな。魔導戦車とやらに乗り込んで、我のもとへ来い‼　ただし、来て良いのは強者のみ。そうだな……ステータス数値でいうならば、最低でも350以上の者だけが来い。五年前、私は弱者と戦い、そいつらを食ってきた。ゆえに、弱者との戦いは飽きたのだ。我は強者と戦うために、ここにいる。トキワと騎士団が一時間以内に到着しなければ、上空にあるダークフレアを王城にぶつける。地上に当たった瞬間、王都全域が闇に呑み込まれ、跡形もなく消え失せるぞ。さあ、我との再戦を始めようではないかーーー」

王都にいる人々は、ネーベリックの目的を知った。ネーベリックはトキワが王都にいることをなんらかの方法で知りえて、再戦を望んでいる。

これは王都の人々に、わずかながら安心感を与えた。トキワ・ミカイツ自身がネーベリックとの再戦に向けて、力を蓄えていることを、誰もが知っている。

そして、騎士団もSランクを屠れるほどの魔導兵器を開発し、準備を整えつつある。最善の状態である今ならば、ネーベリックを倒せるかもしれないと、誰もが思った。

しかし同時に、ネーベリックの声が変化していることも気づいていた。地の底から響き渡るような低い声を聞いただけで、ネーベリック自身も強くなっていることを悟った。

人々は『威圧』で動けず、感情を大きく乱している中、何をどうすれば生き残れるのかを必死で考えた。考えに考え抜いた末に導き出した結論、それは――

『我々が動いても、トキワや騎士団の足を引っ張ってしまう。戦いの行方を静かに見守ろう。トキワ・ミカイツと騎士団に、全てを託そう』

という完全に他人任せのものであった。大勢の人々が、この結論に行き着いたとき、ネーベリックによる『威圧』が少し緩んだ。身体の硬直がやや解けたため、ほぼ全ての人たちがその場に座り込んだ。

そしてしばらくすると、王都のある地点から、歓声が湧き上がった。『武器屋スミレ』から、トキワ・ミカイツが現れたのだ。彼は既に戦闘態勢となっていたため、Ａランクと称される風格と威圧が滲み出ていた。本来であれば、人々は萎縮するところであるが、異常事態であったため、真剣な眼差しのトキワに、皆が期待の視線を向けた。

彼が人口密度の高い地域へと歩いていくにつれて、歓声も移動していくと同時に、周囲の人々もネーベリックの『威圧』から解放され、自由を手にしていく。多くの人々は、トキワの言葉を聞きたいがため、彼の後ろをついていき、やがて数百人規模にまでなった。

先頭にいるトキワは、当然これに気づいている。だからこそ、彼は後方を振り向き、皆を鼓舞した。

「俺が、皆の『希望の光』となってやる。だから、ネーベリックを恐れるな‼　俺がお前たちの『威圧』を解いたんじゃない。お前たち自身が、ネーベリックに打ち克ったんだ‼　他の動けない者たちのところに行き、希望の言葉をかけてやってくれ。そうすれば、『威圧』も解けるようになる。俺は必ずネーベリックに勝つ‼　俺を信じろ‼」

今、この瞬間、周囲にいる人々は、ネーベリックの呪縛から完全に解き放たれた。人々はトキワに激励の言葉を贈った後、彼に言われた通り、まだ動けぬ人のもとへ向かい、希望の言葉を投げかける。それを見届けたトキワは『もう大丈夫だ』と思い、もう振り返ることもなく、ネーベリックのもとへと駆け出していった。

ここまでの流れ、全てトキワとシャーロットが仕組んだことである。まず、『威圧』と『ダークフレア』で国民たちのトラウマを呼び覚まし、身体を硬直状態にする。

ただ、この状態を長時間続けると、子供や病気で寝込んでいる人たちに多大な負荷をかけてしまう。そこで、人々の多くがトキワに全てを任せようと思った時点で、シャーロットは『威圧』を全て解除した。ただ、上空には強大なダークフレアが浮いている状態であるため、『威圧』を解除しても、人々は恐怖から足が竦んだ状態となり、ろくに動けない。

そこに救世主として現れたのが、トキワ・ミカイツである。人々は一人ネーベリックに立ち向かうトキワを見ることで、自分に潜むネーベリックの恐怖に打ち克ち、身体の束縛を振り払うことに成功したのだ。

今現在、恐怖に打ち克った人々は、王都中にいる動けない大人子供に話しかけている。

六名のエリート精鋭騎士がネーベリックのもとへ向かうべく、颯爽と馬を走らせている。彼らの装備品には、王国の紋章が刻まれており、鎧、兜、剣、盾全てが最高級品である。この騎士たちも、既に覚悟を決めていたようで、堂々とした出で立ちであった。彼らはエルギス国王から、とある命令を受けていた。

『トキワ・ミカイツとネーベリックを戦わせ、ネーベリックが弱体化したときに、三台の魔導戦車を用いて一斉に攻撃しろ。以前、トキワから、「単独でネーベリックを討伐したい」という嘆願を受けたが、国民全員の命がかかっているのだ。私が全ての責任を取る。なんとしても、ネーベリックを滅ぼすのだ‼』

六名の騎士も、『英雄トキワの願いであっても、我らはネーベリックの討伐を最優先に動く』という強い決意を抱いていた。

このとき、国民の抱えている心情は――

『ジストニス王国の生死を懸けた大決戦が、刻々と近づいている。どうか我らに勝利を‼』

というものだ。一方、肝心のトキワの方は――

『俺への期待度が半端じゃねえ。やばい、凄い罪悪感がある。国民を騙せるかどうか、運命の分かれ道とも言える「ぶっつけ本番の三文芝居」を、これから始めるわけだが……俺の相手は、ネーベリックに化けた七歳の子供だ。……不安しかない』

というものだった。シャーロットの起死回生策が成功するか否か、全ては彼女とトキワとクロイスの演技次第である。クーデターの火蓋が、今まさに切られようとしていた。

○○○

お、トキワさんが先に到着したようだ。そのかなり後方から、魔導戦車三台がこっちに向かってきているのだけど、動きが遅い。潰してくれと言ってるようなものだ。六名の騎士は、魔導戦車に乗り込んだのかな。

それでは、三文芝居を始めようか。

ここからは私の拡声魔法で、トキワさんとネーベリックの声を王都中に聞こえるようにしよう。そして、シリアスに話しながら、テレパスで和気藹々と通信しよう。簡易型通信機を基に、イヤリング型魔導具『テレパス』を新たに開発し、トキワさんに渡しておいた。

これで口で喋らずとも、互いに会話できる。
「トキワ〜、このときを待っていたぞ〜」『トキワさん、三文芝居を始めましょう』
「ネーベリック、俺はこの五年で、自分の力を限界以上に引き出せた。五年前の俺とは思わないことだ」『台本を見たが、戦いのシーンがアドリブとなっているぞ』
　ああ、そうだったね。
「……ふ、それは私も同じだ。私は五年前まで、国立王都研究所の地下施設に閉じ込められていた。その期間は、約百年だ‼『種族進化計画』とかいう訳のわからん研究の実験体にされていた。私の憎しみが貴様にわかるか？　毎日毎日薬を投与され、自分の身体が自分でなくなるような感覚を……貴様は理解できるか？　現在の魔鬼族の長であるエルギス・ジストニスは『副作用がないから安心しろ』と言っていたが、どうだ？　薬剤の入った注射で、私自身がおかしくなってしまった‼」『当たり前です。エリート騎士たちが目撃者となるんですから、戦いにおいては、互いに本気でやりましょう。隙を見て、トキワさんの必殺技を使ってください』
　トキワさんのセリフはほとんどない。私がきっちりペースを守って話していこう。
「あのとき、私は巨大化し、憎しみの力に囚われ暴走状態となり、周囲にいた者全てが恨みの対象となっていた。頭の中には『エルギス・ジストニス以外の王族を皆殺しにしろ』と、嫌な声がしきりに聞こえた。この声をなくすため、王城に出向き、声の言う通りに実行したのだ。そこでエルギス本人と出会って、この声の主がエルギスのものであることがわかった」

さあ、ここから『洗脳』のことを言いましょう!!

「そこで、私は悟ったのだ。私はエルギスに洗脳され、奴の言うがままに動いていたということをな!!　『洗脳』スキルを振り切ったはいいが、暴れ足りなかった。そんなところで出会ったのがお前だ。私はお前と戦い、手を合わせるたびに、憎しみよりも高揚感が少しずつ自分の中に満ちていくのを感じた。だが心の油断のせいで深手を負い、ケルビウム大森林の奥にまで撤退せざるをえなくなった」

ここまで言えば、もう大丈夫。

「トキワよ、今の私にはなんのしがらみもない。お前にも、足手まといとなる冒険者や騎士団がいない。互いに、十全に力を発揮できるぞ。後方にいる奴らの魔導兵器にも興味はあるが、お前を葬ってから戦ってやる」

ふう、なんとか言えた～。

『……よく、そんな長ゼリフを覚えられたな？』

『この一週間、クロイス姫とともに練習したのです。今頃、向こうも動き出しています』

『そうだな。場所を移動して、こちらも始めるか？』

『ええ』

王城の防壁が目の前にある。こんなところでは戦えない。

「ネーベリック、場所を移動するぞ。ここだと戦いにくい」

「よかろう」

私たちは、先程の場所から五百メートルほど離れた。周囲はだだっ広い平地だ。ここならば、気兼ねなく戦える。

「この辺りでいいだろう。俺も騎士たちも間に合ったのだから、王城上空にあるダークフレアを消してもらおうか」

「……気が変わった。貴様が私に勝てたら、アレは勝手に消える。貴様が私に負けたら、その直後に王城に落とす。国民どもも一瞬で消滅するぞ」

あの禍々しい黒炎の太陽が、ネーベリック生存の目印となる。声と太陽、二つの存在がネーベリックを強調させる。緊迫感もあって、これが三文芝居だとは、誰も気づかないだろう。

「貴様‼　……御託はもういい。ネーベリック、始めるぞ‼　昔より大きくなっているが、俺には関係ない」

あ、そういえば、私の体長は十五メートルくらいだ。トキワさんとしても戦いにくいだろう。もう少し戦いやすくしよう。

「貴様との戦いでは、この大きさこそが、私にとって欠点となるのを承知している。だから……こうするまでだ‼」

私は、ネーベリックの体長を十五から七メートルほどに縮小した。

「な、聞いて……小さくなっただと‼」

「ふっ、ただ小さくなっただけではない。攻撃力が落ちる分、敏捷性が格段に向上している。さあ、お前も『鬼神変化』しろ‼」

トキワさん、テレパスじゃなく、声に出して言おうとしたよね？

『小さくなるなんて聞いてないぞ‼』

『あのままだと、私が戦いにくいんです。ネーベリック変身時での戦闘経験なんて、ゼロです。怪しまれないよう、半分に縮めました』

『う……確かにまずいか。それじゃあ、始めるか？』

『はい、戦闘開始です』

「攻撃力低下と敏捷性増加……ね。いいだろう、やってやるよ‼『鬼神変化』」

トキワさんが、『鬼神変化』を使用した。トキワさんは、白狐童子よりも遥かに強い。

私も、本気で彼と戦おう。

20話　新生ネーベリックVSトキワ・ミカイツ

　トキワさんの『鬼神変化』は、リリヤさんのものとかなり違う。紺碧の魔力が身体の丹田と呼ばれる部分から放出され、全身を覆っていく。楕円形に覆いつくしたそれは、『繭』と呼ぶべきだろう。繭に少しずつヒビが入り、そして……一気に割れた。内側から現れたのは、まさに『鬼武者』と呼ぶべき姿のトキワさんであった。彼を覆う紺碧の鎧、その形状は日本のものと似ており、顔にもマスクが装着されているため、一言で言い表すならば……物凄くカッコいい‼

「以前よりも、遥かに力が増している」『私は初見ですけど』

「さあ、次はお前の番だ」『気が散る。テレパスで、余計なことを言わんでいい』

　トキワさんが私を威圧している。それならば、こちらもトキワさんの魔力量よりも少し多めに出して威圧しよう。防御スキルでもある『ダークコーティング』は、一度偵察部隊に見せているから、少し弱めに設定しておこう。

「……なるほど、言うだけあるな。俺とほぼ同じ魔力量か。悪いが、初めから全力でいかせてもらうぞ」

『鬼神変化』には、時間制限がある。互角の相手ならば、遊んではいられないだろう。

「お前のスキルを一度味わっているのだ。興が醒めないよう、こちらも全力でいく。ネイルウィップ‼」

私は、ネーベリックの戦い方を知らない。でも、五年間森で強さを蓄積していたのならば、戦い方に変化があっても怪しまれないだろう。ネーベリックの手から出ている鉤爪のうち三本を伸ばし、鞭のようにしならせ、小手調べという形でトキワさんにぶつけてみた。ネーベリックの身体自体が、私の魔力で具現化したものだから、当然鉤爪も自在に伸ばすことができる。

トキワさんにとって意表をつく攻撃のはずだけど、彼は蛇のように踊り狂う鉤爪の斬撃を楽に回避していた。

地面に激突した鉤爪は、周囲に衝撃音を響き渡らせる。後方に鎮座している魔導戦車は、操縦者たちがネーベリックの魔力で萎縮しているせいか、動く気配を見せない。

「強烈な攻撃だな。当たれば、俺もかなりのダメージをもらうか。次は、こちらからいく」

トキワさんが地面に置かれていたマジックバッグを拾い、そこから二本の刀を取り出した。刀が鞘から抜かれると、白銀の刀身が現れた。スミレさん、クーデターが始まるまでの間に、ホワイトメタルの刀を制作できたんだね。

トキワさんが私目掛けて、突進してきた……かと思いきや、突然消えた。突進してきたトキワさんは、残像だ。本物は上……か。あの刀、こうやって相対してわかったけど、かなりの脅威だ。『身体強化』をフルに使わないと、身体が切断される。

「ふん‼」

　私は爪の強化を最大限に高めて、真上から落ちてくるトキワさんに対し、鞭のように放った。爪と刀が衝突した瞬間、そこから轟音とともに円状の軽い衝撃波が現れ、周囲に飛散した。おそらく、王都全域に届いている。

「……その刀、かなりの強度だ。以前、見たものと、材質も硬度も脅威度もまるで違う」

『スミレさん、間に合ったんですね』

「ネーベリック、この刀はお前を倒すためだけに制作されたものだ。今日、この刀で、同胞の仇を討つ」『昨日、完成したばかりだ。スミレにとっては、これほどの名刀でも不完全だとさ。「魔法が封印されていなければ、ここから魔刀にできたのに‼」と嘆いていたよ』

　ホワイトメタルの刀は、制作者のイメージで形状を変化させられる。なんらかの魔法をエンチャントした魔石を埋め込むことも可能だ。

『この戦いが終わったら、魔石に「リジェネレーション」をエンチャントして、その刀に埋め込みましょうか？　上手くいけば、刀をミスリルの屑に突っ込むだけで、自動修復される魔刀ができ上がるかもしれませんよ？』

『マジかよ‼　さっさと終わらせるぞ‼』

こうやって他愛もない話をしながら、私は風のように素早く動き、伸びた鉤爪と尻尾による連続攻撃をトキワさんに仕掛けた。トキワさんは私の動きに翻弄されず、冷静にそれを上手くいなし、私に斬撃または打撃を与えていく。傍から見れば、一進一退の攻防を続けており、トキワさんが優勢に思えるだろう。でも、このまま簡単にやられるのも癪だな。

「トキワよ……貴様がこの五年でどれだけ強くなったのかわかった。まさか、我が押されるとはな。だが、ここまでの攻防で、貴様の弱点が見えたぞ。次の攻撃を回避できるか？」『言葉のままです。これからトキワさんの弱点をつきます。必ず防御するか、回避してください。かなりの力を込めて、打ち込みますからね。直接攻撃が0でも、間接攻撃による衝撃波が有効なのをお忘れなく』

「俺の弱点……か。面白い、やってみろ」『自分で、自分の弱点を見極めてやろうじゃないか‼』

この攻撃を回避できるかな？

「サマーソルトキッーーーーク」

私は話を進めている間、足の人差し指ともいえる鉤爪を地中からトキワさんの真下に向けて伸ばした。そして、そのまま『後方宙返り』を実行。まさか、ザウルス族がバク宙するとは思うまい。ティラノサウルスの骨格上、通常であれば、後方宙返りなんて絶対にできないだろう。でも、伸ばした鉤爪を鞭のように上空にしならせ、地面から出た瞬間、その真下から圧縮させた五十個の風魔法『エアブレット』を鉤爪目掛けて、思いっきり放つ。

　エアブレットで生じる衝撃波と遠心力を利用して、しなった鉤爪は威力を増し、トキワさんの顎を蹴り上げる。顎の直撃箇所はダメージゼロだろうけど、衝撃は内部へと伝わっていく。

　トキワさんに攻撃した勢いを保ったまま、私は身体が一瞬宙に浮き上がる。そこで、自分自身に風魔法を使用し、身体をグルンと後方に一回転させれば、バク宙ができるという仕組みだ。

　トキワさんが、私の必殺技の名前を聞いて唖然とした瞬間、私の伸ばした鉤爪が彼の顎にクリーンヒットし、上空数百メートルまで吹っ飛んだ。あれ？　……生きてるよね？　……あ、よかった。かなりのダメージを負っているけど、大丈夫そうだ。

「ネーベリックーーー油断したな‼　これで決める‼　刀技『光刃絶魔』‼」

げ、本当に油断した‼　トキワさんは空中で体勢を変え、顔が地面へ、足が空へと向いていた。そして、足先に魔力を圧縮させ練り上げ、一気にその魔力を空へと放ったことで、数百メートルあった私との差が一瞬で縮まった。

　え……刀が一本しかない？　あ、二本の刀が融合して、大刀になってる‼　まさか、そ

んな技を仕掛けてくるとは……大刀の刀身に恐ろしいほどの光属性魔力が集約されていく。これは……やられる⁉

「ぐおおおぉぉぉーーーー、トキワーーーー」

大刀がダークコーティングを斬り裂き、ネーベリックの左肩から真下に振り下ろされていく。う〜私自身は無事だけど、ネーベリックの左半身の大部分が斬り離された。辛うじて、立てているレベルだ。斬られた後、血が大量に出るイメージもしてあるけど、時間が経てば違和感が生まれてくるはずだ。すぐに、トドメを刺してもらわないと。

「ち、浅いか」

「いや……終わりだ。私の負けか。貴様の弱点をついたにもかかわらず、即座に反撃してくるとは……完全に油断した」

「あの攻撃には、度肝を抜かれた。瞬間的にだが、気を失っていたよ。まさか、爪が地中から襲ってくるとはな」『俺の弱点は、「意外性」か。シャーロットがサマーソルトキックと叫んだことで、俺は一瞬動きを止めた。その直後、想定外の位置から鉤爪攻撃をもろにくらった。あれは、本当に危なかったぞ。予め言ってくれなければ、防御が遅れて、完全にやられていた』

よく見ると、マスクが半分壊れていて、トキワさんの顔が見えている。

『一瞬、気絶したのかと焦りましたよ。それでは、最後の仕上げといきましょう』「トキワ……私を燃やせ。私の身体は種族進化計画に利用されるかもしれん。もう、魔鬼族に利用されるのはごめんだ。エルギスも、もうすぐ私のもとへ来る。そのときに復讐すればいい」

「……わかった。跡形もなく、消し去ってやるよ。刀技『紅竜炎舞』」

トキワさんの大刀から、巨大な紅い竜が現れ、私を……ネーベリックを包み込んでいく。

「トキワ……感謝するぞ。お前がいなければ……憎しみに囚われたままだった。……さらばだ」

紅竜がネーベリックの全てを包んだところで、私は王都上空に短距離転移した。

ネーベリックの身体が崩れ、完全に消えると、巨大な紅竜は天高く舞い上がった。それと同時に、王城上空に浮かぶ巨大なダークフレアが消え去り、暗闇に覆われていた王都には、太陽の光が降り注ぐ。王都の国民たちを見ると、皆、トキワさんがネーベリックに勝利したことを確信したようだ。

よし、第一段階終了だ。

『トキワさん、国民もネーベリックが討伐されたことを理解したようです。身体の方は大丈夫ですか？』

『悪い。さっきの攻撃で、軽い脳震盪を起こしていて走れない。シャーロットは、先に王城に行ってくれ。回復後、俺もすぐに向かう』

防御したとはいえ、振動が脳に伝わったんだ。

『わかりました。クロイス姫の方が気になりますので、このまま王城に向かいます』

今になって、魔導戦車から六名の騎士たちが外に出てきた。六名とも、『鬼神変化』を解いたトキワさんに抱きつき、彼を祝福している。結局、彼らは最後まで何もしてこなかった。多分、ネーベリックとトキワさんの戦いが激しすぎたせいで、弾を発射するタイミングを逸したのだろう。ここでの作業は、これで終了だ。

私は『気配遮断』をしながら、王城に向かって空を飛んだ。途中、街を眺めると、多くの人々が涙を流し、互いに抱き合っていた。ネーベリックが登場して討伐されるまで約一時間、ずっと緊張状態を強いられていたため、かなり疲労度も高いだろう。

王城から遠い地域に関しては、もう何も起こらないと思う。でも貴族エリアでは、ザウルス族や獣猿族、ダークエルフ族、鳥人族たちがエルギス派の貴族たちに対し、奇襲を仕掛けているはずだ。

王城付近では、クロイス姫がエルギスに対し、演説を行っているにちがいない。時間的なことを考えれば、もう王城に侵入していてもおかしくない。アレが登場するまでに……あ……今、一瞬王城から強大な魔力を感じた‼　まずい、もう召喚したんだ。急いで王城に向かわないと‼

クロイス姫、私が到着するまで、なんとか持ちこたえてくださいよ‼

21話　クロイスVSエルギス

ここは、貧民街の出入口付近から少し離れた空き地。私──クロイス・ジストニスは、今から皆を率いて、クーデターを起こそうとしています。現在、反乱軍七十六名が、狭い土地の中にひしめき合い、クーデター開始の合図を今か今かと待っています。

策が上手く発動してくれれば、この人数だけで王城中庭での戦いを潜り抜けることができるはず。大丈夫……皆とあれだけ議論し、シャーロットとも何度も練習を重ねたのです。私なら……できる……できる……クーデターも上手くいく。成功させるまでの過程も、頭に入っています。

まずは第一段階『ネーベリックの出現と討伐』。手筈通り、ネーベリックが王都郊外に現れました。現在、シャーロットは、王都を薄暗い闇で覆いつくし、反乱軍と王城内にいる人々だけを避けて、王都の国民を威圧しています。よく、こんな器用なことができるものです。確か、スキル『マップマッピング』と『ポイントアイ』でしたか？　私に隠れて、アトカたちがなにやらコソコソと動いていたので、リリヤが一人で特訓しているときに、彼女を問い詰めました。なかなか口を割ろうとしなかったので、最終手段として──

「あなたがアッシュのヌイグルミを作り、毎晩抱き枕として使用していることを……私は知っています。……バラしますよ？」

と軽く脅したら――

「スキル『マップマッピング』、スキル『ポイントアイ』を習得するための特訓です‼　どうか、アッシュにだけは内密に‼　お願いします‼」

と簡単に白状してくれました。リリヤが話してくれたので、抱き枕の件は誰にも話していません。リリヤから聞き出した後、アトカを問い詰めたら、観念して全てを話してくれました。それらの効果を聞いたときは、私も驚きましたよ。

二つのスキルを併用することで、ステータスに表示された特定の人物のポイントをグループ化し、一度の魔法またはスキルの使用で、グループ化した人物全員に、同じ効果を施すことができるようです。

魔法の場合、複数の人物に使用するのであれば、消費ＭＰもその分増大します。しかし、スキルの中には魔力を消費しないものもある。『威圧』が良い例ですね。ただし通常であれば、どこにいるのかわからない特定の人物を除外しての大規模『威圧』なんて不可能です。

しかし、このスキルを利用すれば、グループ化した人物だけを除外して、王都全体に『威圧』をかけることができる。……まったく、シャーロットには敵いませんね。

「そろそろですね。アトカ、そちらの準備は？」

「準備は万全だ。皆、お前の宣言を待っている」

　お父様、お母様、お兄様、クロイスはクーデターを必ず成功させてみせます。この五年、皆この日のために力を蓄えてきたのです。本来ならクーデターを起こすのは、まだまだ先の話と思っていました。いえ、むしろクーデター自体が不可能と思っていました。でも、シャーロットが味方になって以降、全てが良い方法に傾いたのです。多くの人々の思いを、無駄にしてはいけません。私は、アトカとイミアが用意してくれた高さ二メートルほどの台に上り、周囲に集まっている反乱軍たちの視線をこちらに向けさせました。

「王族貴族が悲願としている種族進化計画、この愚かな計画が全ての発端でした。ですが、シャーロットがその悲願も解決してくれました。エルギスの持つ『洗脳』スキルと、貧民たちの持つ『洗濯』スキルを『洗髪』スキルへ構造編集してくれたのです。六名の洗髪スキル保持者が貧民にいるため、この愚かな計画も廃止になるでしょう。ネーベリックのような者が、今後生まれることはありません‼　皆の者、機は熟しました。今こそ我らの手で、怨敵エルギスを滅ぼすときが訪れたのです‼　さあ、クーデターを起こしましょう‼」

　本来であれば、雄叫びを上げたいところでしょうが、そんなことをしたら周囲に察知されますので、皆は声を上げません。しかし皆の目力だけで、そのやる気が最高潮に達していることがわかります。

「いいか、これから隠し通路を通っていくわけだが、この通路の出口は王城から最も近い位置にある空家(あきや)となっている。俺が先頭となって、まずは周囲の気配を窺(うかが)う。人の気配がなくなったとき、合図を出すから一斉に駆け上がってこい‼　ここから先、失敗は許されない。全員、気を引き締(し)めて行くぞ‼」

周囲は、静けさが漂っているものの、異様な熱気に包まれています。私はアトカの後方から、イミアとともについていきます。最初から最後までが修羅場(しゅらば)であるため、今の時点で、心臓バクバクです。私たちは、地下へと続く梯子(はしご)を下りました。そこからは薄暗い魔導具の灯(あか)りを頼りに、前へ前へと進みます。

……王城付近に到着するまで、地上では大きな動きがあったようです。クーデターを起こすまでに、反乱軍全員に簡易型通信機を支給することができました。この魔導具を通して、地上にいる伝令役のアッシュとリリヤから、現在の状況が逐一(ちくいち)伝わってきます。トキワ・ミカイツが王都中心部に現れ、人々の心からネーベリックの恐怖を取り払ったようですね。

そして、我々が王城付近に到達したときには、王城からエリート騎士六名がネーベリックのもとへ行ったようです。この六名は、我々にとって脅威(きょうい)となる存在です。六名の戦線離脱(りだつ)は、我々にとってもありがたいですね。

まだ、脅威となる存在は一名いますが、『落とし穴トラップ』もありますので問題ないでしょう。

「よし、空家に到着したな。俺が合図したら、全員駆け上がってこい」

私とイミアは、空家で待機です。ネーベリックのときとは違った緊張感が私を襲います。これからエルギスと対峙するのですね。アトカ、イミア、アッシュの三人は、スキル『マップマッピング』を習得できたため、察知能力が大幅に向上しました。特にアトカのスキルレベルは6と非常に高いので、彼に任せれば問題ないでしょう。

「よし、全員駆け上がってこい‼」

アトカからの合図が来ました‼　いよいよ、クーデターが始まるのですね。

〇〇〇

総勢七十六名の反乱軍が、王城正門入口に到着しました。王城では、大勢の騎士たちがネーベリック襲撃に備え、中庭にて準備を進めているようです。急に出現した私たちを見て、驚いています。

「クロイス、ここからだぞ」

「ええ、始めます」

アトカが、私に拡声魔法を使用しました。偵察部隊の面々も、中庭のどこかに潜んでいるはずです。彼らにはタイミングを見計らって、『落とし穴トラップ』を発動してもらいましょう。

「エルギスーーーーー、出てきなさーーーーい‼　私はクロイス・ジストニスです‼　今から、あなたの過去を全て公にします‼」

私の一声が王城中に響き渡った。元々、中庭にいた騎士たちが私やアトカの姿を確認していたので、エルギスは一分とかからず、二階バルコニー付近に現れました。彼は右手に、拡声魔法が付与された魔導具を持っているようですね。

「クロイス、貴様……生きていたのか⁉　今まで、どこに身を隠していた‼」

私の顔を『視力拡大』スキルで認識しましたか。私も同じスキルを持っているので、エルギスの驚いている顔がはっきりとわかります。

「ず〜っと貧民街にいましたよ」

「貧民街だと⁉　『ソナー』が利かなかったのか？」

「あの魔導具の性能には、私たちも焦りました。ですが、こちらにも優秀な部下がいるのです。切り抜ける方法など、いくらでもあるのですよ」

真っ赤な嘘ですけど、余裕のある態度を見せておかないと、エルギスのペースにされてしまいます。常にこちら側が会話の主導権を握っておかないといけません。

「エルギス、五年の歳月をかけて、私たちはあなたの大罪『王族殺し』の証拠を見つけ出すことに成功しました。よくも、お父様やお母様、お兄様を……」

「私が前国王陛下たちを殺しただと？　証拠を見つけた？　何を血迷ったことを言っている？　そもそも、今はお前に関わっているときではない‼　ネーベリックが王都に襲来したのだぞ‼」

　やはり、簡単に罪を認める気はありませんか。そろそろ、トキワがシャーロットと出会っている頃ですね。

「あなたの大罪となる証拠、それは……ネーベリック自身が明かしてくれます。私はアトカとともにケルビウム大森林に赴き、ネーベリックと再会し、話し合ったのです‼」

「ネーベリックと話し合った⁉」

　ここからが勝負です。話し方次第で、私が諸悪の根源のように思われてしまう。エルギスや中庭にいる騎士たちも私の言葉に驚き、次の言葉を待っていますね。

「私は、あなたの王族殺しの証拠を掴むべく、王城にスパイを送り込みましたが、三年経過しても決定的な証拠を見つけられなかった。見つかったのは、『種族進化計画』と『魔導兵器』関係のものばかり……だから、私は一か八か、諸悪の根源でもあるネーベリックに聞きに行ったのです。私もアトカも、あのときよりもさらに強くなったネーベリックを見て、その場から動けなくなり、正直死を覚悟しました。そうしたら、彼の方から話しかけてきたのですよ。話し合ってわかりましたが、ネーベリックから憎悪や狂気といったものが抜け落ちていました。だからこそ、真実を聞けたのです。……今の私は全てを知っています。そう……あなたの犯した大罪、そして王族が闇で何を仕出かしてきたのか、全てを知っているのです」

エルギスの顔が、どんどんと蒼ざめていく。ネーベリックが王都にいることで、私の言葉の信憑性が増しています。

「トキワ～、このときを待っていたぞ～」

「ネーベリック、俺はこの五年で、自分の力を限界以上に引き出せた。五年前の俺とは思わないことだ」

トキワとシャーロットの会話が始まりました‼ 二人は拡声魔法で、会話の全てが王都全域に響き渡るようにしています。シャーロット、頼みますよ。

「……ふ、それは私も同じだ。私は五年前まで、国立王都研究所の地下施設に閉じ込められていた。その期間は、約百年だ‼ 『種族進化計画』とかいう訳のわからん研究の実験体にされていた。私の憎しみが貴様にわかるか？ 毎日毎日薬を投与され、自分の身体が自分でなくなるような感覚を……貴様は理解できるか？ 現在の魔鬼族の長であるエルギス・ジストニスは、『副作用がないから安心しろ』と言っていたが、どうだ？ 薬剤の入った注射で、私自身がおかしくなってしまった‼」

いいですよ、シャーロット、その調子です。

「あのとき、私は巨大化し、憎しみの力に囚われ暴走状態となり、周囲にいた者全てが恨みの対象となっていた。頭の中には、『エルギス・ジストニス以外の王族を皆殺しにしろ』と、嫌な声がしきりに聞こえた。この声をなくすため、王城に出向き、声の言う通りに実行したのだ。そこでエルギス本人と出会って、この声の主がエルギスのものであることがわかった」

シャーロット、もう一息です‼

「そこで、私は悟ったのだ。私はエルギスに洗脳され、奴の言うがままに動いていたということをな‼『洗脳』スキルを振り切ったはいいが、暴れ足りなかった。そんなところで出会ったのがお前だ。私はトキワと戦い、手を合わせるたびに、憎しみよりも高揚感が少しずつ自分の中に満ちていった。だが、心の油断のせいで深手を負い、ケルビウム大森林の奥にまで撤退せざるをえなくなった」

シャーロット、ありがとうございます。これで、エルギスがネーベリックを洗脳して、王族に仕向けたことが暴かれました。

「エルギス、なぜこのような残虐行為を行ったのか説明しなさい‼」

ネーベリック自身が言った以上、言い逃れはできない。エルギス、観念して全てを白状しなさい。

「わ……私のことよりも……ネーベリックだ。ク……クロイス、貴様……ネーベリックと結託して、王都に攻め込んできたのか⁉」

この慌てよう、真実を公表されて、かなり混乱していますね。ですが、その返答も予測済みです。

「それは違います。あのとき、私はネーベリックと取引したのですよ」

「取引だと？」

もう一息ですね。

「私の望みは、エルギスとネーベリックの関係性を知ること。ネーベリックの望みは、トキワ・ミカイッとの再戦です。五年前、ネーベリックは憎しみに囚われ、十全の力を発揮できなかった。トキワ・ミカイツも、周囲にいる騎士団や国民に気を使いながら戦っていたため、真の力を発揮できなかった。だから、私は取引を持ちかけたんです。取引の内容は『互いの力を十全に発揮できる戦いの場を、私が用意します。あなたはエルギスについて、知っていることを全て教えてください』というものです」

ここからは、私が一気に捲したてる。エルギスに反撃の余地を与えません。

「私は、魔導兵器の資料を拝見しました。闇の力の頂点を極めたネーベリックにとって、全ての兵器が子供騙しなのです‼　最強の魔導戦車ですか？　攻撃力こそ強力ですが、照準を合わせて、弾を発射させるまでの時間が遅すぎるのです‼　そんなことしている間に、踏み潰されるのがオチです。他の兵器なんて、論外ですよ。ネーベリックの周囲には、闇のカーテンが存在します。魔導戦車以外の兵器は、全て闇の力によって呑み込まれるのです。どんな作戦を立てて再戦を挑もうが、敗北必至なのですよ」

　セリフが長いです‼　でも、ここで休むわけにはいきません‼

「ネーベリックに勝てる方法はただ一つ、誰の邪魔も入らない環境下で、トキワ・ミカイツと一対一で戦わせること。これが、最も勝率の高い方法なのです‼　だから、私はトキワと定期的に連絡を取り、支援物資を送りながら、彼の環境が整うのをじっと待っていたのです。そして、彼から全ての条件が整ったと聞いたので、ネーベリックにも知らせました。私は、トキワの勝利を信じています。だからこそ、今この瞬間にクーデターを仕掛けたのです。エルギス、降伏しなさい‼」

　言えた〜。やっと全てを言い切りましたよ‼　エルギスは魔導兵器を馬鹿にされたせいか、真っ青だった顔を真っ赤に変化させています。もう言い逃れできませんよ‼

「ネーベリックを証人として連れてくるとは……クロイス、貴様の気概は……わかった。貴様が……クーデターを起こすと宣言した以上、妹であろうと処罰の対象となる。ネーベリックに関しては、トキワに全てを任せよう。……我々は、お前たち反乱軍を鎮圧することに力を注ぐ。ネーベリックにとって魔導兵器は子供騙しかもしれんが、貴様らにとっては脅威となる。お前たちが魔導兵器を過小評価していることをわからせてやるわ‼」

魔導兵器を馬鹿にしたことで、怒りに支配されると思ったのに、まさか理性でねじ伏せるなんて……しかも、自分の過去の過ちを認めることなく、私のクーデターの話で押しきろうというのですね。

「騎士たちよ、王城入口付近にいる反乱軍は、七十名程度だ。反乱軍全員を魔導兵器で殲滅せよ‼」

中庭にいる騎士たちは動かない。ネーベリックの言ったことが棚上げされている以上、どう行動すべきか逡巡しているのでしょう。

「どうした、なぜ動かん？　……ネーベリックが言ったことは事実である。だが、そうせざるをえない理由があったのだ‼　私としても、苦渋の決断だった。全てが解決したとき、私自らが国民に伝えよう。今は、反乱軍を鎮圧することが先決だ。皆、動くのだ‼」

認めるものの、それ相応の理由があると言い張りますか。大方、クーデターを鎮圧した後、真実を自分の都合のいいように書き換えるのでしょうね。

中庭に控えている大勢の騎士たちも、エルギスの一言で、迷いが消えたようです。一応、彼らはエルギスに忠誠を誓っていますから、私が現れたとしても、寝返ることはありえないでしょう。数は最低でも、百名はいますね。

王都内にも、大勢の騎士が配備されています。しかし、ネーベリックが襲ってくるかもしれない以上、迂闊に動けないでしょう。ネーベリックがいる間に、王城の騎士たちの力

を大きく削ぎます‼

「クロイス、貴様に関しては、私自らが引導を渡してやる。この魔導ライフルで、貴様の眉間を撃ち抜いてくれるわ‼」

何者かが、エルギスに魔導ライフルを渡しましたか。どうやら、気づかれていないようですね。

「エルギス、撃ちなさい。あなたの魔導兵器がどの程度のものなのか、私が判断してあげます」

「馬鹿が……その驕りが死に直結するのだ……死ね‼」

魔導ライフル……いえ、温泉ライフルが、私に向けて発射されました。しかし、発射されたのは弾ではなく大量の温泉、飛距離も一メートルほどしかありません。魔導ライフルの先端がバルコニーから少し出ていたこともあって、真下にいる兵士たちが大量の温泉を被り、「熱い⁉　なんだ、これ？　お湯？　なんで空からお湯が？」と、慌てふためいています。正直、笑ってしまうような光景なのですが、不謹慎かなと思い、なんとか堪えました。ですが、アトカを含めた周囲にいる者の多くが、兵士の慌てようを見て、我慢できず笑っています。

シャーロットの『構造編集』、無事成功したようですね。彼女から、温泉兵器の効果を全て聞いています。

温泉銃　消費ＭＰ１で温泉10リットル放出
温泉ライフル　消費ＭＰ５で温泉50リットル放出
温泉バズーカ　消費ＭＰ10で温泉１００リットル放出
単純温泉ランチャー　消費ＭＰ30で温泉３００リットル放出

温泉弾
消費ＭＰ50で温泉５００リットル放出。ただし、放出させるには温泉戦車に込める必要あり。

温泉戦車
周囲五百メートル圏内ならば、どこにでも温泉弾を放出できる。ただし、弾道や落下地点に関しては、操縦者のイメージ力が大きく影響する。拙い者が操縦すると、弾道や落下地点が大きく変化するので注意すること。『視力拡大』や『千里眼』スキルと連動させることで、正確性を向上させることが可能。

温泉兵器製作工場

温泉銃・温泉ライフル・温泉バズーカ・単純温泉ランチャー・温泉弾・温泉戦車を製造できる大型工場。

　これらが構造編集されたとき、正直不安を覚えましたが、どうやら杞憂だったようです。

「馬鹿な……なぜお湯が……」

「エルギス、私は驕ってなどいません。魔導兵器がどれだけ脅威なのか、理解しています。ですから、王城周囲にある魔導兵器全てを別の兵器に作り変えました」

「馬鹿な、作り変えただと⁉　この周囲にどれだけの魔導兵器があると思っている‼」

「魔導兵器がどこに配備されているのか、全て理解しています。エルギス、降伏するのなら今のうちです。あなたに勝ち目はありません‼」

　彼が驚くのも無理ありませんね。シャーロットがいてこそ、なせる業なのですから。

「勝ち目がないだと……私を捕えたければ、王城に入ってこい。騎士団は、皆精鋭揃いだ。魔導兵器がなくとも、百名にも満たない反乱軍など恐るるに足りん。勝ち目がないのは、お前たちの方だ。皆の者、反乱軍を殲滅せよ‼」

　そろそろ、ですか。私とエルギスが話している最中にも、王国の騎士が続々と集まり、現在のところ二百名以上はいますね。

「今です‼　『落とし穴トラップ』を発動しなさい‼」

私が宣言した瞬間、中庭に巨大な落とし穴が現れ、王国軍の騎士全員が穴に呑み込まれました。

22話　反乱軍VS王国軍

『落とし穴トラップ』、シャーロットが構造解析したために、私たちは扱い方を全て把握しました。

このトラップは複数を結合させることで、落とし穴の深さ、形状を大きく変化させることが可能です。その分消費MPも大きくなりますが、複数の人が分担して、この魔導具に必要なMPを注いでいくことで、問題は解決しました。

偵察部隊の三人に、中庭の敷地面積を詳しく計算してもらい、どこからどこまでを落とし穴とするか、詳しく話し合いました。この計算を間違えると、王国軍も反乱軍も落とし穴に落ちてしまいますからね。

入念の話し合いの後、シャーロット考案の簡易『落とし穴トラップ』を製作し、落とし穴から這い上がってこられるかも試しました。……極悪の難易度でしたね。

今回、中庭の八割を落とし穴に変形させるため、合計十セットのトラップを、中庭を挟む両壁に仕込みました。落とし穴の形状はお椀形、地上から底までの高さは二十メートル、シャーロットは『そそり立つ壁』と言っていましたね。落ちた側から見れば、壁がそそり立っているように見えるでしょう。ふふ、あちこちから怒号(どごう)が聞こえます。

「おいーーここから出せーーー」

「なんで、急に穴が⁉」

「嘘だろ……この穴、異様に深いぞ⁉　汚(きた)ねえぞ、反乱軍‼」

いいですよ、いいですよ。ここはちょっと台本と異なりますが、もっと王国軍の皆さんに怒ってもらいましょう。

「王国軍の皆さ〜ん、あなた方はアトカの術中に嵌(はま)ったので〜す。アトカは『あいつらは、物事を力でねじ伏せようとする。だから、意外な行動で攻撃不能にさせれば、余裕で倒せる。戦力差がどれだけあろうと、俺一人で馬鹿どもに勝てる。俺の言った策を採用すれば、一時間とかからず王城に侵入できるぞ』と言っていました。さすがの私も、この言葉にカチンときました。『王国の精鋭騎士たちがこの程度の策に負けるわけがありません。あなたの策を採用しましょう』と言い返したのです。ですから、王国軍の皆さん、あなた方の面子(メンツ)を保つためにも這(は)い上がってきてくださ〜い」

「「「アトカーーーーー‼」」」

「クロイス〜〜‼」

王国軍の皆さんが、一斉に私目掛けて穴から這い上がろうとしています。ちょっと煽っただけなのに、もう頭に血が上っている。あなた方は精鋭騎士ですよね？　この程度の煽りで、心を揺さぶられるとは……正直、情けないです。皆には申し訳ありませんが、次の段階に移行しましょう。

「ローショントラップ発動‼」

『落とし穴トラップ』の最上段から、無色透明で粘性のある液体が大量にトロトロと穴の底へ流れ落ちていきます。このローショントラップを最大限に活かすため、穴の土を押し固め、摩擦力を可能な限り減らしています。いかに『身体強化』スキルがあろうとも、ここまで登ってくることは至難の技でしょう。それに、トラップはまだあります。

「くそ、なんだ……この気持ち悪い液体は⁉」

「ツルツルして登れないし、ジャンプもできねえ‼」

「アトカ～汚ねえぞ‼　正々堂々と勝負しろ‼」

「皆さん、アトカはこう言っています。『王国の精鋭騎士どもが、このザマか？　この程度の力でネーベリックに挑もうなんて、百年早いわ‼　魔導兵器に頼るような弱者が、俺に吠えるんじゃねえよ‼』――私の仲間でもありますが、正直ここまで言われて悔しいです。皆さん、頑張ってください」

私は、どっちの味方なのでしょうね～。あ、反乱軍の人たちが、私をジト目で見ています。おふざけはここまでにして、真剣に行きましょう。

「皆さん、王国軍をここまで来させてはいけません。投擲の用意をお願いします!!」

私たちは魔法を使えませんが、魔導具ならば使えます。シャーロットの持つ時間停止機能のあるマジックバッグは高級品のため保有していませんが、通常のものであれば持っているのです。これらのマジックバッグに、比較的大きな岩石を限界まで入れておき、それらをこのトラップの出口付近に置いていきます。あとは、反乱軍の皆で、岩石を王国軍に投げつけるだけです。『身体強化』スキルも合わせて投げつけますから投擲速度もありますし、威力も大きくなります。

「さあ、私に続いて、登ってくる連中に的を絞り、皆も投げてください。いきますよ!!」

ちょうど、私の真下から登ってくる騎士が数名いたので、彼ら目掛けて、本気で投擲しました。

「があああぁぁぁーーー、クロイス様、ひでえええぇぇーーーー」

「おい、馬鹿、こっちに落ちて……ご……くるな〜〜〜〜」

あら〜、私の投げた石が一人の騎士の頭に直撃し、その方が落ちていく後方に、別の騎士もいましたか。ま、兜も被っていますから、死ぬことはないでしょう。王国軍全員が、鎧と兜を装備しています。あんな重装備で、この坂……崖を登ってくるなんて、登頂は不可能ですね。まあ、頑張ってください。私は、王城に行かせてもらいます。

「イミア、木魔法の準備は整いましたか？」

「整いましたけど……クロイス様、アトカで遊びすぎです」

私も少し反省しています。

「アトカ、すみませんね。咄嗟の思いつきだったのですが、私はさすがに立場があるので、アトカを悪者にしちゃいました」

「お前な～、まあ上手い具合に奴らを煽れているから、俺としても怒れん。イミア、やってくれ」

「ええ、クロイス姫、アトカ、ここからが本当の勝負よ」

想定通り、王国軍は『落とし穴トラップ』に苦しんでいますね。イミアには中庭に残ってもらい、ここでの指揮をお願いします。ネーベリックとの戦いで多くの実戦経験を積んでいる彼女ならば、上手く時間を稼いでくれるでしょう。あとは、王城に突入する私たち次第となります。エルギスは準備を万全にして、私たちが謁見の間に来るのを待っているはず。イミアの言う通り、ここからが本番です。

「わかっている。イミア、やってくれ」

「イミア、お願いします」

「了解、木魔法『ウッドロード』‼」

イミアの唱えた木魔法によって、ここから現れ出た虹のような木の架け橋が、王城入口に到達しました。

「皆さん、ここは任せました。私たちは、これから王城へと突入し、エルギスの捕縛に取りかかります。王城突入部隊、出発です‼」

「お前ら、気を引き締めていくぞ。エルギスは切り札を隠している。絶対に油断するな」

私とアトカの号令に従い、合計八名が威勢の良い声で応えてくれました。皆の力量は、反乱軍の中でもトップクラスを誇ります。もっと人数を増やしても構わないのですが、数が多いと室内戦の場合、かえって危険です。少数精鋭で、エルギスの切り札に挑むしかありません。私たちは、木の架け橋を一気に走り抜けました。

〇〇〇

王城に入れたのは良いのですが、やはり護衛騎士たちがいますか。人数は十名ですか。一応、魔法使いもいますが、全員後衛にいますね。現状、魔法は封印されているため、魔導具による魔法しか使えません。狭い城内では初級魔法しか使えませんし、問題ありませんね。まずは、この人たちを撃退しましょう。

「クロイス、ここは俺たちが対処する。後方に下がっていろ。シャーロットから教わった新型魔法を駆使すれば、余裕で対処できる」

このメンバーで魔法を使用できるのは、アトカのみ。彼があの魔法を使用して敵を足止め、その隙に突入部隊が敵を打ち倒す算段となっています。突入部隊の皆さんは、三十〜四十歳とベテラン揃いの男性騎士たちです。護衛部隊の面々が現れても、動揺の色が見えません。頼もしいですね。

「わかりました」

私が後ろに下がると同時に、護衛部隊の前衛が壁際に移動した⁉　後衛にいる三名の魔法使いたちの初級魔法が来ますね。攻撃魔法の付与された魔導具の中でも、使用できるのは氷魔法くらいでしょう。

「「「アイスランス‼」」」

「グラビトン二倍」

数え切れないほどの氷の槍が、私たち目掛けて襲いかかってきますが、アトカの唱えた重力魔法『グラビトン』が護衛部隊の周囲を覆います。この魔法、指定した箇所の重力を通常の二倍に増加させます。『指定箇所の広さ』『通常重力の何倍にするか』『使用時間』で、消費ＭＰも大きく変化するそうです。空間属性と重力について深い知識がなければ、習得不可能とシャーロットも言っていました。

この魔法のおかげで、襲いくる無数の氷の槍は私たちに到達する前に、地面へと落ちていきます。そして、護衛部隊たち自身も重くなったことで、明らかに狼狽えています。この瞬間を待っていたとばかりに、アトカが重力魔法を解除し、突入部隊の面々が一気に全員を気絶させました。

「重力魔法、かなり強力だな。消費MPも大きいが、さっきのように瞬時に切り替えれば、こちらの消耗も最小限で済む。こいつらは、俺の束縛魔法で三十分ほど動けないようにしておく」

「アトカ、お願いしますね」

シャーロットと知り合っていなければ、こんな簡単に王城内へ突入できなかったでしょう。そして、護衛部隊との戦いも、こんな楽に終わらなかったはず。彼女との出会いに感謝です。

「皆さん、エルギスのいる謁見の間へ向かいましょう」

全員が頷き、私たちは謁見の間へと走り出した。道中、護衛部隊と三度遭遇しましたが、重力魔法を駆使することで、難なく突破することができました。

そして謁見の間に入ると、エルギスが玉座に座っており、その隣に彼の親友でもあるビルク・シュタインがいました。護衛部隊は、一人もいません。

エルギスの座る玉座の後方には、二つの巨大バトルアックスが、壁に固定されています。そのため、エルギスとビルクの存在を大きく引き立てていますね。というか、あれらは魔斧研究に利用されていると聞いていたのですが、なぜここにあるのでしょうか？

……っていけませんね、今はエルギスに集中しないと‼

「まさか……一時間とかからず、ここまで到達するとはな。クロイス、『王』という地位を欲するのか？」

両親の仇でもある彼を見ると、この五年の出来事をありありと思い起こされます。エルギス……

「地位が欲しいのではありません。あなたを許せないだけです。私たちの両親を殺したばかりか、魔導兵器を使ってハーモニック大陸の各国に戦争を仕掛ける算段をつけているでしょう‼　そのような輩は、王の地位から退いてもらいます」

「ふ、ふふふははははーーーーーー」

この高笑い、絶望からくるものとは違います。

「種族進化計画の裏を知っているのならば、我々の悲願も理解しているだろ？　今の私には、『洗髪』スキルがある。私が死ねば、貴族どもが黙っていないぞ？」

「ご心配には及びません。今頃、エルギス派の貴族たちは、ケルビウム大森林に住む種族たちに制圧されているでしょう。それに、『洗髪』スキル保持者については、既に六名程確保しています。あなたが死んでも問題ありませんよ」

エルギスの顔が驚愕に満ちています。あなたの考えていることは、全てお見通しなのです。私の……ではなく、全部シャーロットのおかげですけどね。それにしても、さっきからビルクは何も喋りませんね。何かを考え込んでいるように見えます。正直……不気味です。

「……この五年で、そこまで力をつけていたとはな。だが、まだ終わらんよ。全ての準備は整っている。貴様らを殺せば、どうとでもなる。召……」

「エルギス様、お待ちを‼」

エルギスが召喚魔法を使おうとした瞬間、ビルクが動き出した。これは、予想外の展開ですね。ここは下手に動くよりも、様子を見たほうが良さそうです。

「ビルク、なぜ止める？　このままでは、我々は反乱軍に殺されるのだぞ？」

ビルクの顔には、焦りがあります。これからエルギスが何をするのか、わかっているのでしょう。シャーロットが解析した情報によると、既に召喚魔法の準備が整っています。

国宝指定されているオーパーツ『召喚クリスタル』。クリスタルの中に途方もない魔力と召喚魔法陣が内蔵されており、どんな魔物でも召喚可能、そして相手の条件を呑めば、従魔契約を結ぶことができます。

エルギスは既にそれを使用し、Aランクの『デッドスクリーム』と契約しています。その際の代価は三百人の命、エルギスは人間、獣人、エルフ、ドワーフなどの奴隷をかき集め、その場でデッドスクリームを呼び出し、彼らを差し出すことで、従魔契約を成功させました。

現在、クリスタルはネックレス化されており、エルギスが身につけています。ネックレスをエルギスから奪ったとしても、彼はデッドスクリームを召喚可能です。

彼を捕縛し収監したとしても、自暴自棄になって召喚される危険性が高いのです。ですから、ここで召喚してもらって、対処をシャーロットに任せるしかありません。ビルクは、何を言うつもりなのでしょうか？

「本当に召喚する気なのですか？　ネーベリックほどではないにしても、アレはかなり危険な魔物だ。エルギス様、ここは冷静になりましょう。外の気配を窺いましたが、トキワがネーベリックを倒したようです」

「そんなことはわかっている‼　魔導兵器があれば、世界を征服できるのだ‼　デッドスクリームを召喚し、こいつらを抹殺すれば……」

「私は世界征服のために、あなたとともに魔導兵器を開発したわけじゃない‼　当初、あなただって、ネーベリックの討伐にしか魔導兵器を使用しないと言ったはずだ‼」

「ビルク、何を言っている？　お前も私の野望を聞いたとき、共感していただろ？　今になって、怖気づいたのか？」

……もしかしたら、エルギスの『洗脳』が『洗髪』スキルへと編集された影響で、ビルクの『洗脳による副作用』が消失したのかもしれません。それによって、ビルクの本来の性格が戻ってきたのでは？

「違う‼　おかしいのは、エルギス様だ‼　あなたは、ライラが亡くなってから変わってしまった。私自身も変わってしまったが、目が覚めたんだ。デッドスクリームの召喚はやめてくれ。ここでクロイス姫を殺せば、後戻りできなくなるぞ‼」

ビルクは真剣な眼差しで、エルギスを止めようとしています。副作用が完全になくなったようですね。ですが、肝心のエルギスの方は『洗脳』スキルを長期間所持していたせいか、まだ性格が戻っていないようです。

「うるさい‼　私に指図するな‼　召喚『デッドスクリーム』」

「ああ⁉　クロイス姫、逃げてください‼」

ビルク、申し訳ありません。ここで逃げるわけにはいかないのです。巨大な召喚魔法陣が謁見の間の床に現れ、重苦しい魔力が漏れてきました。そして、召喚の犠牲となった死者たちの声が響いてきます。

「クロイスを発見できない以上、いつか貴様らが私を襲ってくると思い、その備えをしておいたのだ。私の切り札は、魔導兵器だけではない‼」

ええ、知っていますとも。デッドスクリームに関しても、シャーロットから注意点を聞いています。ここが最後の難関です。彼女が到着するまで、時間を稼ぎます。そして、デッドスクリームを討伐した後、『エルギスの過去』が本当かどうか、エルギス自身に問います‼

「さあ、召喚陣からデッドスクリームが出てくるぞ。私はお前たちの悲鳴を玉座から拝ませてもらおう。それと、一つ良いことを教えてやろう。この謁見の間は、デッドスクリームのユニークスキル『支配領域』によって閉ざされた。外部からの侵入は不可能だ。外部の者たちは我々の魔力を一切感じとることもできん。貴様らが死ぬまで、解除は不可能なのだ‼」

魔力が――悍ましい魔力が召喚陣から溢れ、Aランク上位デッドスクリームが姿を現しました。大きい……。体長は五メートルほどですか。Dランクのゴーストが生者の負の感情や魔力を吸収し続けることで進化した魔物。人の骸骨が巨大化したもので、粗末なフードを被り、大きな鎌を持ち、鋭い一撃で生者の首を刈りとる。別名は死神、私たちはこれから死神と戦うのですね。

「皆さん、トキワとネーベリックの戦いが終わった以上、彼女もここに急行するでしょう。それまで時間稼ぎをお願いします」

アトカを含めた突入部隊全員が頷いてくれました。シャーロットから事前に聞いていなければ、慌てふためいていたことでしょう。

「時間稼ぎ、彼女？　クロイス、どうしてそこまで落ち着いていられる⁉　トキワもネーベリックとの戦いで、力を大きく消耗し、ここには来られん。なぜ、そこまで落ち着いていられるのだ‼」

全てが、私たちの想定通りだからですよ。全員がデッドスクリームとの対戦を決意して、ここにいるのです。そして、私たちには心強い味方がいます。デッドスクリーム、ネーベリック、トキワよりも強い、世界最強の味方がいるのです。彼女の期待に応えるためにも、ここで逃げるわけにはいきません‼

「全員、剣と身体に光属性を付与しろ‼　シャーロットが到着するまで、時間を稼ぐぞ‼」

「「「おおおぉぉぉぉーーーー」」」

アトカの声に呼応して、全員が雄叫びを上げました。

「クロイスは、俺たちとデッドスクリームから離れろ。どう考えても足手まといだ」

「わかりました」

簡易型通信機も、反応がありませんか。Aランク以上の魔物だけが持つユニークスキル『支配領域』、脅威ですね。

「ちい、なんて威圧感だ。お前ら気をつけろ‼　何か仕掛けてくるぞ‼」

――シュッ！

「え、風切り音？　今……何……が？　アトカたちは？　……あ、いつの間に⁉」

アトカが忠告した瞬間、後方にいる私以外の全員が同じ方向に吹き飛ばされた⁉　デッドスクリームを見ると、右手に持っていた大きな鎌が横へ動いていたので、おそらく横薙ぎにしたのだと思うのですが……速すぎて見えませんでした。

「皆さん、大丈夫ですか⁉」

え？　皆が普通に立ち上がっている？

あれだけの衝撃で吹き飛ばされたのに、どうして？

それに、全員がしきりに首を触ってる？

「首……は平気だ。シャーロットの闇魔法がなければ、今の一撃で全員の首が斬り飛ばされていたのか」

え……首が？　あ、そうだ。私たちの身体には、シャーロットの闇魔法『ダークアブソーブ』が宿っていました。これがなければ、今頃……

「お前ら……デッドスクリームの攻撃は、あと二回は確実に防げる。全員回避に専念しろ‼」

アトカの一声で、皆自分の状況を理解したみたいです。デッドスクリームは闇魔法に長けた魔物と聞いていましたが、それと同時にシャーロットが、『物理攻撃の「首チョンパ」には、気をつけてください』とも言っていました。あの攻撃は、確かに脅威です。

「貴様らも……闇魔法を……扱えるのか？　面白い……そうら、いくぞ」

全身に寒気が⁉　あのデッドスクリームが笑った？　いえ、骸骨なのだから、笑えないはず？　あ……また、あの大鎌による攻撃が始まりました。先程のような鋭い一撃こそありませんが、皆、攻撃を与えることなく、必死に奴の攻撃を回避しています。私も、皆の力になりたい。

「エルギス、デッドスクリームの召喚を解除するんだ。今なら、まだ間に合う」

「ビルク、うるさいぞ‼ 貴様は、いつからそんな軟弱者になった。もう遅い。クロイスの死に様をここから見ていろ」

エルギス……デッドスクリームの攻撃で、後方の巨大バトルアックスが揺れている。鎌だけでなく、あれも使われたら、私たちは……

「こいつ、一撃一撃が恐ろしく重い‼ 攻撃をいなせば、体力がごっそり削り取られる。完全に遊ばれているな」

……まずいです。皆の体力が尽きかけていて、回避行動も遅くなっている。あ、デッドスクリームのあの挙動は⁉

「皆さん、後ろに飛んでください。早く‼」

皆、私の言葉を聞き入れ、瞬時に後ろに飛んでくれました。その瞬間、先程の風切り音が……大鎌による横薙ぎ攻撃が皆を襲いました。辛うじて回避できましたが、先程の一撃よりも強力であったためか、私を含めた全員が衝撃波で吹き飛ばされ、壁に激突しました。

「我の挙動を……予測したか。そこの女……『挙動予測』のスキルを手に入れたようだな。だが、次の一撃を回避できるか？」

ああ、何かとてつもない攻撃が来る。シャーロットの防御魔法をも吹き飛ばすような何かが……来る。

「む？　なんだこの寒気は？」

え、デッドスクリームが、急に私たちから目をそらした？　どこを見ているのでしょうか？　そちらの方向には、誰もいません。私たちが奴の視線と同じ方向を向くと、突然大きな衝突音が聞こえました。

「この轟音は？　……あ‼」

「む、我の結界を……破壊しただと？　なんだ……この魔力は⁉」

ああ……デッドスクリームやネーベリック以上に強大ではあるけども、私たちを護ってくれるような安心感を与えてくれる……この魔力は……シャーロット……やっと来てくれたんですね。

23話　シャーロットVSデッドスクリーム

私はトキワさんとの三文芝居を終了させた後、急いで王城に向かった。王城上空に到着し、中庭の方を見ると――

「うわあ～、一時間も経過していないのに、思った以上に悲惨な光景になってる」

中庭の『落とし穴トラップ』の底には、ローション塗れとなった王国軍の騎士たちが仰向けになって倒れ、息を切らしている。ここから見た感じだと、全体の九割が体力切れによる戦闘不能に陥っているかな。残り一割が全ての装備を底に置き、現在でも上へ行こうと必死にもがいている。反乱軍の方はほとんど動いていないこともあって、体力も問題ないし、全員無傷だから、回復魔法の必要もないね。

数の観点から見ると、真正面にぶつかれば、間違いなく王国軍が勝つにちがいない。でも、たった一つの未知のトラップがあるだけで、戦力がひっくり返ってしまった。王国軍も敗北を悟っているだろうけど、せめて反乱軍に一太刀だけでも浴びせようと思っているのかな？　地上へと登ってくる人たちは十九人、皆最後の力を振り絞っているかのような形相となっている。

む、イミアさんの方へ必死に登ろうとしている四十歳くらいの男性騎士さんの力強さ、このままだと罠を突破される。ここは、私が動きましょう。ここからだと、あの技が有効だね。死んだら困るので、かなり手加減しておこう。まずは、あの騎士さんの真上に移動して……

「フライング!!　ボディープレス!!　アターーーーック」

大層な技名だけど、風魔法を切り、そのまま自由落下で騎士さん目掛けて落ちるだけだ。

そして最後は――

「ヘブシ⁉」

私の腹が、騎士さんの背中に直撃し、おかしな声を上げてそのまま気絶した。

「この人は脱落でーーーす。ここにいると邪魔だし、えい」

私は気絶した騎士さんの両足を掴み、そのまま底へと投げ入れた。大の大人を簡単に投げられたけど、私の力ってどの程度あるのか、いまだに把握できない。その気になれば、大岩も持ち上げられる気がする。目の前にいるイミアさんは、その光景をポカ～ンと見つめ、こう呟いた。

「シャーロット、今の人……王国軍の総隊長なんだけど？　……生きてる？」

え、さっきの人って総隊長なの⁉　構造解析しなかったから、全く知らなかった。

「そうなんですか？　HPも30ちょっと残っていますから、問題ありませんよ。総隊長が脱落したなら、残りの人たちも時間の問題ですね。それでは、私はクロイス姫の救出に行ってきます」

そういえば、反乱軍と王国軍全員の視線が、私に集中している。罠を登ってきている人たちは意表をつかれたせいもあって、底に落下していった。あれ？　王国軍の人たちが動かないんですけど？

「ええ……今の一撃で勝敗は決したわ。あとはデッドスクリームを倒し、エルギスを捕縛するだけよ。シャーロット、頼んだわよ」

なんか釈然としないが、私はイミアさんと別れて、そのまま王城入口まで飛んでいき、そこから大きな通路を歩いて奥へと進んでいった。

やはり、クロイス姫たちの魔力が一切感じ取れない。間違いなく、エルギスの切り札が発動している。

謁見の間全体が、デッドスクリームの『支配領域』に覆われたと見て間違いない。精霊様から『支配領域』について習っておいてよかったよ。

Aランク以上の魔物は、ユニークスキル『支配領域』を習得しており、獲物と決めた相手を絶対に逃さないよう強固な結界を張り、結界内で獲物を仕留めて食べるらしい。

また結界内では、魔法属性やスキルがその魔物のもののみ、最大限の効果を発揮する。

極めつけは、結界の外側にいる人には、内側の魔力や気配を感じ取れない。

『支配領域』を打ち破る方法はただ一つ、内側もしくは外側から結界の強度を上回る攻撃をすればいい。

突入部隊全員に、闇魔法『ダークアブソーブ』を使用しているけど、死者が出ていないか不安だ。王城に入り、謁見の間の扉に到着したところで、結界にぶつかった。

「これか‼　全力でぶち壊そう。『共振破壊』」

ガラスの砕けるような衝撃音が鳴り響いたと同時に、クロイス姫の魔力を感じ取れるようになった。む、クロイス姫には余裕があるけど、アトカさんたちの魔力と気配がかなり弱い‼　ここは、『マップマッピング』と『ポイントアイ』を利用した回復魔法を使用しよう。

「味方のみ、リジェネレーション」

デッドスクリームめ、よくも大切な仲間を傷つけてくれたね。許さないよ‼

謁見の間に入ると、クロイス姫たちは右側の壁に固まっており、玉座付近にエルギスとビルク、部屋中央にデッドスクリームが佇んでいた。クロイス姫たちは、かなりギリギリの状態だったようだ。私はデッドスクリームに『威圧』を与え、前へ前へと進み出た。

「あなたの到着を待っていましたよ。ギリギリでしたが、私たちは大丈夫です」

「クロイス姫、お待たせして申し訳ありません。中庭で行われている戦いの方は、反乱軍の勝利となりました。あとは、エルギスたちだけですね」

突然の私の登場で、エルギスもビルクも驚いているようだ。この二人とは、オークション時に会っているから、私が何者なのかも知っているはずだ。

「聖女シャーロット？　まさか……お前がデッドスクリームの『支配領域』を破ったのか？」

あの二人を、再度構造解析だ‼

「エルギス様、ビルク様、お久しぶりです。そうですよ、私が破ったのです。ビルク様は、

『洗脳』スキルの副作用から解き放たれたようですね。エルギス様は、まだ完全に脱却できていないようです」

二人は意味を理解していないのか、互いの顔を見合っている。

「何を言っている？　『洗脳』スキルの副作用？　どういう意味だ？」

「エルギス様、私には『構造解析』というユニークスキルがありまして、相手のステータスを覗き見ることができるのです。それによって、解析相手の経験したことや健康状態を知ることができます。あなたは、フードを被った小柄な女性から、金貨三百枚で『洗脳』スキルを購入しましたね？」

「馬鹿な⁉　なぜ、そこまでの詳細な情報を知っている‼」

「それが、『構造解析』なのですよ。その『洗脳』スキル、かなり強力なのですが、副作用があるのです。意地の悪いことに、その副作用はスキル所持者であるエルギス様には見えないようになっています。簡単に言いますと、『洗脳』スキルを使用すればするほど、人種差別や世界征服といった欲望が身体に刻み込まれ、独裁者のような性格へと変貌してしまうのです。そして、『洗脳』スキル所持者に接する機会の多い他者も、副作用の影響を受けるのです。ビルク様、今のあなたならば、私の言った意味がわかるはずです」

ビルクは目を閉じ、これまでのことを思い返しているのか、じっと深く考え込み、やがて目を開けた。

「……聖女シャーロットの言う通りだ。私は魔導兵器を製造するにあたって、世界を支配する気など、毛頭なかった。だがいつの間にか、目的が世界征服にすり替わっていた。これが……副作用なのか」

やはり、ビルクは副作用から完全に解き放たれている。回復魔法の必要もないね。

「そんな馬鹿なことがあってたまるか‼　あの女は、私に副作用のことなど言わなかったぞ‼　ええいデッドスクリーム、何をぼーっと突っ立っているのだ‼　聖女もろとも、全員殺すのだ‼」

やはり、聞く耳を持たないか。長年、エルギスも侵食されていたせいで、すぐには元の性格に戻れないようだ。それに、頭に血が上っているためか、私の魔力がデッドスクリームを上回っていることに気づいていない。ここまで侵食されていたら、精神異常を治すリムーバルで治療できるかな？　とはいえ、今はデッドスクリームを倒すことが先決だ。

「……ぎ、ぐ、貴様は何者だ？　ただの小娘ではあるまい。この威圧、この魔力、この気配、今までに感じたことのないものだ」

体長五メートルくらいか。Aランク上位だけあって、かなり強い魔力を感じる。三百人の命を犠牲に従魔契約を結んだせいもあって、多くのゴーストたちが謁見の間天井付近を漂っている。このままデッドスクリームを討伐すると、それに連動してゴーストたちも消滅してしまう。それだと、殺された彼らがあまりにも不憫だ。なんとか、成仏させてあげたい。光魔法『リフレッシュ』ならば、彼らを成仏させることも可能だ。そうなると——

「初めまして、私はシャーロットと言います。デッドスクリーム、私はあなたを気に入りました。エルギス様との契約を切り、私と従魔契約を結びませんか？」

　さすがのデッドスクリームも、私の言葉に驚いているようだ。骸骨のため表情には出ないけど、明らかに空気が変わった。

「……現状無理。我とエルギスの契約は強固。この契約を打ち破るには、初めに戦ったメンバーで私を弱体化させることが必須条件。その後、『召喚クリスタル』から放たれた召喚陣にあなたの魔力を打ち込めば良い。今の状態でそれをやれば、魔力暴走が起こり、この周囲が壊滅する」

　オーパーツ『召喚クリスタル』を使用しての契約だから、エルギスとの従魔契約を簡単に打ち破れないか。

「ということは、私以外のメンバーであなたを弱体化させ、従魔契約の鎖を弱めることができたら、私と契約を結んでくれるの？」

「無論だ。我はあなたのような強者と、今まで出会ったことがない。あなた様が主人であれば、我も本望」

　ふふふ、言質を取りましたよ。

「私と契約を望むのであれば、一時の屈辱に耐えられますか？」

「耐えてみせましょう。どうやって我にダメージを？」

「私が間接的に介入するだけなら、問題ないよね？」

「補助魔法程度であれば問題ありませんが？」

よしよし、ならば覚えたてのあの魔法を使用しましょう。私とデッドスクリームが話し込んでいる間、クロイス姫たちはポカーンとした顔で、私たちを見ている。

「シャーロット、あなたの目的はわかりましたが、デッドスクリームをどうやって弱体化させるのですか？」

あ、回復したのか、クロイス姫の言葉を受けて、アトカさんがこっちに来た。

「シャーロット、何か考えがあるのか？」

「はい、今から実行します。まず、重力魔法に光属性を付与して――グラビトン十倍」

「グウウゥゥウゥウーーーー、こ……これは……この重さは？」

半分宙に浮いていたデッドスクリームが、床に落下した。通常のグラビトンでは闇属性でゴーストの性質を持つデッドスクリームに対し、ほとんど効果はない。しかし、そこに弱点である光属性を付与したグラビトンならば、効果絶大だ‼

「さあ、準備は整いました。たとえ、一撃のダメージが少なくても、全員でデッドスクリームをタコ殴りにすれば、ダメージはあっという間に蓄積していき、弱体化が可能となります。さあ、どうぞ‼」

「「「「「「……」」」」」」

あれ？　突入部隊全員が呆然と、デッドスクリームと私を交互に見ている。

「お……おいデッドスクリーム、何をしている？　早く全員、始末しろ‼」

「主人よ……あ……あなたには……この状況が……見えないのか？」

空気を読めないエルギスの発言に、さすがのデッドスクリームも呆れている。

「やっていいのか？　さっきまで、あれほどの濃密な気配をしていたデッドスクリームが弱々しく感じるな？」

「全員で這いつくばっているAランクのデッドスクリームをタコ殴りだろ？　苛めているような気が……」

私の提案に、突入部隊の面々も混乱しているようだ。

「タコ殴り……まさかこんな展開になるとは。クロイス、お前も来い。全員でボコボコにするぞ」

「ええ!?　アトカ、私もやるんですか‼　デッドスクリーム、良いのですか？」

う～ん、突入部隊全員が、この状況に困惑しているようだ。デッドスクリームが可哀想なので、早く実行してほしい。

「構わん。さっさとタコ殴りにしろ。時間が長ければ長いほど、我の屈辱感が増していく」

全員が互いに頷(うなず)いた。そして、デッドスクリームは私を除くメンバーに数百発タコ殴(なぐ)りにされボロボロになったところで、エルギスとの従魔契約を切り、私と再契約を結んだ。

24話　ライラの目覚め

私は、デッドスクリームとの従魔契約を成功させたことで、念願の配下を手に入れることができた。お父様とライダードラゴン『ガイ』との関係が羨(うらや)ましかったこともあって、いつかは私も……と思っていたのだ。

「お……おお……力が湧(わ)き上がる。我の力がSランクに……」

ある条件が成立していた場合、従魔自身が契約と同時に強くなると、精霊様から習った。その条件というのが、『主人が従魔よりも遥かに強い』『契約時、主人への忠実度(ちゅうじつど)が80を超えている』の二つだったよね。今回条件を満たしたから、デッドスクリームのステータスの数値がAランク上位からSランク下位に上昇したんだ。

「シャーロット様、我はあなたと契約できて幸せでございます。これを」

デッドスクリームが、右手の人差し指から指輪を外し、私に差し出した。指輪はみるみるうちに小さくなり、私でも嵌(は)められるサイズとなった。

「これは？」

「『黒死の指輪』と申します。それを嵌(は)めていれば、即死魔法を無効化でき、魔法を封印されても、私を召喚できます。指輪のサイズ調整も自動で行(おこな)ってくれますので、シャーロット様ご自身、もしくはお仲間が装備すれば良いでしょう」

即死魔法の無効化とデッドスクリームの召喚か、二つの効果は嬉しい。

「ありがとう。私が装備しておくね」

「我の棲処(すみか)は、ランダルキア大陸中央付近にある『死霊湿原』と呼ばれている場所でございます。シャーロット様のお呼びであれば、いつでも馳(は)せ参じます。我の生贄(いけにえ)に使用されたゴーストたちも、シャーロット様の配下同然のため、お好きになさってください。ところで、エルギスの処分をいかがいたしましょう？」

そうか、ゴーストたちとは従魔契約こそしていないけど、私の魔力を恐れているから配下同然か。あとで、成仏させてあげよう。

「エルギスの方は、何もしなくていいよ。こっちに任せておいて。とりあえず、デッドスクリームは棲処(すみか)に戻っていいけど、召喚自体はこのまま維持しておくね。あなたには、まだやってもらいたいことがあるの」

従魔契約すると、主人と魔物はどこにいても、通信することが可能となる。アッシュさんとリリヤさんの関係に似ている。私は、デッドスクリームにやってもらいたい内容を通信で知らせた。

「面白いですな。我には得しかありません。合図をお待ちしております」

デッドスクリームは一瞬にして、謁見の間から消えてしまった。

「シャーロット、ありがとうございます。これで全てが終わりました」

デッドスクリームと戦っていたせいもあって、突入部隊全員がボロボロだ。

「クロイス姫、全てが終わったわけではありません。最後の一仕事が残っています。『彼女』を解き放ち、エルギス様を『洗脳』の侵食から完全解放させましょう」

「あ……そうでした。最後の仕上げが残っていますね。ですが、方法は見つかったのですか？」

オークション会場でエルギスを構造解析した後、クロイス姫たちにはエルギスの持つ情報全てを伝えてある。もちろん、エルギスの中に眠る『彼女』のことも伝えている。こちらはオークション後にきちんと確認したのだ。

「かなりの荒療治となりますが、私を信じてください」

「わかりました。私たちにはどうにもできませんから、シャーロットに全てお任せします」

ビルクは目まぐるしい状況変化に対応しようと、玉座の隣にじっと直立不動のままでいる。肝心のエルギスは、デッドスクリームの消えた辺りをウロチョロしている。

「そんな……そんな馬鹿な……小娘一人加入しただけで、デッドスクリームが負けた？　……そんな馬鹿なことがあってたまるか⁉　あああぁぁぁーーーデッドスクリーム～どこだ‼」

まさかの現実逃避⁉　通常のクーデターとかなり違った方法で制圧しているから、混乱しているのかもしれない。

「エルギス様、そこを動かないで‼　リジェネレーション、リムーバル！」

ここからは、『構造解析』の情報を信じるしかない。情報通りであれば、エルギスにとって最愛の人が、彼の心の中に眠っている。五年経過しても、『洗脳』の侵食率が百パーセントにならなかったのは、彼女が侵食を抑えていたからだ。でも、ずっと抑えていたせいで、彼女の力が消えかかっている。今ならば間に合う。精神異常を治すリムーバルでエルギスを、リジェネレーションで彼女の魂を回復させる‼　回復後、何かキッカケを与えれば、彼女も目覚めるはずだ。

「なぜ、私に回復魔法を？」

尋ねながらもエルギスは私を見ようとせず、デッドスクリームのいた床を見続けている。

「『洗脳』の侵食から、エルギス様を完全解放するためです。ただし、かなり危険な方法です」

「もう……いい。仮に『洗脳』から完全に解き放たれたとしても、私は全てを失った。もう殺してくれ」

　まずい……生きる気力を失いつつある。クーデターが最善の結果で終結した場合、エルギスをどう裁くかは、既に決定している。クロイス姫が、その処罰を強く望んでいるのだ。だから、ここで自殺されては困る。

「『洗脳』の侵食から解放されれば、あなたの最愛の人『ライラ』さんと再会できるのですが？」

「ライラ？　彼女は死んだ」

　あ、目の中に宿っている光が、微かに強くなった。でも、まだ私と目を合わせてくれない。

「怪我で亡くなったことは存じています。ですが、あなたの中にいるんですよ。『洗脳』スキルを使用すれば使用するほど、性格が変貌していきます。ですが、あなたは五年間スキルを使い続けても、完全には変貌しませんでした。ライラさんが、あなたを守っていたからです」

「ライラが……私を？」

　ここで、やっと私を見てくれた。

「ええ、あなたのことが、よほど気掛かりだったのでしょう。死後、彼女は強い思念を持っていたせいで、ゴースト化しました。そして、あなたに取り憑き、侵食を中から抑えていたんです。『洗脳』による負の感情を得たことで、彼女自身もゴーストとしてBランクの力を持つようになりましたが、侵食率を抑えるため、力のほとんどを使ってしまい、現在は休眠状態に陥っています。彼女の魂を目覚めさせるには、キッカケが必要なんです。ライラさんとの再会を望みますか？」

　さあ、どんな返答がくるかな？

「ライラに会いたい。私は……彼女に謝りたい」

あなたの謝るべき相手は、ここにもいるんだけど、今は問わないでおこう。

「わかりました。それでは、今から……」

「待ってくれ。シャーロット、エルギス、私にも手伝わせてもらえないだろうか？」

　この声の主は、ビルクだ。デッドスクリーム戦以降、エルギスに対しての話し方が、完全に友人口調となっている。

「エルギス様、いかがなさいますか？」

「ビルクにも手伝わせてやってくれ。ビルクは、私とライラのことを察してくれて、色々と動いてくれていた」

「わかりました。ビルク様は、私から見てエルギス様の右側に座ってください。……この辺りが位置的にピッタリですね」

　ビルクは、何がピッタリなのかと不思議そうにしながらも、指定位置に座ってくれた。

「それでは始めます。何があっても、私を信じ、そこから動かないように‼　動けば、死にます」

二人はゆっくり頷(うなず)いてくれた。

「天井にいるゴーストたち‼　あなたたちの束縛を今から解きます。玉座の後方には、二つの巨大バトルアックスがあります。私が何を言いたいのかわかりますね？」

なぜ、これらがここにあるのかな？　てっきり、魔斧研究の研究材料として使われていると思ったのだけど？　もしかしたら有効利用しようと思い、謁見(えっけん)の間(ま)を保管場所にして、研究に使用する際はマジックバッグに入れて持っていくつもりだったのかな？　まあ、なんにしても、これらを活用させてもらおう。

『エルギス……殺す……殺す……殺す殺す殺す殺す殺す殺す。命令が出た‼　いい……いい……その殺し方いい‼　殺す殺す殺す殺す殺す』

私の命令で、ゴーストたちの感情が、一気に膨(ふく)らみ出した。憎(にく)しみの対象がエルギス一人であるためか、三百のゴーストたちの意志が一つとなって、同じ言葉を繰り返す。エルギスを『洗脳』の魔の手から完全解放させるため、少し荒療治になるけど、あのゴーストたちを利用しない手はない。ゴーストたちが壁に縫(ぬ)いつけられている巨大バトルアックスに向かい、固定器具を揺らす。ゴーストの数が多すぎるせいで、バトルアックスが大きく揺れ出した。

「シャーロット……まさか……あ……ああ」

「エルギス、動くな‼　シャーロットを信じるんだ‼」

エルギスもビルクも、これから行われることを理解したのか、身体を大きく震わせている。突入部隊の面々は、壁際へと移動し、二人の行く末を見守っている。

『ガタガタガタ』と震える固定器具が……ついに外れた。そして、二つのバトルアックスがゴーストたちによって操られ、鋭利に研ぎ澄まされた刃が、エルギスとビルクのもとへスウゥゥ～っとゆっくりと落ちてきた。肝心要の二人は、あまりの恐怖で身動きが取れない。このままだと、二人は確実に一刀両断されるだろう。

『死ねえええええええええ～～～！！！』

「「うわあああぁぁぁ～～～～」」

ゴーストたちの声が、謁見の間に響き渡る。巨大バトルアックスが二人に直撃する少し手前で――エルギスの身体が大きく光り、何者かが現れた。

「ダメエエエエエエエ‼」

……ギリギリのところで目覚めてくれた。金の髪色をした二十歳前後の女性ライラさんが、エルギスの身体から出てきて二人の正面に立ち、闇魔法『ダークウォール』を使った。生前のライラさんは魔鬼族だけど、現在の彼女は闇属性と空間属性を兼ね備えたゴーストだから、魔法も使える。

私は幻惑魔法『幻夢』で、このダークウォールを光魔法『ライトウォール』に見えるよう調整した。そして、あの魔法だけでは防げないから、その上に私のライトウォールを本当に重ねておいた。こっちの方が、エルギスやビルク、突入部隊の人たちに幻想的に映るだろう。やらせのような気もするけど、そこは気にしない。

巨大バトルアックスは、光り輝く壁に阻まれ、エルギスとビルクの両脇に轟音とともに落ちた。

「ラ……ライラ」

あ、エルギスから黒い靄が出てきて、空へと駆け上がった。あれが、『洗脳』の侵食なのだろう。オークション会場で見た何かも、『洗脳』の侵食だったのかな？　エルギスの目から、今までのような澱みは感じられない。神秘的な光景とライラさんの登場で、完全に侵食を払拭できたようだ。

「エルギス‼　ビルク‼　大丈夫？」

「ああ……私も……ビルクも大丈夫だ。本当にライラなのか？」

ライラさんは、か弱く儚い顔立ちをしている。男性側から見ると、放っておけないように感じるかもしれない。

「エルギス、私の声が聞こえるの？　私の姿が見えるの？」

「え？　……ああ、はっきりと見えるし、声も聞こえる」

エルギスは、ライラさんのことを把握していなかった。でも、『構造解析』のデータを深く確認していくと、エルギスが時折見る夢の中で、とある女性が彼の所業を止めようとしていることがわかった。でも、肝心の彼が『洗脳』に侵食されていた影響で、姿と声を朧げにしか認識していなかった。そのため、夢から覚めると内容を綺麗さっぱり忘れていたのだ。

解析データも曖昧な内容ではあったけど、その人物が誰であるのかはすぐにわかった。ライラさんは、エルギスに認識されていなくても、必死の思いで彼を侵食から守り続けていた。それだけ、彼女はエルギスを愛しているんだね。

「よかった～、あの呪縛が消えたんだ」

「聖女シャーロットの言った言葉は、本当だった。まさか、ライラとまた会えるなんて……」

ビルクの存在が完全に忘れられているけど、二人にとっては感動の再会だね。本来なら抱き合う場面なのだろうけど、エルギスはゴーストでもあるライラさんに触れられない。……仕方ない、アドバイスしてあげようか。

「エルギス様、身体に闇属性を付与してください。そうすれば、ライラさんと触れ合えます」

エルギスの魔法適性には『闇』もあったから、問題なく付与できる。冒険者や学園生にやり方を教えておいたから、彼にも伝わっているはずだ。

「シャーロット……ありがとう」

ここからは、私もお邪魔虫かな。私は、ゴーストたちのいる玉座付近に移動した。

「ゴーストたち、ごめんね。ライラさんを助け出すため、あなたたちの悪感情を利用させてもらったよ。そして突然で悪いけど、あなたたちを殺したのはエルギス様であって、エルギス様じゃないの。エルギス様は、何者かに操られていたの。あなたたちも、今見たでしょ？　彼の中から、黒い靄が出てきたのを」

三百体のゴーストたちは、私の電撃発表に混乱しているようだ。ここは嘘偽りなく、彼らに真実を教えておこう。

「エルギス様を洗脳した者の正体はわからない。ただ一つ言えるのは、『洗脳』スキルを創り出せる凶悪な何者かが、この世界にいる。あなたたちが何千何万と集まって束になろうとも、絶対に敵わない何者かが……どこかにいる。あなたたちの恨むべき相手は、『そいつ』なんだよ。そこで相談なんだけど、あなたたちの負の感情を私にくれない？　あなたたちを成仏させた後、私があなたたちの恨みを晴らしてあげる」

ゴーストたちが円陣を組んで、ヒソヒソと話し合っている。そして一分とかからず、全員が頷き合い、私を見た。あれは、獣人のゴーストかな？　ゴーストの中で最年長者と思しき老人が、一歩前に出てきた。

『シャーロット様、我々の仇を……討ってください』

私の強さを理解しているからこそ、先程の話を信じてくれた。それに、ここにいるゴーストたちは、エルギスという恨みの対象がいたため、生前の記憶を強く残している。だからこそ、自分たちがこのまま王城の外に出ていった場合の末路も容易に想像できたのだろう。

「デッドスクリーム、出ておいで。あの人たちの負の感情を全て食べてちょうだい」

「お任せを‼」

デッドスクリームが、再度謁見の間に出現すると、ゴーストたちの方へ向き、大きく息を吸い込んだ。すると、ゴーストたちの中から大量のドス黒いものが現れ、次々とデッドスクリームの中に入っていった。五分ほど経過すると、ゴーストたちは負の感情を全て吸い取られ、先程までの恨みの視線が消えていた。

「それじゃあ、あなたたちを成仏させるよ。リフレッシュ‼」

『感謝……します……我々の仇を……どうか……』

私は、上空に浮かぶゴーストたち全員に光魔法『リフレッシュ』を使用すると、天井付近から光の穴が現れた。彼らは粒子へと変化していき、先程の老人ゴーストの声だと思うけど、私に礼を言ってから穴へと消えていった。ふう〜、これで本当に全て終わったよ。

「クロイス姫、これで全て終了です」

ゴーストたちの最後を見届けたクロイス姫は、ほっと息を吐き、私の方へ来た。

「シャーロット、ゴーストたちを成仏させていただき、ありがとうございます」

「いえいえ、デッドスクリームがいなかったら、もう少し手こずっていました」

デッドスクリームはゴースト族に属している。そのため、彼の餌は生物たちの負の感情だ。彼にとっても、ご馳走のはずだ。

「奴らはエルギスをかなり恨んでいたようですな。なかなか、濃厚なお味でした。シャーロット様、早速のご馳走をありがとうございます。我は、これにて失礼いたします」

「うん、ありがとね」

デッドスクリームも消えたことだし、改めてエルギスたちと話をしようかな。私がゴーストとやりとりしている間、エルギス、ビルク、ライラさんは色々と話し合っていた。もう、気分も落ち着いているだろう。クロイス姫も覚悟を決め、エルギスのもとへ向かった。

「エルギス……兄様」

「クロイス……すまない。私は、取り返しのつかない大罪を犯してしまった」

エルギスがクロイス姫に対し、深く深く謝罪した。『洗脳』から完全解放されたことで、性格も元に戻り、これまで犯してきた自分の罪を深く理解したのだろう。『構造解析』で彼の動機を探ると、驚くべきことがわかった。でも、事情を知って同情する部分もあるけど、『王族殺し』は、明らかにやりすぎだ。

『アトカさん、エルギスの声を拡声魔法で王都中に聞かせることは可能ですか？』

『これは簡易型通信機からか？　声の届く最大距離は、自分の最大魔力量と、魔法に込めるMPで大きく変わる。王都一帯だけなら、今の俺の魔力でも届く。……なるほど、エルギスがこの時点で全てを暴露するかもしれないから、王都中の国民に聞かせるのか？』

『はい。私が使用してもいいのですが、関係者の方々に任せた方がいいかなと』

『……そうだな。俺の拡声魔法で、皆に聞こえるようにしておく。……よし、謁見の間にいる皆の声だけを外に聞こえるようにしておいたぞ』

　これで、エルギスの真意を国民に聞かせてあげられる。エルギス自らの言葉で、過去の全てを曝け出してほしい。

25話　エルギスの過去

　緊迫した雰囲気が、謁見の間に満ちている。

「どうして……どうして、皆を殺したのですか‼　ライラさんと結婚したいのであれば、兄様自身が王族を捨て、平民になる手もあったはずです。……どうして……」

　クーデターを始めるための最終会議において、反乱軍には、私の方からそういった事情も全て話してある。でもクロイス姫は、エルギスの口から全てを聞きたいと言っていた。

「クロイス……やはり父上から何も聞かされていないのか」

ネーベリック事件当時で、クロイス姫の年齢は九歳だよね。年齢のことを考慮すると、いくら王族であっても、内情までは聞かせてもらってないのかな。

「クロイスが女王になる以上、兄上、父上、母上が私に対して何を行ったのか……全てを教えねばな。……私は小さい頃から兄上と比べられ、いつも劣等感を抱いていたものの、兄上が王になるのだから、私は兄の補佐として、ジストニス王国に貢献できれば良いと思っていた。私は学園に入学し、多くの友人と知り合い、十五歳の成人となった。王族は成人になった時点で、政策会議への参加が認められる。私も参加し、国民のための政策を必死に考え、提案した」

最終的に家族を憎むほどになるのだから、エルギスにとって相当な出来事が、いくつも発生したんだよね。

「当初、私の打ち出した政策案は、兄上のものと比べると穴だらけだった。だから、私はビルクを含めた周囲にいる友に助けを求めた。皆と考え作り出した政策案は評価され、実際に採用された後も、民から高評価を受けていた。兄上たちも、私を褒めてくれたよ。だが、兄上たちを憎むようになったキッカケとなる事件が、七年前に起きた」

皆の視線がエルギスに集中している。国民も、この話を聞いているだろう。

「当時、サーベント王国との国交をよりよくすべく、皆でいくつかの政策案を出した。そして最終的に私と兄上、二つの案が残り、どちらを採用するか皆が迷った。話し合いの結果、両方の意見を尊重し、サーベント王国の国境付近にある二つの街で私と兄上の政策を実施して、どちらがより多くの利益を生むか試すこととなった」

「その件なら、私もお父様から話を聞いています。当初はエルギス兄様の街が優勢だったけど、最後に王太子でもあるホルトアお兄様の街が、より多くの利益を手にしたはずです」

「表面上はな。二つの街で競争し合うことになるから、私とビルクたちは実施する街に赴き、その街や風土に適した政策案に改良したこともあって、絶対的な自信を持っていたが……負けた。私たちの生み出した政策がどうして敗れたのか、その理由を知りたかった。だから、私は政策に携わった街に再度赴き、そのときの状況をじかに聞いてみたのだ。そうすると、面白いことがわかった」

エルギスはそのときのことを思い出したのか、悔しそうな表情をしている。彼にとって、相当屈辱だったのだろう。

「面白いこと？」

「そうだ。私たちの政策によって、その街の特産品がサーベント王国の各村に円滑に届けられるようになり、またサーベント王国からも魔導具などの資材が街に流れるようになった。その街の経済も発展していき、貧民の数も大きく減少した。だがある日、街とサーベント王国を繋ぐ山道に盗賊が彷徨くようになった。退治しても退治しても、新たな盗賊が現れ、次第に物流は滞り、急速に街は衰えた。解決の目処が立たないまま、政策の運用期間が終了し、集計の結果、兄上の勝利となったのだ。問題は、その後だ。政策終了後、一ヶ月もしないうちに盗賊が忽然と消え、街自体も政策前の活気に戻った。私はその原因を探るため、冒険者ギルドへ内密に依頼し調査させた。結果、驚くべきことがわかったよ。……父上と母上が、ホルトア兄上を勝たせるべく、裏で暗躍していたのだ‼」

「お父様とお母様が⁉　どうしてそんなことを……」

クロイス姫も、私から同じことを聞いていたのに、ものすごく驚いている。やはり、本人の口から語られると、信じざるをえないよね。

「父上と母上は、昔から王太子である兄上に甘かった。兄上自身は確かに優秀な人ではあったが、精神的に脆い部分もあった。だから、私と兄上の政策を実際に競争させることで、王太子としての自信を付けさせようとしたのだ。だが、想定外のことが起こった。兄上の政策は我々のものより苦情が多く、利益もやや少なかった。そのせいで、兄上は日々悩むようになり、食も徐々に細くなっていった。それを知った父上と母上は、裏から手を回したのだ」

「お父様……お母様……なんてことを」

悲しいことに事実なんだよね。どちらも優秀な政策だったけど、わずかにエルギスの方が上回った。当時の国王も王妃も、なんでそんなお馬鹿なことをやったのかな？　他に、やり方はいくらでもあったはずだ。ただの親馬鹿？

「その件以降、私の信頼は失墜し、王太子である兄上は、次期王への盤石な基盤を築くことに成功した。その後、私は『父上たちが私のことをどう思っているのか？』が気になり、部下たちに情報収集してもらった。……ふ、私は部下からの報告書を読んで、愕然としたよ。父上も母上も兄上も、劣等生である自分のことをとっくの昔に見放していたのだ。兄上はそんな私を見て、自分こそが王位に相応しいと、毎日優越感に浸っていた。私自身、兄上より劣っていることを理解していたが、『人を見る目』と『政策の良し悪し』を判別できる力だけは、兄上より優れていた。この力があれば、兄上の補佐として申し分ないはずだと思い、常日頃から努力していたのに……報告書の最後には……父上と母上は兄上の自信喪失を恐れ、私を利用するだけ利用した後、適当な貴族の女と結婚させ、僻地に幽閉する計画を練っていると書かれていた」

かける言葉が見つからない。普通、自分の息子を子供の時点で見限るか？　しかも、エルギスの力は、国にとってかなり重要でしょ？　国王と王妃ならば、国のことを第一に考えろ‼　王太子とエルギスが協力すれば、国はもっと繁栄するでしょ‼　王太子の欠点を直せよ‼　どれだけ王太子を溺愛しているんだよ‼　もしかしたら、王太子もエルギスの力に嫉妬し、両親に打ち明けていたのだろうか？

「その後、私は政策会議への出席をやめた。約一年間、ビルクとともに魔導兵器の開発に力を入れた。どうせ王国の僻地に飛ばされるのなら、魔導兵器を有効利用しようと思ったのだ。私の結婚相手も誰でもいいのならばと思い、兼ねてから想いを寄せていたライラとの結婚を父上に申し出た。だが、父上と母上は、平民との結婚に強く反対した。『平民との結婚など許さぬ』の一点張りだ」

　王族の場合、平民との結婚など、まずありえない。大抵、どこかの貴族と政略結婚させられる。でも、エルギスの状況を考えれば、平民と結婚しても問題ないように思える。

「調査してわかったことだが、父上は私とビルクの研究している魔導兵器に興味を持っていた。この時点で、兄上は欠点を克服しつつあった。しかし、父上と母上は私をこのまま僻地に幽閉しても、最愛の者と結婚すれば、魔導兵器を利用することで僻地を発展させるかもと考えた。そして、兄上が私のその業績を知ると、また自信を喪失するかもと考え、ライラとの結婚を反対したのだ」

　どれだけ王太子に執着しているんだよ‼　こういうのなんて言うんだっけ？　マザコンやファザコンの逆バージョンだ。ていうかさ、国王も王妃も、エルギスの力を恐れているじゃん。エルギスは劣等生なんかじゃない。自身の力は弱いかもしれないけど、周囲の者を惹きつける力がある。彼は彼で、王としての資質を持っている。

「私は、一抹の不安を感じた。父上と母上は、兄上のことしか考えていない。このままでは、暗殺されるのではないかと思った。だから、私は私の処遇について、父上に直談判しに行った。その際、これまで得た調査結果を見せ、私に何を求めているのかを全てぶちまけた。それを踏まえて、ライラとの結婚を認めてくれるよう、再度要求した。そうしたら、どんな返答があったと思う？　『お前は、ホルトアを次期国王にするための生贄になればいい。そのためにも、最愛の者とは結婚するな。一人で僻地に行け』だ。父は悪びれることなく、平然と言い放ったのだ」

酷い……両親のエルギスへの態度が酷すぎる。クロイス姫も、泣いているよ。エルギスへの同情からか、自分の両親の非道さからかわからないけど、大粒の涙を流し、両拳を強く握りしめている。

「このままだと、怒りで父を斬り殺すかもしれないと思い、私は怒りを抱えたまま王城を出ていった。そうして王都を散策しているときに、フードを被った小柄な女と出会ったのだ。どういうわけか、彼女は私に『洗脳』スキルを強く勧めてきた。自暴自棄だった私は金貨三百枚で、そのスキルを買った」

エルギスは、両親に愛を求めていたのかな？　愛されたいがため、自分にできる限りのことをした。でも、その両親からの一言で、全て裏切られてしまった。

「その……『洗脳』スキルで……逆らう貴族たちや女性たちを……洗脳したのですか？」

涙のせいか、クロイス姫の言葉が途切れ途切れとなっている。

「そうだ。『洗脳』スキルという強大な力を身につけたときから、私は変わったのかもしれない。思えば、あのときから王の座に執着するようになった。ただ、父上や母上、兄上を洗脳し、それで王になれたとしても、それでは意味がない。私や私の部下たちが政策を考案し、優秀であることを皆にわからせねばならん。そのため、洗脳した貴族は少数だ。洗脳した女性に関しても、彼女たちを虐げるつもりなどない。ただ、優しく明るく振る舞う彼女たちと接することで、私自身の心を癒したかった。彼女たちの関心を私に向けさせるため、『洗脳』の力をほんの少し使用したに過ぎない」

　エルギスの性格が完全に変貌せず、侵食率を抑えていたのは、ライラさんだけでなく、彼女たちも間接的に関係している。

「ネーベリックの件は、どうなんですか？」

「ネーベリックに関しては、偶然の事故だ。『洗脳』スキルを入手した後、奴隷でもあったネーベリックのもとへ向かい……冷静になるべく、奴に愚痴を言い続けた。奴は、種族進化計画を進めていく上で、重要な実験体だ。だからこそ、地上に出ることは絶対にないと思い、冗談半分で私以外の王族を皆殺しにするよう洗脳したのだ。その後、すぐにネーベリックが巨大化して、王都を蹂躙するとは……考えもしなかった。ネーベリックは私の『洗脳』の影響を受け、まっすぐ王城へと向かい、目障りな父、母、兄を食べてくれた。

この時点で、私の中にある何かが崩壊してしまった。王城でクロイスと出会ったときには、もう私は狂っていたのだ」

事の発端は、前国王と前王妃の常軌を逸した王太子への愛だ。これが原因で、エルギスが歪んでしまった。まあ、これがなくても、ネーベリック襲撃事件は起こっていたけど、王族殺しは回避できたかもしれない。

「前もって……シャーロットから聞いてはいましたが……お父様とお母様がエルギス兄様に対して、そんな非道なことをしていたなんて……やはり……全てが事実だったのですね」

私が話したとき、クロイス姫だけは信じなかったんだよね。

「クロイス、私は全ての罪を受け入れる。『洗脳』スキルの影響下にあったとはいえ、王族を殺したのは事実だ。王族が密かに進めていた種族進化計画、これが原因で、ネーベリックが巨大化し、多くの犠牲者が出てしまった。全ては、私の責任だ。あとは、クロイスの判断に任せる」

「わかりました。ところで、『洗脳』スキルを与えた女の詳細を知りたいのですが？」

「すまん。フードを被っていたこともあって、顔がわからない。名前も知らん」

わかっていたことだけど、手掛かりはゼロだ。多分、精霊様かガーランド様が近日中に、私に接触してくるだろう。そのときに、情報を教えてもらおう。

「そうですか。エルギス兄様、ビルク、あなた方の処遇については、既に決めています」

エルギスは、そっと目を閉じた。そんな彼を見て、ライラさんがそっと彼の右肩に手を置いた。

「エルギス、私はいつまでもあなたのそばにいるわ。あなたが死んだら、二人でどこかに行きましょう」

彼女は、とことんエルギスを愛しているようだ。ゴーストになってでも、添い遂げようとしますか。

「ライラ……ありがとう。ビルク、お前は生きろ。処遇も処刑ではないはずだ。私とライラの分まで生きてくれ」

「エルギス……」

「ごほん、三人とも自分たちの世界に入らないでください。そもそもエルギス兄様の処遇は、公開処刑とかではありません。あなたを王城の離れにある離宮に幽閉し、そこで――」

反乱軍のメンバーたちはこの内容に不服で、公開処刑にすべきだと強く反対していたよね。

「離宮に幽閉だと⁉　クロイス、甘い‼　甘すぎるぞ‼」

エルギスは自分への罰ながら激昂しているけど、きちんとした理由があるのです。

「話を最後まで聞きなさい‼　エルギス兄様には、離宮内でやってもらいたい仕事があるのです。種族進化計画、別名『禿げ撲滅計画』、魔鬼族の中でも、特に貴族の男性は禿げやすい傾向にあります。だから、長年秘密裏に、王族貴族の男性たちは毛生え薬の開発に尽力してきました。この薬の実験体として、ネーベリックは百年も前から、毛生え薬を皮膚に塗られたり、体内に投与され続けていました」

禿げ撲滅計画か……この内容を聞いたら、国民たちも激怒するだろうか？

「ネーベリックがおかしいことに、研究者たちはいち早く気づくべきでした。ザウルス族の寿命は三十年から四十年ほど、それが二倍以上も老化せず生きているということは、ネーベリックの身体に何かが起こっていた証拠です。その謎を放置したまま、毛生え薬の研究に没頭したことで、あの忌まわしい事件が起こりました。そして、現在でも新たな研究施設で、種族進化計画は進められています。この意味がわかりますか？」

クロイス姫は、真剣な口調でエルギスたちに問うている。エルギスは、クロイス姫の真意に気づいているのだろうか？

「つまり、第二第三のネーベリックが、いつかまた現れるということです‼　多大な犠牲を出したにもかかわらず、いまだに研究を続行する人たちの心情が理解できません‼　ですから、エルギス‼　今後、あなたには離宮にて、全ての貴族の洗髪を命じます。なお、『洗髪』スキルに関しては、私も調査しました。貧民街にて、六名のスキル保持者を見つけ、『洗髪』の効果も確認しています。平民たちにも少なからず、禿げで悩んでいる方がいますから、その六名にはきちんとした給与を支払い、平民を洗髪してもらいます。禿げの心配さえなくなれば、もう研究の必要はありません。種族進化計画については、即刻中止させます‼」

　誰も、何も言わない。これで全て解決なんだけど、拍手すらない。当然か。クロイス姫も真剣な口調でエルギスに命じているのだけど、禿げ禿げと連呼しているし、なんというか、内容がね～。不老不死の研究とかで失敗して、凄惨な事件が発生したとかならわかるけど、毛生え薬の研究で起こってるからね～。何がどうなって、ネーベリックがああなったんだろうね？

「そう……だったな。私には、『洗髪』スキルがある。このスキルがあれば、禿げを治療できる。もう……種族進化計画など必要ない。私は、その処遇を受け入れる。一生をかけて、貴族の禿げをなくしていくことを誓おう」

　これから、ず～っと洗髪し続ける罰を受け入れたか。

「それから、もう一つ罰を与えます。あなたは、そちらにいるゴーストのライラさんと結婚しなさい‼　この場合、従魔契約が該当するでしょう。あなたには死ぬまで、ライラさんとともに過ごすことを命じます‼」

　エルギスとライラさんは、この発言に驚いている。ゴーストも魔物に該当するから、従魔契約は可能だ。ゴーストだから、子供を作ることはできないけどね。

「クロイス、良いのか？」

「クロイス様、それは罰ではないのでは……」

うん、ライラさんの言う通り、罰ではない。

「ネーベリック襲撃事件、これはエルギス兄様一人のせいではありません。ネーベリックはいずれ怒りに目覚め、王都を襲撃していたでしょう。いうなれば、種族進化計画に携わった王侯貴族全てが原因です。ですから、これは私なりの贖罪です」

「クロイス……感謝する」

「クロイス様、ありがとうございます」

クロイス姫自らがライラさんの存在を認知することで、王城内の皆もライラさんに危害を加えることはないだろう。彼女が討伐される可能性も考慮して、ここで宣言したんだね。これで、本当に全てが終わった。

私がハーモニック大陸に転移されてすぐに関わることになったネーベリック、それに関係する様々な出来事、色々あったな〜。

やっと、ジストニス王国全土に、平和が訪れる。今頃、トキワさんもこっちに向かっているだろうけど、クーデターも終結したことで、王都内にいる人たちから質問攻めにあっているはずだ。

でも、このネーベリック事件を調査していくうちに、不可解な人物を知ることになった。

『洗脳』スキルをエルギスに売った小柄な女性、彼女の手掛かりは依然としてゼロだ。今後、このスキル販売者を見つけ出さないといけない。まあ、今はクーデター終結の余韻に浸ろうかな。

26話　クーデター終結

エルギス、ビルク、ライラさんが、突入部隊の人たちに、離宮ではなく地下牢へと連行されていった。

王城敷地内の端っこにポツンと建てられている家、それが離宮だ。王族の者がなんらかの軽犯罪に加担した場合、謹慎という名目でこの家に一定期間監禁させる。

二階建ての建物で、中は平民と同程度の設備しかない。これまで豪華絢爛に暮らしていた王族にとって、離宮での暮らしは、酷く屈辱的なものだ。『ここで、しばらく反省していろ‼』という意味合いで建てられたものらしい。

ただ、ここ数十年管理こそされてきたものの、使われた形跡がほとんどないこともあって、建物の耐久性に問題が生じている可能性があるため、数日間検査することになった。

準備が整うまで、エルギス、ビルク、ライラさんは、一時的に牢獄に入れられることになったわけだ。ビルクに関しては、種族進化計画に一切関知していないので、牢獄に入る必要はないんだけど、本人自らの希望で入ることになった。やはり、ビルクは綺麗な魂の持ち主なんだね。ガーランド様は、エルギスの『洗脳』スキルに気づいているのだろうか？　早くお会いして、話を聞きたいところだ。

「シャーロット、お疲れ様でした。あなたやトキワが協力してくれたこともあって、全てが大成功です。それで申し訳ないのですが、『落とし穴トラップ』を片付ける前に、王国の騎士たちに回復魔法をかけてくれませんか？　イミアからの通信によると、彼らは『落とし穴トラップ』により、肉体的にも精神的にもボロボロだそうです。特に、謎の幼女が空から降ってきて、総隊長を一撃で昏倒させたこと、そして邪魔だからと軽くポイっと底に投げ捨てたことに、『俺たちは幼女より弱いのか』と酷くショックを受け、自信を喪失しています……シャーロットのことですよね？」

　クロイス姫は驚くことなく、柔らかな顔で私に返答を求めている。私のやらかしに対する耐性が、日に日についてきているよね。王国軍の方も、『落とし穴トラップ』と私だけで、自信喪失するとは……。

「私です。時間もなかったので、彼らのプライドとかカケラも考えず、ズドンと……。重力魔法『グラビトン』を使ったことにしましょう。私の体重と落下速度、そこに重力魔法を合わせれば、皆も納得してくれます。クロイス姫が女王に即位する際、私が人間であることも明かしますから、騎士の人たちに先に言っておけば問題ありませんよ」

クロイス姫が、やや呆れた表情で私を見ている。騎士団の皆、ごめんね。

「全く、あなたという人は……そうですね。それでいきましょう」

クロイス姫が納得してくれたところで、私は王城中庭に出向き、『落とし穴トラップ』の手前で、回復魔法『リジェネレーション』を反乱軍と王国軍全員に行使した。さすがに、ローション塗れの落とし穴に入りたくない。

魔法の使用中、穴の底にいた王国軍の総隊長さんに謝っておいた。そして、私の正体が人間であることに、総隊長だけでなく他の騎士たちも驚いていたけど、これまでの善行のおかげもあって、嫌われることもなく、好意的に私を見てくれた。

総隊長を倒した攻撃方法に関しては、『私が風魔法で宙に浮いている自分自身に、重力魔法と防御魔法をかけた後、上空から自由落下しただけであって、総隊長は完全無防備状態で、私に直撃されたため気絶したのです』と言っておいた。幼女がただ落ちてくるだけの攻撃でも、重力魔法をかければ威力が増大すること、総隊長に重力魔法をかけて体重を軽していたから、ゴミのようにポイっと簡単に捨てられたことも話すと、皆が重力魔法の利便性を理解してくれた。攻撃方法は全部嘘なんだけど、こう言っておいたほうが良いよね。

「シャーロット、お疲れ様」

私に声をかけてきたのは、アッシュさんとリリヤさんだ。せっかくだから、中庭での戦いを聞いてみよう。

「アッシュさん、リリヤさん、お疲れ様です。王国軍との戦いは、どうでしたか？」

二人とも、微妙な笑みを浮かべている。

「一方的な戦いだった。あの『落とし穴トラップ』、何もかもが優秀すぎる」

あはは、アトカさんたちと徹底的に改良したからね。アッシュさん、私にとっては最高の褒め言葉です。

「落とし穴に落ちた騎士たち、初めは凄い勢いで登ってきたよ。でも、すぐにローションで足を滑らせ、互いに激突し合って、叫び声を上げながら底に落ちていった。あのときは、あまりのズッコケぶりで、皆で大笑いしたんだけど……」

そのときの光景を見たかった〜‼

あれ？　アッシュさんもリリヤさんも、なぜか苦笑いなんだけど？

「あのねシャーロット、私もアッシュも、皆と一緒で笑ちゃったけど……王国軍の騎士たちは、何度も何度も同じように登り続けた。初めは怒りの形相だったけど、体力も精神力もすり減ってきたのか、全員が苦渋の顔となって……。後半からは騎士としてのプライドもかなぐり捨てて、全員が重い装備を全部外して登ってきた。とはいえ、それでも、私たちの投擲攻撃もあって、全体の四割ほどしか進めなかった」

え……総隊長が、結構いいところまで登っていたけど？

「次第に覇気もなくなっていき、最後の方は精根尽き果てて、全員が底で動かなくなったの」

「あの～、それじゃあ、私の見た光景は？」

あれは、何だったの？

「あれが最後の攻撃だったのさ。『落とし穴トラップ』なんかで全滅したら、王国軍の恥となる。だから、全員が最後の力を振り絞り、全てを捨てて、穴からの脱出だけを目指したんだ。僕らは、反乱軍殲滅という目的をかなぐり捨ててでも登ってくる彼らを見て、投擲攻撃をやめた。……でも、一人また一人と脱落していき、最後に総隊長さんを含めた十九名が残った。そこに、シャーロットが降ってきたのさ」

あ‼　そこで私による容赦ない空中攻撃が襲ったのか‼　しかも、その後ポイっと捨てている。

「シャーロットの一撃がトドメだった。君が王城に入った後、誰も戦おうとはしなかった」

事情を一切知らなかったとはいえ、私はその場の空気をぶった斬る行為をしてしまったのか。

「あの……皆さん……申し訳ありませんでした‼」

その後、私は王国軍と反乱軍の人たちに、盛大に謝りました。皆……許してくれたよ。器が大きく、心の優しい人たちで良かった。

……中庭にいる騎士たち全員を完全回復させた後、ローション塗れの王国軍を風魔法で浮かせて、『落とし穴トラップ』から脱出させた。そして、ガンドルさんたちがトラップを解除すると、土が勝手に修復されて、元の中庭に戻った。

クーデターも終わったことで、これからは反乱軍の皆も、王国軍に配属される。元々、知り合いの人たちが多かったのか、皆が和気藹々と話し合っている。死者が出なかったからこそ、こんな雰囲気となるのだろう。そんなとき、大勢の人たちが王城入口に向かって歩いてきた。その中心にいるのは……トキワさんだ。

大勢の騎士たちが、彼のもとへ駆けつけた。ネーベリックの討伐、これは王国の悲願でもあったため、真の英雄であるトキワさんを褒め称え、胴上げしている。あの戦いの真相を知っているのは反乱軍のみ。そのため胴上げに参加しているのは、王国軍の騎士たちだ。

『シャーロット、トキワ、準備が整い次第、クーデター終息宣言をします。迎えの者がそちらへ行きますので、その人たちの指示に従って、王城内へと入ってください。トキワの先導もあって、大勢の平民たちが王城へと向かっているようです』

クロイス姫からの通信だ。トキワさんも通信を聞いたのか、騎士の人たちに話しかけ、私の方へ来てくれた。それじゃあ、締めといきましょう!!

○○○

私とトキワさんが王城に入ると、すぐにメイドさんたちが駆けつけてきた。なんでも、クロイス姫はクーデター終結宣言と同時に、新たな王として即位することも宣言するらしい。現在、彼女は、王に相応しいメイクと服装に着替えているとのこと。

そして、そこに出席する私とトキワさんも、『クロイス姫の隣に相応しい服装に着替えてもらえませんか』と言われ、急遽衣装が用意されている部屋へと移動することになった。

別々の部屋で衣装チェンジが行われ、私の顔にも軽く化粧が施され、それと同時に髪も綺麗に整えられていく。

所要時間四十分ほどの突貫作業が終了し、私は鏡で自分の姿を確認すると『嘘……これが私なの？』と自問自答するほど、可愛く気品溢れるワンピースドレスを着た自分自身が目の前にいた。自分の姿にドギマギしながら部屋を出ると、ちょうどトキワさんも終わったらしく、互いの目が合う。

トキワさんは、ネーベリック戦で乱れた髪形が綺麗に整えられ、顔にも軽く化粧が施され、かなり上質なフォーマルスーツを着用し、非常に凛々しい姿となっている。

私たちは互いの見違えるような姿を見て、言葉をなくした。たった四十分で、私たちをここまで気品溢れる姿に変身させたメイドさんたち……プロだよ。

私もトキワさんも、メイドさんたちにしっかり感謝の言葉を伝え、彼女たちとともに、クロイス姫のいる部屋へと向かった。

正装へと着替えた私たちは、王城正門から見える豪華なバルコニーがある隣室へと移動し、ソファーに座っている。対面にいるのは、綺麗にメイクされたクロイス姫だ。その後方に、アトカさんとイミアさんが護衛として控えている。

クロイス姫はクーデター時とは服装も変化し、女王に相応しいものとなっている。元王妃様がクロイス姫にと、これまで着ていた自分の服を残していたそうだ。今回、その中でも一際目立つドレスを選び、これから皆の前に立とうとしている。クロイス姫は、冷たい飲み物を一口だけ飲み、ほっと息を吐いてから私たちを見た。

「トキワ、シャーロット、クーデターに参加していただき、ありがとうございます。先程、貴族エリアにいる種族たちからも、通信が入りました。我々反乱軍の方は軽傷のみ、死傷者が貴族の方で少数出ましたが、種族進化計画と戦争に大きく関わる貴族たちの捕縛には成功したそうです。結局、殲滅はしなかったのですね。正直なところ、血が流れるのは最小限で済んで、安堵しております。貴族たちは私の女王即位宣言が終わった後、地下牢へと収監されるでしょう」

レドルカやザンギフさんたちの方も、無事終わったか。魔法を使える反乱軍側が圧倒的に有利だから、死者は出ないと思っていた。

「こういう場はあまり慣れていないので、中途半端な敬語になると思いますが？」

「トキワ、それで構いませんよ」

「クーデターも無事終結したことだし、俺は冒険者稼業に戻ります。シャーロットのおかげで、新たな武器も手に入った。こいつの力を存分に発揮できる場所を見つけたい」

　トキワさんは、自身の武器が収納されているマジックバッグに、手を置いた。一般人が王城内で帯刀していたら、地下牢行きとなる。それにしても、トキワさんは本当に戦闘狂だよね。

「クーデターに参加していただいた褒美の件もあります。女王に即位後、しばらくの間忙しくなりますから、トキワは『武器屋スミレ』を拠点にし、王都内にいてください。用意が整い次第、使者を送ります。その後、冒険者稼業に戻ってくださいね。次に、シャーロットの方なんですが――」

　褒美か～、私は転移石さえ貰えれば満足だ。それさえあれば、長距離転移魔法を習得しなくても故郷へ帰れる。

「あなたも早くご両親のもとへ帰還したいでしょうから、宝物庫にある転移石の数を、先程アトカに確認してもらいました」

　クロイス姫、クーデターが終わったばかりなのに、もう確認してくれたの‼　これは嬉

しい‼

「その……転移石は……」

あれ、どうしたのかな？　クロイス姫もアトカさんもイミアさんも、なぜか沈痛な顔つきだ。今さらになって、『一個しかないからあげられません』だけはやめてほしいのだけど？

「宝物庫に保管されていたはずの転移石五個が、全て盗まれていました‼」

「はあ⁉」

五個あったけど、都合良く盗難⁉　クロイス姫たちに限って、嘘は吐かないだろうけど……

「本当です‼　嘘なんかついていません‼　どこを探しても、リストに記載されている転移石が見つからないのです‼　誰かが侵入した形跡もありません。それに転移石だけでなく、空間魔法関係の魔導具四点も紛失しています‼」

エルディア王国でも、子供のイザベルが宝物庫から転移石を盗んでいた。ここでも、誰かが侵入したと考えるべきか。……盗んだ奴をぶん殴りたい‼　せっかく家族と再会できると思ったのに‼　仕方ない、頭を切り替えよう。幸い、アッシュさん経由で古代遺跡のことを聞いている。まだ、望みはある。

「……かなりショックなことですが、ないものは仕方ありません。長距離転移魔法の習得を目指します。トキワさんから教わったのですが、古代遺跡の最下層に行けば、古代の貴重な情報が石碑に刻まれているそうです。次の目的地は、『古代遺跡ナルカトナ』ですね」

「本当に申し訳ありません‼　宝物庫の盗難事件も、きちんと調査します。詳細がわかり次第、教えます‼」

　期待薄だろうな～。宝物庫から盗むくらいだから、手掛かりなんか残すわけないよね。でも、ちょこっとだけ期待しておこう。

「シャーロット、すまん‼　後で、エルギスやビルクにも事情聴取するつもりだ。間違っても、お前をここにいさせるための嘘じゃないからな」

「シャーロット、ごめんね」

　アトカさんもイミアさんも、両手を揃えて平謝りしている。

「アトカさん、イミアさん、安心してください。『構造解析』とかしなくても、あなた方を信用しています。盗難事件の進展があったら教えてください。そろそろ、バルコニーに出ますか？　中庭から、賑やかな声が聞こえてきますよ」

　クーデターが終わった直後だし、ガックリくる話は中断しよう。盗まれたものは、多分もう返ってこないからね。私たちが話し合っているうちに、中庭から聞こえてくる声のボリュームが、どんどん大きくなっている。相当数の人が集まっているのだろう。

「ああ……そろそろ頃合いか。クロイス、頼んだぞ」

「ええ、女王の即位宣言を行いましょう」

私とトキワさんもバルコニーへ出て中庭を眺めると、そこには数え切れないほどの人が集まっていた。私たちを確認したからか、凄い歓声が湧き上がった。地球のとある国の大統領演説ともなると、数千いや数万人規模の大群衆が押し寄せていたはずだ。それには及ばないけど、これだけの群衆を見るのは、私も初めてだ。

「クロイス姫だ、間違いない‼　あんな小さかった姫が、立派になられて……」

「本物だ……生きていたのか」

「トキワ様の横にいる小さな女の子は、シャーロットちゃんよ‼」

「あら？　あの子の頭に角がないわ。まさか……人間？」

多くの群衆が、クロイス姫、トキワさん、私を見ている。ふふふ、今の私は変異を解いて、人間の状態だ。驚くのも無理ないよね。

「トキワさん、凄い数ですね。何人いるんでしょうか？」

「さあな。シャーロット、お前は『人間』と『聖女』ということもあって、これから俺と同じで注目されるぞ」

「エルディア王国とここで色々ありましたから、注目されることには慣れちゃいました。私自身が増長しないよう気をつけます」

もし前世の記憶がない状態で今の状況に陥っていたら、まず間違いなく増長し、性格も歪んでいただろう。

「お前は何歳なんだよ⁉　七歳の子供の言葉だとは思えないぞ？」

あれれ？　トキワさんから呆れられちゃったよ。確かに今のセリフ、七歳の子供なら言わないかな。おっと、これからクロイス姫が演説するから、あの魔法をかけておこう。

「クロイス姫、念のためダークアブソーブをかけておきます。こういう状況こそが一番、魔導ライフルで狙撃されやすいんです」

周囲に高い建物もあるし、一応警戒しておこう。

「シャーロット、ありがとうございます。もう大丈夫だと思いますが、魔導兵器が完全になくなったわけではありませんからね。それでは始めます。アトカ、拡声魔法を」

「わかった」

雰囲気を感じ取ったのか、さっきまでの賑やかさが嘘のように、皆の声がピタリとやんだ。

「国民よ、聞きなさい‼　あなたたちは、トキワとネーベリックの会話、私とエルギスの会話から、闇で何が行われてきたのか、全ての事情を知ったはずです。王族抹殺、怨敵ネーベリック、種族進化計画、全ての全貌が明らかとなり、全てを解決に導くことができました。私たちを最善の道へと導いてくれたのが、こちらにいるトキワ・ミカイツと、人間の聖女シャーロット・エルバランです。トキワがネーベリックの討伐を、シャーロット

が聖女の力を駆使して種族進化計画の全貌を暴き、長年抱え込んでいた全ての闇を払い除けることに成功しました‼　今このときをもって、ジストニス王国に真の平和が訪れたのです‼」

　トキワさんのネーベリック討伐は、つい先程のことだから皆も理解しているけど、私の方は一切言ってないから驚いている。一人の幼女だけで全貌を暴けるはずがないと思うから、クロイス姫も『聖女の力を駆使した』と言ったんだね。そっちの方が説得力がある。

　全てを理解したのか、私とトキワさんは群衆から、恐ろしいほどの声量で喝采を浴びている。人間、エルフ、ドワーフ、獣人たちへの差別も、この一件で緩和してほしい。クーデター直前の最終会議にて、クロイス姫も私に言っていた。

『クーデター終結後、シャーロットが人間であることを明かしても構いませんか？　現在、シャーロットの噂は王都全土に広まり、「治療」「料理」「魔法」「スキル」の四つの観点から、あなたの評価は非常に高いものとなっています。あなたを利用する形となって申し訳ありませんが、四種族の差別を少しでも減らしたいのです』

　私は、この提案を承諾した。私としても、差別をなくしたいからだ。群衆の熱気が最高潮に達している今ならば、クロイス姫の言葉も皆の心に浸透し、差別意識も多少緩和するんじゃないかな？

「私、クロイス・ジストニスは、この国を統治する新たな王になることを宣言し、あらゆる害意からこの国を護ることを誓いましょう‼　そして準備が整い次第、魔剛障壁を解除し、周辺国家とも友好関係を築いていきます‼」

　今この瞬間、新たな歴史の一ページが、この国に刻まれた。クロイス女王の誕生だ。私は完全に聖女扱いされるけど、普通に冒険させてもらおう。クロイス女王とアトカさんが、貴族たちに私の事情を話し、説得すると言ってくれたから問題ないはずだ。

『『『『クロイス〜〜おめでとう〜〜』』』』

　え……上空から声？

「皆、上空を見ろ‼　あれは精霊様だ‼　それも凄い数だ‼」

「本当だわ‼　凄く神秘的な光景〜」

　群衆全員が、一斉に上空を見たので、私たちも同じ方向を見た。すると……全ての属性の精霊様が顕現していたのだ。精霊様たちが顕現した際、必ずその周囲には精霊様の持つ属性の色が漂う。火なら赤、水なら青、土なら茶、風なら銀、木なら緑、雷なら黄、空間なら紫、光なら白、闇なら黒だ。今、これらの色合いをした光る粒子が、上空から中庭全体へ、大量に降り注いでいる。本当に凄く神秘的な光景だ。

「なんて……綺麗な光景。精霊様、シャーロットのおかげで、ジストニス王国が救われました。今後、国内を発展させていき、他の国々とも友好を深めていこうと思います」

『うん、上からずっと見てたよ〜〜。頑張ったご褒美として、今から魔鬼族全員の状態異常「魔法封印」を解除してあげる。ガーランド様もよくやったと褒めていたよ～～』

精霊様の数が多すぎて、誰が話しているのか全くわからない。でも、あのときの約束を果たしてくれたんだ‼　魔法が解禁されれば、多くの人たちが生活しやすくなる。中庭にいる人たちも、自分たちのステータスウィンドウを開いて確認している。そして、状態異常がなくなっていることを知って、全員が隣同士の人たちと抱き合い、歓喜の声を上げている。

『これからは、クロイスが女王として頑張ってね。君なら、この国をよりよく発展させていけるはずだよ。私たちもずっと応援しているから、頑張ってね～～』

「はい、ありがとうございます‼」

精霊様たちは、上空を飛び回りながらクロイス女王に語りかけた。その都度、光の粒子が舞い上がる。夜の時間帯であれば、今以上の素晴らしい光景となっていただろう。あれ？　光精霊様が私の隣に飛んできた。

『シャーロット、お疲れ様。ガーランド様からの伝言を伝えに来たよ。今日の夜、あなたが寝たとき、イザベルの現状、スキル販売者、『鬼神変化』のことで話し合おうだって』

ほっ、よかった。ちゃんと見てくれていたんだ。これで、気になっていた点を知ることができる。

「わかりました。お会いできるのを楽しみにしています、と伝えてもらえませんか？」

『ええ、伝えておくわ。それじゃあ、私たちはそろそろ消えるね』

光精霊様がそう言うと同時に、上空にいた精霊様たちが一斉に消えた。全ての属性の精霊様が集まり、クロイス女王の誕生を祝福してくれた。多くの国民が、その光景を目撃している。この出来事は、間違いなく後世に語り継がれるだろう。多分、『クロイス革命』とか、『クロイスの反乱』とかいう名称で、歴史に刻まれるんじゃないかな？

全ての魔導兵器が温泉兵器に編集可能となった。また、ビルクが正常に戻ったことで、今後彼と話し合い、魔導兵器の原理や製作方法を記した書類などを焼却していく手筈となっている。エルギスの方には、ライラさんがいる。離宮に幽閉されても、二人ならば問題を起こすことなく、貴族たちを洗髪していけるだろう。

ジストニス王国は、もう大丈夫だ。私の役割は完全に終わった。

エピローグ　ガーランドとの会談

精霊様からの祝福もあって、ジストニス王国の新たな女王の誕生は、瞬く間に周囲に伝わっていった。クロイス女王は、貴族エリアでの被害状況と捕縛された者たちを詳細に知るため、クーデターに協力してもらったザウルス族、ダークエルフ族、鳥人族、獣猿族たちと話し合うことになった。早速女王としての仕事を実施するようだ。

全てが落ち着いたら、私も鳥人族や獣猿族に会ってみたい。

女王即位宣言の後、トキワさんはスミレさんの家に帰っていった。私はアッシュさんとリリヤさんとともに、王城を出て昼食を摂るため、飲食店の多い市場付近を訪れた。すると、大勢の人が周囲の露店などに集まっていて、かなりの賑やかさとなっていた。私を見るやいなや、あちこちからお礼の声が聞こえてきた。

私は人間へ、アッシュさんとリリヤさんも変異を解き、元の姿へと戻っているけど、忌避感を持つ人は誰一人いなかった。せっかくなので、もっと喜んでもらおうと思い、近くの露店の主人にお願いして、鉄板を借りて新作料理を披露した。料理名は、『トンペイ焼』だ。オークの肉、新鮮なウケッコウ鳥の卵、ネギ、専用ダレを駆使して、ささっと調理しちゃったよ。この料理のおかげもあって、より一層賑やかとなり、私たちは食べ歩きツアーをして、昼食を済ませた。

お腹を膨らませ、貧民街に戻ると、ここでも多くの人たちから大歓声を浴びた。貧民街では、『ミスリルの屑からミスリルへの再生』『新作料理の作成』『簡易温泉施設』『「洗濯」から「洗髪」への構造編集』と色々行ったことで、彼らの生活環境を良い意味で激変させてしまった。

二百年前の戦争のせいで、現在産出されるヒヒイロカネやオリハルコンといった希少金属の量はごくわずかだ。そのため、この二種類の武器防具類のほとんどが、ダンジョン産となっており、値段もかなり高い。

アダマンタイトやミスリルの産出量はヒヒイロカネよりも多いけど、それでも鉄や銅などと比べると少ない。だから、今回提供した技術で、ミスリルの流通量がある程度向上すれば、徐々に値段も下がるだろう。その流通量を支えるのは、今後貧民街の人たちとなる。

多分、数年もしないうちに、ここの通り一帯が貧民街という名前から脱却するだろう。周囲にいる人たちの和やかな笑顔からは、悲愴感が一切感じられないや。私たちはそんな貧民街の人たちにこれまで備蓄していた魔物の肉をいくつか提供して、クーデター成功を夜遅くまで祝った。私は、夜十時くらいで寝落ちしたと思う。

○○○

ふと目を開けると、私はいつもガーランド様と会談する部屋のソファーに座っていた。対面に、ガーランド様はいなかった。おかしいと思い、周囲を見回すと、私から見て右側にいて、なぜか床の上で土下座していた。なぜ、土下座しているのだろうか？

「申し訳ない‼」

転移前の光景を思い出す。あのときは、ミスラテル様もいたけどね。

「ガーランド様、お久しぶりです」

「久しぶりだね」

「なぜ、土下座を？」

イザベルの件以外で、ガーランド様が土下座するほどの事態が発生していたかな？

「シャーロットがハーモニック大陸に転移されて以降、私はイザベルやイムノブーストの件もあって、ステータスシステムを大幅に強化してから精霊たちとともに、どこかに綻びが生じていないか、ずっとチェックを行っていた」

ミスラテル様から注意されたこともあって、精霊たちと協力して、システムの強化や検査を実施していたんだ。この様子から察すると……

「私に対して、土下座することが見つかったんですね？」

「その通り……オーキスの件だよ」

「オーキス？　……あ、まさか称号の『弱者』は⁉」

オーキスの件は、既に解決していたことなので、彼の存在を完全に忘れていた。

「あれは私のミスだ。浄化された新鮮な魂にステータスを入力する際、称号『勇者』の箇所を『弱者』と誤入力されていることに気づかず、転生させてしまったんだ」

おい‼　どうやったら、『勇者』と『弱者』を誤入力するんだよ‼　ひらがなやローマ字入力でも、そんなミスを起こさないよ‼

「それじゃあ、オーキスは元々勇者だったんですか？　私は何も知らずに、ガーランド様のミスをフォローしていたということですか？」

「実は、そうなんだ。いや〜私も再調査して、その事実を知ったときは驚いたよ」

なんで、軽く言うかな？　無性にこいつを殴りたい‼

「君が、私を殴りたい気持ちはわかる。私自身、どれだけ仕事をいい加減に行っていたのかがわかった」

毎回毎回、心を読むなよ‼

「……気づいただけ、よしとしましょう。とりあえず、対面のソファーに座ってください」

はあ〜やってくれるよ。元々、オーキスが勇者だったなんて……あれ？　天然の勇者がいるのなら、対極的な位置にいる魔王のような存在もいるのでは？

「ガーランド様、まさか『魔王』のような存在もいるのですか？」

「それは……君自身で調査すればいい」

調査……か。既に情報は、地上のどこかに撒かれている。知りたければ、自分の力で知れということか。でも、手掛かりがない以上、冒険しながら情報を集めていくしかない。

「わかりました。自分で情報を集めていきます。アストレカ大陸の話になっていますから、次はイザベルの件を聞きたいです」

「理解が早くて助かる。君の故郷でもあるエルディア王国にて、大きな進展があった」

進展⁉　イザベルが捕縛された？　もしくは国外に逃亡した？

「君の専属メイドであるマリル・クレイトンが、国内に潜伏中のイザベルを探し出すことに成功した。彼女はマリルに説得され改心したよ」

えぇ！！！！　マリルがイザベルを探し出して説得した～⁉　最後に見たときのイザベルは、自分の罪を背負いきれなくて、完全に我を忘れている状態だった。

「狂気に取り憑かれたイザベルをよく説得できましたね？」

「イザベルの前世である女性は、特殊な家庭環境の中で育った。彼女は、家族によって殺されたといっても過言ではない。そのため転生初期の時点から、性格も歪んでいた。そして、マリル自身も特殊な事情を抱えている。マリルがイザベルを親身になって怒り、自分の事情を話したことで、イザベルも我を取り戻し、自分が間違っていることに気づいたんだ」

イザベルの前世、悲劇的な最後だったのか。マリルの家族はブルーノ以外、盗賊に殺されている。そんな事情を持つ彼女だからこそ、イザベルを救えたんだね。でも、イザベルが改心しても、あれだけの大罪を犯したら……

「イザベルは処刑されたのですか？」

「彼女は聖女の力を有しているから、一般人よりも魔力量が多い。このまま処刑するのは惜しいという意見が、多数出てね。表向きは、公開処刑により『死亡』扱いとなっている。イザベルが生きていることを知られないようにするため、幻惑魔法『トランスフォーム』で彼女を別人に変装させた後、『聖女代理』という名目で、王都の教会に住み込みながら働いている。現在、彼女は心を入れ替え、性格もかなり変化し、人々から頼られる存在になりつつある」

へ～彼女なりに反省して、教会で働いているんだ。姿も性格も変化しているのなら、私がイザベルと再会しても気づかないかもしれない。

「イザベルの問題も、無事解決して良かったです」

「現在でも、マリルたちはシャーロットの行方を探している。君さえ見つかれば、全て解決となる」

あとは、私だけか。でも、転移石がない以上、早期解決は無理そうだ。

「転移石は王城にありませんでした。落ち着いたら、新たな冒険の旅に出ようと思います」

なんとしても、長距離転移魔法を習得せねば‼

「シャーロット、君は転生者の記憶持ちなためか、七歳なのに全く泣かないし、表情も子供の割に少し乏しい。今後も冒険を続けるのなら、もう少し子供らしくした方が良い」

子供らしく……か。転移させられて以降、そういった子供の演技を一切していない。トキワさんも、『七歳か⁉』と驚いていたぐらいだ。ここはガーランド様の忠告を素直に受け取り、自分なりに気をつけておこう。

「わかりました。今後は、子供らしい一面も見せておきます」

「うん、良い返事だ。話は変わるが、もう気づいているようだけど、君の製造した金属は、ミスリルとかけ離れたものになっているから『ホワイトメタル』という名称に変更しておいた。今後、ホワイトメタルを世間に広めたらダメだ。あの金属は騒動のもとになる。戦争のキッカケにもなりうる」

「トキワさんやスミレさんからも忠告されました。今後、無闇(むやみ)に話さないことを誓います」

これは仕方ないよね。ホワイトメタルは、オリハルコンと同レベルの硬度と魔力伝導性を有しているのだから。

「君は本当に素直だ。だからこそ、信頼できる。次は、ジストニス王国について話し合おう。まずは、何を聞きたい？」

初めは、『鬼神変化』について知りたいかな。アッシュさん経由で、由来は聞いた。このスキルは強力なだけに、暴走したらかなり危険だ。それにリリヤさんの性格がイザベルのように歪(ゆが)んでしまった場合、ネーベリック以上の脅威(きょうい)にもなりうる。

「まず、お聞きしたいのは、『鬼神変化』ですね」

「『鬼神変化』か……懐かしい。このスキルを制作したとき、惑星管理者は私ともう一人いた」

　惑星管理者が、ガーランド様以外にもいたんだ⁉

「その神は地球出身で、鬼神の力を有していた。鬼人族たちは、妖魔の力を受け入れることで、新たな力を得ようとしていた。彼がその発想を面白がって、ユニークスキル『鬼神変化』を制作し、鬼人族に与えた。ただし、妖魔の血を受け継ぐ鬼人族全員がこのスキルを持つと、他の種族とのパワーバランスが大きく崩れてしまう。だから、彼は三体の妖魔の血を受け継ぐ子供たちの中でも、潜在的に妖魔に対して耐性を持つ者と魂に澱みを持たない者の中から、常に三人だけを選び出し、『鬼神変化』スキルを与えるシステムを作り出した。暴走状態に陥っても数分ほどで力尽きるから、世界を滅ぼすこともない。また、スキルを所持して以降、魂の澱みが一定値を超えた場合、このスキルは消滅する仕組みとなっている。だから、ネーベリックのような暴走行為は起こらない。ただ、妖魔の力に対し耐性を持つ者は、年々少なくなっている」

　年数が経過するほど、妖魔三体の血を持つ子孫は増えていく。その中で、条件の揃った三人だけが、『鬼神変化』スキルを習得できるのか。数世代おきにしか、スキル保持者が現れない理由は、このシステムのためか。それに、魂の澱みも計算に入れていたとは。その部分は、『構造解析』に記載されていなかった。……いや記載されていたけど、私が見落としたんだな。

「私も、あの方には色々と教わったよ」

「その鬼神様は、地球に戻ったのですか？」

「彼は、私の指導者でもあった。惑星管理について多くのことを教わった後、彼は地球に戻ったよ。たまに、私も連絡を入れている」

ガーランド様の指導者が、地球の鬼神様だったのね。だから、地球繋がりの転生者もいるし、ミスラテル様とも知り合いだったのか。ガーランド様のいい加減さを鬼神様に知らせたいよ。

「シャーロット、ミスラテルからも警告されている。だからこそ、私は初心に戻り、精霊たちと協力して仕事を行っている」

警告……か。ガーランド様も鬼神様に叱られたくないのか。ある意味、ガーランド様の弱点になるのかな。

「『鬼神変化』についてはわかりました。次はエルギスの件ですね。エルギスもビルクも『洗脳』から解放されたため、性格も元に戻ったと思います。ですから、彼らの処遇も甘いものになっていますが、いかがでしょうか？」

「そちらに関しては、私も確認している。エルギスにとっては、ある意味悲惨な罰だろう。ビルクもあの状態ならば、魔導兵器を隠れて開発することはない。君は、彼を温泉兵器の責任者に仕立て上げようと画策しているようだね。面白いから、そのまま進めていくといい」

やった‼　了解を貰えた‼　処遇が甘いと言われたら、どうしようかなと思った。それじゃあ、次は『禿げ』について質問しよう。

「魔鬼族だけが、どうして禿げやすいのですか？」

「禿げ……か。『洗髪』スキルもできたことだし、あの呪いも完全に消え去るだろう。今の魔鬼族ならば問題ない」

は？　呪い？　どういうこと？　質問の答えになっていない。

「ああ、すまない。その質問には答えられない。今の君ならば、いずれ真実に辿り着く。君自身の力で知るといい。『洗髪』に関しても、新たにユニークスキルとして制作しておいた。今後、スキル習得者も世界各地で増えていき、禿げで悩む人も少なくなるだろう」

『洗髪』スキル保持者が増えていくのはいいとして、『魔鬼族の禿げ』に関しては、地上のどこかに資料として存在しているのか。これは、別に知る必要のないことなんだけど、一応頭に留めておこう。

「配慮していただき、ありがとうございます。次は、本題でもある『スキル販売者』ですね」

スキル販売者と口にした途端、ガーランド様の顔に陰りが生じた。エルギスを構造解析したとき、『洗脳』スキルの欄において、ガーランド様がこのスキルの制作者を捜索していると記載されていた。この様子からすると、何か情報を得られたのかな？

「これに関しては、私も想定外だ。……当初、私はエルギスの『洗脳』スキルを把握していなかった。そのため、奴もビルクも、職場環境の影響で歪んだ性格に変化したと思っていた。だが、システムチェックによる再調査で、エルギスのステータス欄にエラーが発見され、そのエラーを再解析すると『洗脳』スキルとなっていたから驚いたよ。そもそも『催眠』スキルは存在するが、『洗脳』スキルというものを制作していない。誰がこのスキルを制作したのか、どんなに解析してもその情報を得ることもできなかった。スキルを制作するほどの何者かが、私のシステムに侵入しているとみて間違いない」

『構造解析』で得られた通り、ガーランド様も把握していないのか。スキルを制作するぐらいだから、相手は神？　もし、そうならば、同じ神であるガーランド様でしか対処できない。

「スキル販売者に繋がる手掛かりは、何一つないのですか？　五年前の映像から割り出せるのでは？」

　ガーランド様ならば、そういったチート行為も余裕でできるはずだ。

「一つだけある。エルギスがスキル販売者と接触した際の映像にのみ、奴の全体像が映っていた。……これだ」

ガーランド様が右手で何かをしたと思ったら、私から見て左側の空中に、映像が映し出された。そこには、エルギスとスキル販売者らしき人物が映っているのだけど……

「ガーランド様、スキル販売者の全体像をなぜぼかしているのですか？　まるでプライバシーを守っているかのように見えるのですが？」

この感じ……地球の日本でいうと、『顔出しは控えさせてください』と言われたときの対処方法に似ている。この映像では、顔だけでなく、全体がボカされているせいで、種族も性別もわからない。

「決してふざけているわけではない。どの角度から見ても、スキル販売者だけが、このように不鮮明な映像となっていて、解析しても何の情報も得られない。エルギスと別れた後、スキル販売者は転移魔法でどこかに消えた。それ以降、奴の足取りが全く掴めない」

この不鮮明な映像、まるでスキル販売者を守るためのバリアのように感じる。多分、『構造解析』も通用しない。たとえ通用しても、それは偽装されたデータかもしれない。

「スキル販売者の目的は不明だが、奴がエルディア王国とジストニス王国の件を知れば、シャーロットに興味を持つだろう。そう遠くないうちに、君と接触するかもしれない。その場合、私自らが君を通して、奴の存在を再確認し、そこから素性を暴き出せる。正体不明である以上、君は何も気にすることなく、これからも自由に冒険していなさい」

そうか……話題性を考えれば、私自身が囮となることも可能か。それに、スキル販売者は私に興味を持って接触してくるだけで、危害を加えてくるわけじゃない。正体不明である以上、誰がスキル販売者かもわからない。ガーランド様の言う通り、気にせず次の目的地である古代遺跡『ナルカトナ』に行こう。

「ガーランド様、私がスキル販売者と接触したら教えてくださいね」

「わかった、すぐに知らせよう。……君を巻き込んでしまい申し訳ない。現状、地上において頼れるのは、シャーロットだけだ。だからこそ、忠告する。今後、無闇に人と喧嘩してはいけない。相手がスキル販売者だった場合、強さも未知数で、正体不明のスキルを持っているだろう。例えば、全ステータスをリセットできるチートスキルを所持していたら、君でも危険だ。迂闊な行動は控えるように」

なるほど、一理ある。全てが謎である以上、対処しようがない。今後、気をつけないといけない。あ、それなら‼

「そうですね、心掛けておきます。私からもお願いがあるのですが？」

「何かな？」

「ステータス数値の表示を四桁にしてくれませんか？　自分の正確な強さを知りたいです」

スキル販売者と遭遇する確率が高い以上、自分自身を知っておかないといけない。

「それくらいならば構わない。今後、９９９を突破した者に関しては、上限を９９９９に引き上げよう。現状、９９９を突破しているのは、シャーロットとコウヤ・イチノイだけだが、今後も増えてくるだろう。朝起きたら確認するといい。現状の数値を見て驚くと思うよ。君は慢心せず、強さを求めていたからね」

おお、やっと正確な数値がわかる。朝が楽しみだ。

「君のおかげで、『スキル販売者』という私にも察知できなかった存在を知ることができた。ご褒美として、一つ良いことを教えてあげよう」

良いこと？　なんだろうか？

「『長距離転移魔法』と『転移の基点となる座標』。これらはハーモニック大陸のどこかの石碑に刻まれている。その石碑に到達できれば、君も長距離転移魔法を習得できるだろう」

なんですとーーーーー⁉　それは嬉しい情報だ‼

「ガーランド様、ありがとうございます‼　必ず探し出してみせます‼」

「そろそろ時間のようだ。明日以降、君にとって新たな冒険が待っている。あまり、派手にやりすぎないように」

「わかりました。クロイス女王やアトカさんたちにも注意されていますから、十分に気をつけて旅を続けていきます‼」

クーデターも終結し、ジストニス王国に平和が訪れたけど、『スキル販売者』という暗雲が、まだ残っている。しかも、ガーランド様でも把握できない正体不明の異様な存在だ。私の敵となりうるのか気になるところではあるけど、私は自由に冒険を続けていこう。まずは、古代遺跡『ナルカトナ』の最下層にある石碑を目指す!!

あとがき

この度は文庫版『元構造解析研究者の異世界冒険譚4』を手にとっていただき、誠にありがとうございます。作者の犬社護です。

この四巻にて、クロイス率いる反乱軍は、主人公シャーロットやトキワの力を借りることで、クーデターを成功させ、エルギスが指揮する王国軍を打ち破り、ジストニス王国に真の平和をもたらします。結末自体はウェブ版と同等ですが、今回は三巻以上に大幅な改稿を実施しました。その理由はウェブ版連載時に、四巻の該当範囲に相当する物語と読者の感想を見直したところ、良い点より悪い点の方が多いことに気づいたからです。

そのため、読者の方々がより物語に深くのめり込めるよう、クーデターを起こす上で重要な設定となる《種族進化計画の真相》《エルギスとの会談》《トキワとの話し合い》《クロイスとエルギスの確執（かくしつ）》など、それぞれに大きく手を加え、そこに《研究所探索》《オークション》などのイベントを追加しました。

キーパーソンは、反乱軍のリーダーであるクロイスのため、彼女の視点を増やし、どんな心境を抱えながら反乱を起こし、エルギスと対峙したのか、その動機を明瞭（めいりょう）にしました。

作中で一番困ったのは反乱軍と王国軍の戦い方です。戦力差があまりにも大きい状況下で、無血決戦で勝利したいというクロイスの願望を成就させるには、どうしたらいいのか。そこにシャーロットを絡ませ、読者の方々に笑ってもらえるような戦い方に持っていく方法は……？　そこで参考にしたのが、ＴＶのバラエティー番組の演出で用いられるローション滑りでした。落とし穴にローションを仕込み、その中に王国軍を落下させ、さらにクロイスがアトカを利用して煽る。これで大分面白い仕上がりになったと思っています。トキワとの三文芝居では、一昔前に流行したゲーム技を笑いの要素として取り入れてみました。

さて、ようやくシャーロットの物語も一区切りつきました。しかし、ここまでの段階で急激に強くなってしまった代償として、彼女も色々とやらかしております。とはいえ、その過程で力の制御方法を深く理解できました。アッシュとリリヤの二人も反乱軍に加わり、トキワから強くなる秘訣を教えてもらいつつ、陰ながら必死に努力しています。それゆえにシャーロットにとって二人の存在は、少しずつ大きくなっていくはずです。

エルギスとの戦いで判明した《スキル販売者》とは何者なのか？　シャーロット、アッシュ、リリヤに何が待ち受けているのか？　その謎の答えは今後、ゆっくりと詳らかになっていきます。それではまた、次の第五巻でお会いしましょう。

二〇二二年六月　犬社護

アルファライト文庫

この作品に対する皆様のご意見・ご感想をお待ちしております。

おハガキ・お手紙は以下の宛先にお送りください。

【宛先】

〒150-6008 東京都渋谷区恵比寿 4-20-3 恵比寿ガーデンプレイスタワー 8F
(株) アルファポリス　書籍感想係

メールフォームでのご意見・ご感想は右のQRコードから、
あるいは以下のワードで検索をかけてください。

アルファポリス　書籍の感想

ご感想はこちらから

本書は、2019年4月当社より単行本として
刊行されたものを文庫化したものです。

元構造解析研究者の異世界冒険譚４

犬社護（いぬや　まもる）

2022年6月30日初版発行

文庫編集－中野大樹／宮田可南子
編集長－太田鉄平
発行者－梶本雄介
発行所－株式会社アルファポリス
〒150-6008東京都渋谷区恵比寿4-20-3恵比寿ガーデンプレイスタワー8F
TEL 03-6277-1601（営業） 03-6277-1602（編集）
URL https://www.alphapolis.co.jp/
発売元－株式会社星雲社（共同出版社・流通責任出版社）
〒112-0005東京都文京区水道1-3-30
TEL 03-3868-3275
装丁・本文イラスト－ヨシモト
文庫デザイン—AFTERGLOW
（レーベルフォーマットデザイン－ansyyqdesign）
印刷－中央精版印刷株式会社

価格はカバーに表示されてあります。

落丁乱丁の場合はアルファポリスまでご連絡ください。

送料は小社負担でお取り替えします。


ISBN978-4-434-30433-0 C0193